VON IHREN PARTNERN ENTFÜHRT

INTERSTELLARE BRÄUTE® PROGRAMM:
BAND 5

GRACE GOODWIN

Von ihren Partnern entführt Copyright © 2020 durch Grace Goodwin

Interstellar Brides® ist ein eingetragenes Markenzeichen
von KSA Publishing Consultants Inc.
Alle Rechte vorbehalten. Dieses Buch darf ohne ausdrückliche schriftliche Erlaubnis des Autors weder ganz noch teilweise in jedweder Form und durch jedwede Mittel elektronisch, digital oder mechanisch reproduziert oder übermittelt werden, einschließlich durch Fotokopie, Aufzeichnung, Scannen oder über jegliche Form von Datenspeicherungs- und -abrufsystem.

Coverdesign: Copyright 2020 durch Grace Goodwin, Autor
Bildnachweis: Deposit Photos: amoklv, sdecoret

Anmerkung des Verlags:
Dieses Buch ist für volljährige Leser geschrieben. Das Buch kann eindeutige sexuelle Inhalte enthalten. In diesem Buch vorkommende sexuelle Aktivitäten sind reine Fantasien, geschrieben für erwachsene Leser, und die Aktivitäten oder Risiken, an denen die fiktiven Figuren im Rahmen der Geschichte teilnehmen, werden vom Autor und vom Verlag weder unterstützt noch ermutigt.

WILLKOMMENSGESCHENK!

TRAGE DICH FÜR MEINEN NEWSLETTER EIN, UM LESEPROBEN, VORSCHAUEN UND EIN WILLKOMMENSGESCHENK ZU ERHALTEN!

http://kostenlosescifiromantik.com

INTERSTELLARE BRÄUTE® PROGRAMM

*D*EIN Partner ist irgendwo da draußen. Mach noch heute den Test und finde deinen perfekten Partner. Bist du bereit für einen sexy Alienpartner (oder zwei)?

Melde dich jetzt freiwillig!
interstellarebraut.com

1

*Jessica Smith,
Abfertigungszentrum für
Interstellare Bräute, Erde*

DER DUNKLE, holzige Duft der Haut meines Liebhabers tränkte meine Sinne, als ich mein Gesicht in die Mulde an seinem Hals drückte. Meine Augen waren verbunden, aber er war mir vertraut. Ich brauchte meine Augen nicht, um zu wissen, dass er mir gehörte. Ich erkannte seine Berührung. Ich erkannte das weiche Gleiten seines goldenen Haares unter meinen Fingern und das Gefühl, von seinem riesigen Schwanz weit gedehnt zu werden, wenn er mich hart und kräftig fickte. Ich erkannte die Kraft seiner Arme, die mich an den Hüften hochhoben und meine feuchte Mitte über sich platzierten, wissend, dass ich ihn tief in mir aufnehmen und seinen Namen schreien würde, wenn er mir endlich gestattete, Erlösung zu finden.

Ich schlang meine Beine um seine Hüften und warf den Kopf zurück, und er füllte mich völlig aus. Er stand stark und aufrecht da, der wahre Krieger, als den ich ihn kannte.

Hoch und nieder hob er mich, dann ließ er mich los, sodass ich über seinen harten Schaft glitt. Ein weiteres Händepaar, die sanfte Berührung meines zweiten Gefährten, streichelte den Kragen um meinem Hals. Ich erkannte das Gefühl seiner Hände, wusste, dass er in einem Moment zärtlich und sanft sein konnte, und im nächsten schon unnachgiebig und fordernd.

Ich wusste, dass ich ihnen gut gefiel, der Anblick meiner Pussy, die weit offen und gedehnt war, und meines Hinterns, der frei zur Schau stand. Sein Verlangen blitzte in meiner Wahrnehmung auf, über die gedankliche Verbindung, die der Kragen schuf. Doch was mich so richtig in den Wahnsinn trieb, war die feuchte Hitze, die sich in meinem Inneren aufbaute, als mein erster Gefährte sich tief in mir vergrub. Ich drückte ihn mit meinen inneren Muskeln, sein Hunger so deutlich in der Dringlichkeit seiner wilden Stöße.

Ich konnte ihre Emotionen ebenso fühlen wie ihre körperlichen Bedürfnisse; die Verbindung, die durch die Kragen geschaffen wurde, die wir alle drei trugen, war tief und völlig ungehemmt. Es gab keine Lügen, kein Leugnen von Lust oder Begehren oder Bedürfnissen. Es gab nichts als Wahrheit, Liebe und Lust. So viel Lust.

„Nimmst du meine Besitznahme an, Gefährtin? Gibst du dich mir und meinem Sekundär frei hin, oder wünscht du, einen anderen primären Gefährten zu wählen?"

Die tiefe Stimme forderte eine Antwort, und ein Schauer lief mir über die Haut und brachte meine Pussy dazu, sich mit nahezu brutaler Gewalt um seinen Schwanz herum zusammenzuziehen. Er stöhnte auf vor Lust, und ich biss mir auf die Lippe, um ein selbstzufriedenes Grinsen zu unterdrücken. Mein erster Gefährte hatte den Anspruch auf meine Pussy, bis ich sein Kind trug, aber mein zweiter? Er hatte gewartet, geduldig dafür gesorgt, dass mein Körper bereit war, von beiden meiner Gefährten zugleich gefüllt zu werden.

Nicht gewillt, auf Antwort zu warten, küsste mich mein zweiter Gefährte auf die Schulter und rieb mir mit einer Hand über den Hintern, gefährlich nahe an der verbotenen

Stelle, die er in Besitz nehmen würde. Seine andere Hand legte sich mit sanftem Druck um meinen Hals, wodurch ich mich hilflos fühlte, schwach und ihnen völlig ausgeliefert. „Willst du, dass wir beide dich ficken, meine Liebe? Oder nicht?"

Meine Pussy zog sich wieder zusammen, und mein erster Gefährte fluchte und stieß mich mit einer zielstrebigen Intensität, die ich inzwischen sehnsüchtig erwartete, an seinem Schwanz entlang nach unten.

„Ja. Ich nehme eure Besitznahme an, Krieger." Die förmlichen Worte glitten mir mit einem Seufzen über die Lippen, und ich kippte meine Hüften, um meinen Kitzler am Körper meines ersten Gefährten zu reiben, während ich zugleich meinem zweiten meinen Hintern darbot. „Ich will euch beide. Ich will euch jetzt gleich."

Die Worte brachen aus meiner Kehle hervor, aber sie gehörten nicht zu mir. Ich hatte keine Kontrolle über die Frau, deren Sinne ich teilte; ich konnte nur zusehen und zuhören... *und mitspüren.*

Mein erster Gefährte hielt unter mir still, und ich wimmerte, als mir die wilden Stöße seines Schwanzes in meine sehnsüchtige Pussy versagt wurden. „Ich nehme dich in Besitz, durch das Ritual der Benennung. Du gehörst mir, und ich werde jeden anderen Krieger töten, der es wagt, dich anzurühren."

Mir war egal, wen er töten musste. Ich wollte nur, dass er mich für immer zu seinem Eigentum machte.

Mein zweiter Gefährte küsste mich weiter an meinem Rückgrat entlang. Seine nächsten Worte erforderte nicht das Ritual, sie waren für mich bestimmt. Nur für mich.

„Du gehörst mir, Gefährtin. Ich werde jeden anderen Krieger töten, der es wagt, dich auch nur anzu*sehen*." Mit diesen Worten arbeitete er vorsichtig einen gut geölten Finger in meinen Hintereingang hinein, und ich schrie auf. Unser erstes Mal würde schnell gehen, denn unsere Leidenschaft brannte zu heiß, um sich lange zurückzuhalten. Ich wollte, dass sie mich fickten, mich mit ihrem Samen füllten. Und dann wollte ich meine Gefährten wieder in unserem Quartier haben, nackt und völlig alleine. Ich wollte mir mit ihnen Zeit lassen. Ich wollte mich über ihre Körper reiben, ficken und schmecken und erkunden, bis unsere Gerüche zu einem verschmolzen, bis mein Körper so sehr schmerzte, dass ein Weitermachen keine Freude mehr bereiten würde.

Dieser Gedanke brachte mich für einen kurzen Augenblick wieder zu mir selbst zurück, und ich erkannte, dass die drei Liebenden nicht alleine im Raum waren. Männerstimmen erfüllten den Rand meiner Wahrnehmung mit leisem Sprechgesang. Ich hatte mich so stark auf meine Gefährten konzentriert, dass ich sie völlig ignoriert hatte; bis jetzt, wo sich ihre vereinten Stimmen erhoben und das Zimmer mit den Worten erfüllten:

„Mögen die Götter euch bezeugen und beschützen."

Als mein zweiter Gefährte seinen Finger aus meinem Hingerausgang zog und mit der Spitze seines Schwanzes gegen mein jungfräuliches Loch stupste, waren die anderen völlig vergessen. Er presste sich vorwärts und dehnte mich weit... weiter... immer weiter, und nun füllten mich zwei Schwänze. Da wusste ich, dass ich wahrhaftig in Besitz genommen war.

„Miss Smith."

Nein, diese Stimme gehörte keinem meiner Gefährten. Ich wischte sie geistig beiseite.

„Miss Smith."

Die Stimme ertönte erneut. Es war eine Frauenstimme, und zwar eine strenge.

„Jessica Smith!"

Da schrak ich auf, mein Verstand wurde weggezerrt von den zwei

Männern um mich herum, hin zu... nein, keine Männer waren um mich. Ich war im Abfertigungs-Zimmer. Ich hatte keinen Schwanz in meinem Hintern oder meiner Pussy. Ich hatte keine zwei muskulösen Körper um mich herum. Ich konnte ihre Hitze nicht spüren, ihren kraftvollen Duft nicht einatmen. Das Gewicht ihres Kragens lag nicht um meinen Hals.

Ich öffnete die Augen und blinzelte. Einmal, zweimal. Ach ja. Aufseherin Egara. Die steife und förmliche Frau ragte über mir auf.

„Ihr Test ist abgeschlossen, und ihre Zuordnung ist erfolgt."

Ich leckte mir über die trockenen Lippen und versuchte, mein rasendes Herz zu beruhigen. Ich konnte die Männer immer noch *spüren*, aber es verblasste zunehmend. Ich wollte nach ihnen greifen und sie packen, mich mit aller Kraft festhalten. Es war das erste Mal gewesen, dass ich mich sicher und geborgen fühlte, geschätzt und begehrt.

Dabei waren sie nicht einmal meine Männer.

Da lachte ich trocken auf, und die Aufseherin zog eine dunkle Braue hoch.

Das einzige Mal, dass ich mich geborgen gefühlt hatte, war in einem Traum gewesen. Die Wirklichkeit, tja. Die Wirklichkeit war beschissen.

„Ist es vorbei?", fragte ich. Meine Stimme war ein wenig heiser, als hätte ich im Traum vor Lust geschrien. Gott, das hoffte ich ja doch nicht. Das wäre, wie neben einem neuen Liebhaber zu schnarchen, nur schlimmer. So viel schlimmer.

Sie gab sich wohl mit dem zufrieden, was auch immer sie in meinem Gesicht las, denn sie nicke knapp und ging um den schlichten Tisch herum, um sich hinzusetzen. Während sie sich auf dem einfachen Metallstuhl niederließ, war ich immer noch an den Abfertigungs-Stuhl geschnallt und trug ein schlichtes Krankenhaus-Nachthemd, auf dessen grauen Stoff das Logo des

Bräuteprogramms als Muster aufgedruckt war. Ich blickte hinunter und konnte durch den dünnen Stoff hindurch meine steif aufgerichteten Nippel sehen. Es gab keinen Zweifel, dass auch die Aufseherin sie sehen konnte, aber sie sagte nichts.

„Nennen Sie bitte Ihren Namen fürs Protokoll."

„Jessica Smith." Ich rückte mich im Stuhl zurecht und bemerkte, dass mein Nachthemd unter mir feucht war.

„Miss Smith, sind Sie derzeit, oder waren Sie jemals, verheiratet?"

„Nein."

„Haben Sie jeglichen biologischen Nachwuchs?"

„Die Antwort kennen Sie bereits."

„Das stimmt, aber vor dem Transport ist eine verbale Aufzeichnung notwendig. Beantworten Sie bitte die Frage."

„Nein, ich habe keine Kinder."

Sie tippte ein paar Mal auf ihrem Bildschirm herum, ohne zu mir aufzusehen. „Ich bin verpflichtet, Sie darauf hinzuweisen, Miss Smith, dass Sie dreißig Tage Zeit haben, den Gefährten, der Ihnen von unserem Zuordnungsprotokoll zugewiesen wurde, anzunehmen oder abzulehnen."

Sie blickte mich an. „Sie sind die dritte Erdenfrau, die auf diesen Planeten zugewiesen wird. Hmm."

Ich hatte meine Zweifel über die Tests und darüber, dass sie wirklich den Passenden finden konnten. Ich hatte auf der Erde keinen Mann gefunden, der an mir interessiert war, also war es ein wenig deprimierend, dass ich das gesamte Universum nach ihm absuchen musste.

Aber warum waren in meinem Test-Traum dann zwei Männer gewesen? Was stimmte nicht mit mir, dass ich solche Träume hatte? Bestimmt würde mein Gefährte nicht begeistert davon sein, dass ich perverse Träume mit mehr als nur ihm hatte.

„Es gibt keine Rückkehr zur Erde, falls Sie nicht zufrieden sind. Sie können nach dreißig Tagen einen neuen primären Gefährten beantragen... aber weiterhin auf Prillon Prime. Sie können diesen Prozess wiederholen, bis Sie einen Gefährten finden, der Ihnen zusagt."

„Prillon Prime?" Davon hatte ich noch nie gehört, aber das hieß nicht viel. Ich hatte von vielen der anderen Planeten und der Rassen, die auf ihnen ansässig waren, noch nie gehört. Ich war mit meiner Arbeit zu beschäftigt gewesen, meinem Leben auf der Erde, um überhaupt an das All zu denken. Aber das hatte sich verdammt schnell geändert.

„Ich fühle mich wie ein Häftling. Gibt es einen Grund dafür, dass ich immer noch festgeschnallt bin?" Ich knickte die Handgelenke und ballte die Hände zu Fäusten.

„Viele unserer Freiwilligen sind, wie Sie wissen, Häftlinge."

„Also sind sie nicht wirklich Freiwillige", entgegnete ich.

Sie spitzte die Lippen. „Ich werde mich mit Ihnen nicht um die Wortwahl streiten, Miss Smith, aber durch Ihre Militärerfahrung muss Ihnen bewusst sein, dass es manchmal im besten Interesse einer Person sein kann, in ihrer Bewegung eingeschränkt zu sein. Während unserer Tests werden Frauen oft...unruhig. Wir müssen für ihre Sicherheit sorgen."

„Und jetzt?", fragte ich.

Sie blickte auf meine Fäuste. „Jetzt ist es dafür gut, dass Sie stillhalten, während eventuell notwendige Präparationen oder Körpermodifikationen für den Transport vorgenommen werden."

„Körpermodifikationen? Aufseherin, befreien Sie mich auf der Stelle von diesen Fesseln." Ich hörte die Härte in meiner Stimme und hoffte, sie wusste, dass ich nicht mit mir spaßen ließ.

Sie zuckte mit keiner Wimper.

„Keine Sorge, Sie werden nicht bei Bewusstsein sein, wenn diese vorgenommen werden. Sie haben die Dokumente bereits unterschrieben, und die Zuordnung hat stattgefunden, Miss Smith. Aus diesem Grund sind Sie nicht länger Bürgerin der Erde, sondern eine Kriegerbraut auf Prillon Prime, und als solche unterliegen Sie den Gesetzen und Bräuchen Ihrer neuen Welt."

„Gehört dazu, gefesselt zu sein?"

Sie legte den Kopf schief. „Wenn Ihr Gefährte das so wünscht."

„Ich will keinem Mann zugeordnet werden, der mich festbindet!"

„Sie sind zugeordnet worden, Jessica, und zwar einem tapferen Krieger von der dortigen Welt. Sie sollten stolz darauf sein, sich ihm hinzugeben."

„Sie denken, nur, weil er Soldat ist, soll ich mich ihm beugen? Was war dann ich? Ich habe gekämpft. Ich habe getötet."

Die Aufseherin stand auf und kam um den Tisch herum.

„Das weiß ich, aber manchmal ist es ausgesprochen schwer für so starke Frauen wie Sie, einen Gefährten zu finden, der dominant genug ist, um mit Ihren... ähm... Bedürfnissen zurechtzukommen."

Ach du liebe Scheiße, wurde sie etwa rot? Die schmallippige Aufseherin lief in drei verschiedenen Rottönen an. Was zum Teufel wollte sie damit sagen?

„Denken Sie daran, Jessica: er ist ebenso Ihnen zugeordnet worden. Was Sie brauchen, das wird er Ihnen geben. Es ist sein Recht, seine Pflicht, und vor allen Dingen sein Privileg." Dann lächelte sie, mit einem wehmütigen Ausdruck in den Augen. „Kein Verstecken mehr. Sie werden sich gegen ihn wehren, das merke ich schon, aber ich verspreche Ihnen, er wird den Preis wert sein, den Sie bezahlen werden."

„Welchen Preis?" Wohin zur Hölle schickte sie mich da? Ich hatte nicht eingewilligt, mich von irgendeinem Mann dominieren zu lassen. Meine

Pussy zog sich zusammen bei der Erinnerung an die kräftige Hand um meine Kehle in der Abfertigungs-Simulation, aber der Mann, der stark genug war, um mich zu nehmen und meinen Willen zu beugen, war mir noch nicht begegnet. Ich bezweifelte, dass ein solcher Mann existierte.

„Geben Sie nach." Während sie sprach, drückte die Aufseherin einen Knopf am Ende meines Stuhles, und eine grelle blaue Öffnung erschien in der Wand. Immer noch festgeschnallt, war ich machtlos, als eine lange, ausgesprochen große Nadel erschien. Ich versuchte, mich davonzuwinden, mich dagegen zu wehren, aber ich konnte mich nicht rühren. Die Nadel war an einem langen Metallarm an der Wand befestigt.

„Leisten Sie keinen Widerstand, Jessica. Ihnen wird nichts geschehen. Das Gerät implantiert Ihnen nur Ihre dauerhaften NPUs."

Die Nadel brannte, als sie mir in die

Schläfe fuhr, aber sonst nichts weiter. Eine weitere kam aus der gegenüberliegenden Wand hervor und wiederholte die Aufgabe an meiner anderen Schläfe. Ich fühlte mich nicht anders als vorher, also atmete ich tief auf. Der Stuhl senkte sich, ähnlich wie beim Zahnarzt, aber ich wurde in eine Art warmes Bad eingetaucht. Blaues Licht umgab mich.

„Wenn Sie aufwachen, Jessica Smith, wird Ihr Körper auf die Paarungsbräuche von Prillon Prime sowie auf die Erfordernisse ihres Gefährten hin vorbereitet worden sein. Er wird auf Sie warten." Sie klang eintönig, als hätte sie denselben Satz bereits unzählige Male ausgesprochen.

Prillon Prime. „Jetzt gleich?"

„Ja, jetzt gleich."

Aufseherin Egaras knappe Stimme war das Letzte, was ich über das leise Surren der elektrischen Gerätschaften und Lichter hinweg hörte. „Ihre Abfertigung beginnt in drei... zwei..."

Ich spannte mich an, wartete darauf, dass sie das Ende ihres Countdowns erreichte, aber ein rotes Licht blitzte über mir auf, und ihr Kopf fuhr herum und starrte auf einen Bildschirm, den ich nicht sehen konnte.

„Nein. Das kann nicht stimmen." Ihr Stirnrunzeln wandelte sich zu Schock, dann Verwirrung, während ich die ganze Zeit über nackt in dem dämlichen blauen Badewasser wartete—wann war ich denn nackt geworden, und was war mit meinem Nachthemd passiert?—und mich fühlte, als wäre ich zu drei Vierteln besoffen.

„Was ist los?"

„Ich weiß es nicht, Jessica. Dies ist noch nie zuvor passiert." Sie blickte finster auf das Programm-Tablet in ihrer Hand hinunter. Ihre Finger flogen über den Bildschirm, als tippte sie gerade eine ausgesprochen lange, äußerst komplizierte Nachricht.

„Was ist denn?"

Sie schüttelte den Kopf, ihre Augen

groß und verwirrt. „Prillon Prime hat Ihren Transport verwehrt."

Was zur Hölle sollte das denn heißen? Meinen Transport verwehrt? Was wollten die denn von mir, dass ich in ein Raumschiff steige? War ihr Transporter kaputt, oder war ihnen was auch immer für eine Stromquelle dafür ausgegangen? „Ich verstehe nicht."

„Ich auch nicht. Die haben das Protokoll von ihrer Seite aus abgewürgt. Sie wollen Ihre Ankunft nicht anerkennen, und auch nicht Ihr Recht, Ihren Gefährten in Besitz zu nehmen."

2

essica

Am Tisch festgeschnallt musste ich untätig zusehen, wie Aufseherin Egara wütend auf ihrem Tablet herumtippte. Ich zerrte an meinen Fesseln, aber ich wusste, dass meine Bemühungen vergebens waren. Mit jedem Pling ihres Tablets, wenn eine neue Nachricht eintraf, runzelte sie noch tiefer die Stirn und bewegte die Finger noch schneller, mit ruckartigen, hastigen Bewegungen, als würde sie demjenigen, mit dem sie da quer über die Weiten des Weltalls hinweg kommunizierte, am liebsten eine verpassen.

Ich hatte während meiner Zeit beim Militär, und danach als Enthüllungsreporterin, auf die harte Tour gelernt, geduldig zu sein. Ich konnte meiner Beute tagelang auflauern, und ich wurde der Jagd nicht müde. Ich wusste, wann ich warten musste, und wann ich besser als Erste schießen sollte. Aggressionen würden mir in dieser Situation keine Punkte verschaffen, besonders, da ich gefesselt war—selbst wenn mein Frust so groß war, dass ich die Fesseln wie der unglaubliche Hulk vom Stuhl reißen wollte.

„Aufseherin, bitte sagen Sie mir doch, was los ist."

Ja, das klang ruhig. Gut gemacht.

Die Aufseherin biss sich auf die Lippe und sah mit einem Mal aus wie die junge Frau Mitte Zwanzig, die sie ja auch war. Ihre Schultern sackten zusammen, als trüge sie eine große Bürde und Verantwortung. Vielleicht war es auch so. Es war ihr Job, dafür zu sorgen, dass alle Frauen—egal aus welchem Grund—gut und sicher zugewiesen und an ihren Zielort überstellt wurden, wo auch immer im Universum das war. Als sie schließlich ihren Kopf hob und mich direkt anblickte, erkannte ich an den dunklen Wolken in ihrem Blick, dass es keine guten Nachrichten gab, zumindest für mich nicht.

Ein dunkles, öliges Bangen füllte meinen Bauch.

„Die Ablehnung bezog sich speziell auf Sie, nicht auf Erdentransporte generell." Sie seufzte, und ich fühlte mich, als hätte mir gerade jemand gesagt, ich wäre das hässlichste Mädchen der Klasse. Jep, das Gefühl war genau dasselbe. Ich hatte es zuvor bereits verspürt, viele Male, wenn *mir* etwas verweigert worden war. Freunde,

Geliebte, Jobs, Familie. Ich sollte es gewohnt sein, aber das war ich nicht. Das hatte mich so idiotisch sein lassen, trotzdem Hoffnung zu haben. Mir war nicht klar gewesen, wie sehr ich jemandem zugewiesen werden wollte— jemandem, der nur für mich bestimmt war. Bis ich abgelehnt worden war. Wie üblich.

„Genau in diesem Moment wird ein Transport von unserer Bräute-Abfertigungseinrichtung in Asien durchgeführt, also weiß ich, dass es nicht am System liegt. Aus irgendeinem Grund wird Ihnen die Reise nicht genehmigt. Die Nachricht kam vom Primus *höchstpersönlich.*"

Dem Primus? Was zum Teufel war ein Primus?

„Sie meinen meinem Gefährten?"

Sie schüttelte abwesend den Kopf. „Nein. *Dem* Primus. Dem Herrscher des dortigen Planeten. Dem Herrscher von Prillon Prime."

Sein Titel war nach dem Planeten

selbst benannt, und ich wurde von ihm abgewiesen. Na toll.

„Sowas wie ihr König?" Du liebe Scheiße. Ihr König erlaubte mir nicht, meinen Gefährten in Besitz zu nehmen? Ich war diesem Krieger, dem ich zugeordnet worden war, noch nie begegnet, aber er sollte doch mir gehören. Und nun, da ich abgewiesen wurde, war dieses kleine Fünkchen Hoffnung, ja, es war Hoffnung gewesen — Kacke—diese Hoffnung, die ich in meiner Brust getragen hatte, war verzischt und verflogen. Das tat weh.

„Ja. Er ist Herrscher über mehrere Planeten, genau gesagt, und der Kommandant der gesamten interstellaren Flotte." Sie murmelte und wandte den Blick ab, unfähig, meinem Blick zu begegnen.

Ich zog mich innerlich zusammen, und bei ihren Worten stieg mir die Galle in den Hals. Ich war vom außerirdischen König eines gesamten Planeten abgewiesen worden? War ich so schrecklich? Ich war ein wenig herrisch und wahrscheinlich ein bisschen eine Nervensäge. Etwas hart für eine Frau, aber welche Frau schoss nicht gerne mit Waffen und bekämpfte Bösewichte? Kacke. Der *Primus* wollte irgendein zartes Weiblein für eine Zuordnung nach Prillon. Das war es wohl. War es das?

Meine Gedanken waren wie benebelt, als ich die einzige Frage stellte, die mir einfiel. „Warum? Liegt es daran, dass sie mich für eine Drogenhändlerin halten?"

Ich würde lieber als angebliche Drogenhändlerin abgewiesen werden, als als Mannsweib.

„Miss Smith, die halten Sie nicht für eine Drogenhändlerin. Sie *wissen*, dass Sie eine *verurteilte* Drogenhändlerin sind. Aber nein, ich habe bereits verurteilte Mörderinnen vom Planeten geschickt. Ich weiß nicht, warum sie das tun."

Sie schüttelte traurig den Kopf und

drückte an einer Reihe von Knöpfen auf ihrem Tablet herum. Ich wurde weiter aus dem Wasser gehoben und war vom seidigen Gleiten auf der Haut abgelenkt, bevor ich an mir hinunterblickte und entdeckte, dass meine gesamte Behaarung fort war. Mein Kopf tat von den neuen Implantaten in meinem Schädel höllisch weh, und in meinem Hirn summten Geräusche ähnlich dem statischen Rauschen in einem Lautsprecher.

Während mein Körper wieder auf den Untersuchungsstuhl heruntergelassen wurde, brachte mir Aufseherin Egara eine trockene graue Decke, die sie über mich breitete. „Es tut mir so leid, Jessica. So etwas ist hier noch nie passiert. Ich werde ein formelles Ansuchen an die Interstellare Koalition richten müssen, um herauszufinden, was passiert ist."

Ich war nackt, bläuliches Wasser tropfte an mir herunter, ich war in eine kratzige Decke gewickelt und immer noch an den dämlichen Tisch geschnallt. Wie viel elender konnte es noch werden? „Wie lange wird das dauern?" Das Surren in meinem Kopf wurde lauter.

„Mindestens ein paar Wochen." Ihre leisen Worte waren plötzlich laut wie aus einem Megaphon zwei Zentimeter neben meinem Ohr, und ich zuckte zusammen.

Sie legte den Kopf schief, als ich mich zusammenkrampfte, und ließ mich einen Moment alleine, bis sie mit einer Injektionsröhre daherkam, die sie mir seitlich an den Hals presste. Ich zuckte zusammen.

Der kurze Stich war es aber wert, denn der Schmerz in meinem Kopf verflog in Sekunden.

„Es tut mir leid, dass das für Sie so unangenehm ist. Die meisten Bräute schlafen durch den Neurostim-Integrierungsvorgang." Sie beobachtete mich mit sanften runden Augen, freundlicher, als ich sie je zuvor gesehen hatte. Ich blinzelte über die Veränderung, dann erkannte ich, dass sie mir keine Besorgnis entgegenbrachte, sondern Mitleid. Ich konnte nicht einmal vom Planeten geschippert werden, ohne dass es ein Problem gab.

„Was ist ein Neurostim?"

„Es ist ein Gehirn-Implantat, das es Ihrem Verstand ermöglicht, neue Sprachen und Bräuche aufzunehmen. Sie werden nun innerhalb nur weniger Minuten in der Lage sein, jegliche neue Sprache zu verstehen und zu sprechen, einschließlich aller Sprachen auf der Erde. Diese Technologie ist nur für jene bestimmt, die den Planeten verlassen, aber da Sie scheinbar hierbleiben, würde ich das als gehörigen Vorteil ansehen."

Ich blinzelte und versuchte, zu verarbeiten, was sie mir gerade gesagt hatte. Ein Vorteil? Dies war mein Trostpreis, die Fähigkeit, andere Sprachen zu sprechen und zu verstehen? „Jede Sprache?"

Sie nickte knapp, sichtlich begeistert von der Technologie, aber auch immer noch verwirrt und enttäuscht über meine Ablehnung. „Absolut. Von überall auf der Erde und innerhalb der Koalition."

Da ich nicht länger auf einen Koalitionsplaneten unterwegs war, glaubte ich nicht, dass ich viel Nutzen davon haben würde. Ich hatte eine Art Super-Chip in meinem Kopf, mit dem ich ausländische Fernsehserien und Touristen am Flughafen verstehen konnte. Na toll. Genau davon hatte ich schon immer geträumt. Ich hätte lieber ein Auto geschenkt bekommen, oder eine Reise nach Hawaii. Etwas Geld vielleicht.

Viel besser wäre es gewesen, transportiert zu werden und meinen eigenen realen Traum zu leben. So wie den Abfertigungs-Traum, in dem zwei mächtige Männer meinen Körper bedeckten und mich fickten, als wäre ich die begehrenswerteste Frau, die ihnen je begegnet war. Wo ich mich schön fühlte. Begehrt. Geliebt.

Nein. Ich bekam einen dämlichen eingebauten Übersetzer.

Ich hatte meine Freunde in der Nachrichtenagentur im Stich gelassen, meine Freunde bei der Polizei, hatte es nicht geschafft, meine Unschuld vor Gericht zu beweisen, und nun war ich es nicht einmal wert, einen außerirdischen Gefährten zu bekommen, der so scharf auf eine nasse, heiße Pussy war, dass er sogar eine Diebin oder Mörderin zur Gefährtin nehmen würde, die er noch nie gesehen hatte. Frauen—Kriminelle —waren zu Hunderten über die letzten paar Jahre ans interstellare Bräute-Programm geschickt worden. Die Frauen, die festgenommen und abgefertigt wurden, kamen aus allen Gesellschaftsschichten, waren drogenabhängig oder Verräterinnen. Diebinnen und Mörderinnen.

All diese Frauen waren in die Sterne geschickt worden, hatten ein neues

Zuhause gefunden und ein neues Leben mit außerirdischen Gefährten, die verzweifelt genug waren, um sich über das Programm eine Braut zu holen. Diese Frauen hatten einen völligen Neustart gewährt bekommen.

Aber ich? Ich natürlich nicht. Ich hatte Bestechungsgelder abgelehnt, wurde eines Verbrechens beschuldigt, das ich nicht begangen hatte, und nun war ich nicht nur von meinem zugewiesenen Gefährten abgelehnt worden, sondern vom verdammten König seines gesamten Planeten?

Nicht gerade mein bester Tag.

„Und was mache ich jetzt?"

Aufseherin Egara legte den Kopf schief und seufzte. „Nun, Ihre freiwillige Meldung zum Bräute-Programm war die einzig notwendige Voraussetzung, um die Bedingungen Ihrer Verurteilung zu erfüllen. Da noch nie zuvor jemand abgelehnt wurde, fallen Sie hiermit durch ein Schlupfloch, das nun bestimmt geschlossen wird. Ich gehe davon aus, dass in Zukunft eine abgelehnte Frau stattdessen ins Gefängnis muss. Aber derzeit gibt es keine Regeln für alternative Bestrafungen, daher haben Sie alle Auflagen Ihrer Verurteilung erfüllt."

„Sie meinen—"

„Sie sind frei, Miss Smith."

Sie hob eine Ecke der Decke hoch und wischte mir ein paar Tropfen der blauen Flüssigkeit aus dem Augenwinkel, wo sie sich angesammelt hatte und mir über die Wangen lief wie Tränen.

Ich war frei. Keine Verurteilung. Kein Gefängnis. Kein scharfer Kerl von einem anderen Planeten.

„Gehen Sie nach Hause."

Ich wollte nicht nach Hause. Ich hatte kein Zuhause. Keinen Job, keine Freunde und keine Zukunft. Da ich in einer *weit, weit entfernten Galaxis* sein sollte, war mein Bankkonto leergeräumt und mein Haus verkauft worden. Wenn eine Frau den Planeten über das Bräute-

Programm verlässt, wird ihr Hab und Gut aufgeteilt, als wäre sie verstorben. Tot und vorbei, kein Weg zurück. Ich hatte niemanden, der meinen Toaster oder meine abgewetzte Couch haben wollen würde, also musste ich annehmen, dass alles wohltätigen Zwecken zugekommen war.

Ich war die erste Braut, die je wie ein geprügelter Hund zurück nach Hause geschickt wurde, mit eingezogenem Schwanz, eines außerirdischen Gefährten unwürdig.

Wenn ich aus dem Abfertigungs-Zentrum spazieren und mich in der Stadt sehen lassen würde? Nun, die Schurken, die mich in diese Lage gebracht hatten, würden ihre Schläger schicken, um zu beenden, was sie angefangen hatten. Sobald die erfuhren, dass ich noch auf der Erde war, würden sie innerhalb von Stunden ein Kopfgeld auf mich ausgesetzt haben.

Andererseits war ich kein verwöhntes Prinzesschen. Ich hatte eine

Notfalltasche gepackt, einen Packen mit Kleidung und Bargeld, wie es mir ein Freund, der in Übersee als Spion arbeitete, als überlebensnotwendig eingebläut hatte. War ich froh, dass ich auf ihn gehört hatte. Nun musste ich nur zu meinem Schließfach, von dem niemand wusste, und konnte neu beginnen. Ich war frei. Einsam. Elend. Gekränkt. Aber es stand mir frei, zu tun, was immer ich wollte...wie etwa, eine Gruppe von korrupten Beamten und Politikern auffliegen zu lassen.

Diese hinterhältigen Bastarde glaubten, dass ich fort war, den Planeten verlassen hatte. Nicht länger ihr Problem war. Vielleicht war dies das einzige Glück, das ich heute haben würde.

Ich schwang die Beine vom Tisch und lächelte, plötzlich von einer unerwarteten Heiterkeit erfüllt. Ich war vielleicht nicht gut genug dafür, von einem Alien gefickt zu werden, aber ich war sehr gut mit einem Teleobjektiv. Ich betrachtete es als meine persönliche Art von Scharfschützengewehr. Ein einziges perfekt geschossenes Foto reichte schon aus, um jemanden zu stürzen, seine Lügen auffliegen zu lassen, sein Leben zu ruinieren. Wenn meine Kamera eine Waffe war, dann hatte ich schon eine kilometerlange Abschussliste. Wenn ich ein Geist war, während ich dieser Beschäftigung nachging—eine Person, die nicht einmal auf der Erde *sein* sollte —, dann umso besser.

Ich hüpfte vom Tisch, klammerte die Decke vor mir zusammen, aber bereute die plötzliche Bewegung sofort, denn das Zimmer begann sich zu drehen. Aufseherin Egaras Arme fuhren hervor, um mich aufzufangen, und ich nickte ihr dankend zu.

Es war Zeit, zu gehen, aber es gab eine Sache, die meine masochistische Ader unbedingt wissen musste. Wenn ich meine Chancen auf eine andere Welt hier in diesem Zimmer zurücklassen musste, dann wollte ich es wissen. „Wie hieß er?"

Aufseherin Egara runzelte die Stirn. „Wer?"

„Mein zugewiesener Gefährte?" Sie zögerte, als würde sie über Staatsgeheimnisse entscheiden, dann zuckte sie die Schultern. „Prinz Nial. Der älteste Sohn des Primus."

Da lachte ich auf. Ich wäre doch tatsächlich eine Prinzessin geworden, hätte ich die Erde verlassen können. Einem außerirdischen Prinzen zugewiesen, in Ballkleider und unmögliche Schuhe gequetscht, mein langes blondes Haar nicht durch meinen üblichen Pferdeschwanz gebändigt, sondern mit juwelenbesetzten Haarnadeln aufwändig hochgesteckt, wie es meinem königlichen Rang gebührte. Hilfe, ich hätte Wimperntusche und Lippenstift tragen müssen, denn meine blasse Haut war ungeschminkt nicht gerade ansehnlich.

Eine Prinzessin? Niemals. Vielleicht war das der wahre Grund für meine

Ablehnung gewesen. Ich war eindeutig und ohne Zweifel *kein* Aschenbrödel.

„Ich denke, es ist besser so, Aufseherin. Ich bin nicht gerade aus Prinzessinnen-Holz geschnitzt." Ich kam besser mit einem Dolch zurecht als der flinken Zunge eines Politikers, und besser mit einem Gewehr als einem Tanzpartner. Und das war die traurige Wahrheit. Wer auch immer dieser Prinz Nial war, er war gerade nochmal davongekommen.

Von mir.

Vielleicht war dieser Prinz ohne mich besser dran. Das hieß noch lange nicht, dass ich tief in mir, wo die Emotionen dieser anderen Frau und ihrer Besitznahme-Zeremonie noch nachhallten, dieser Traum, in dem ich für wenige Augenblicke gewusst hatte, wie es sich anfühlt, begehrt zu sein, geliebt, gefickt und von den Gefährten in Besitz genommen, dass ich nicht zutiefst verletzt war.

Prinz Nial von Prillon Prime, an Bord des Schlachtschiffes Deston

Als ich auf den Anzeigeschirm zustürmte, um mit meinem Vater zu sprechen, war ich wie betäubt. Ich fühlte mich, als wäre mein Körper federleicht, nicht schwerer als ein Kind. Es würde am Einfachsten sein, mit meinem Vater zu interagieren, wenn ich keine Emotionen zeigte.

Die Cyborg-Implantate, die während meiner Gefangenschaft in der Hive-Integrationskammer in meinen Körper injiziert worden waren, waren mikroskopisch klein und konnten nicht entfernt werden, ohne mich dabei zu töten. Daher galt ich nun als verseucht, ein Risiko für die Männer unter meinem Kommando und die Bevölkerung meines Planeten. Ich sollte behandelt werden wie ein höchst gefährliches feindliches Wesen. Zumindest war das die allgemein vorherrschende Ansicht. Krieger, die mit Hive-Technologie verseucht waren, wurden üblicherweise in eine der Kolonien verbannt, wo sie den Rest ihrer Tage als Schwerarbeiter verlebten. Sie nahmen keine Bräute. Und sie wurden nicht zum Primus der Zwillingswelten von Prillon.

Mein Geburtsrecht als Erbe des Primus und Prinz meines Volkes hatte mich davor bewahrt, sofort in die Kolonien verbannt zu werden. Aber es gab etwas, das mir noch wichtiger war, und das war nicht die Person, die den Anzeigeschirm vor mir ausfüllte.

Ich starrte auf das bemüht ausdruckslose Gesicht eines Mannes, der doppelt so alt war wie ich. Er sah mir recht ähnlich, nur älter und ohne die Cyborg-Implantate. Er war riesig, mit kämpferischem Gesicht und einer maßgefertigten Rüstung, die ihn noch größer wirken ließ als seine ohnehin schon über zwei Meter. Er war der

Primus von zwei Planeten voller ausgewachsener Krieger. Er musste stark sein. Beim geringsten Anzeichen von Schwäche würden seine Feinde ihn stürzen.

Und in diesem Augenblick stellte ich eine solche Schwäche für ihn dar. Ich war der missratene Sohn, der zu einer Cyborg-Bedrohung geworden war.

„Vater." Ich neigte meinen Kopf leicht zum Gruß, trotz des Zornes, der in meinen Adern pochte. Er gehörte vielleicht biologisch gesehen zu meinen Eltern, aber er war kein Vater.

„Nial, ich habe mit Commander Deston gesprochen. Ich habe den offiziellen Befehl erteilt, dich in die Kolonien zu überstellen."

Ich biss die Zähne zusammen, um meine unmittelbare Reaktion zu unterdrücken. Soviel dazu, sich betäubt zu fühlen. Also würde mein Status als blutsverwandter Thronfolger mich doch nicht vor der Verbannung schützen. Er gab einen prillonischen Scheiß drauf, dass ich sein Sohn war. Ich war schadhaft, vom Hive ruiniert und nicht *würdig*, Anführer zu sein. Sein Sohn zu sein.

Jemand reichte ihm ein Tablet und er überflog, was darauf zu lesen war, während er weiter mit mir sprach und nicht einmal hochblickte. „Ich reise in wenigen Tagen an die Front, um unsere Krieger zu besuchen und den Zustand einiger unserer älteren Schlachtschiffe zu begutachten. Ich setze voraus, dass dein Transfer bis zu meiner Rückkehr abgeschlossen ist."

Ich holte tief Luft und versuchte, meine Stimme so neutral und gutmütig klingen zu lassen wie seine. „Ich verstehe. Und was ist mit meiner Braut? Sie sollte doch bereits vor drei Tagen mittels Transport hier angekommen sein."

„Du hattest kein Recht darauf, eine Braut anzufordern. Ich hatte eine Übereinkunft mit dem Hofrat Harbart. Es war vorgesehen, dass du seine

Tochter als Gefährtin in Besitz nimmst."

Ich konnte meine Hände nicht davon abhalten, sich in den Stuhl vor mir zu krallen.

„Harbart war ein feiger Hund, der vorhatte, mich und Commander Destons Braut zu ermorden. Warum würde ich seine Tochter in Besitz nehmen wollen?"

Der Primus zog eine Augenbraue hoch und blickte doch tatsächlich zu mir hoch, als würde ihn das verwirren.

„Diese Frage hat sich nun erübrigt, da du... nicht mehr dazu geeignet bist, eine Gefährtin in Besitz zu nehmen. Du wirst niemanden in Besitz nehmen. Der Transport deiner Erdenbraut ist natürlich abgewiesen worden. Keinem verseuchten Krieger ist die Ehre gestattet, eine Braut zu haben. Das weißt du. Inzwischen ist sie wohl einem anderen Krieger zugewiesen worden, der nicht..."

Seine Stimme verklang, und er legte

den Kopf schief und betrachtete mich. Ich ließ ihn gaffen. Wenn er ein *echter* Vater war, würde er an den Cyborg-Modifikationen des Hive vorbeisehen und sehen, dass ich immer noch dieselbe Person war, immer noch sein Sohn. *Immer noch* der Prinz.

„Der nicht was?"

Dies war das erste Mal seit meiner Bergung aus dem Hive, dass er mich sehen konnte. Mit verschränkten Armen ließ ich ihn das leichte metallische Schimmern der Haut auf meiner linken Gesichtshälfte betrachten, die seltsame silbrige Färbung der Iris in meinem linken Auge, welches zuvor dunkles Gold gewesen war. Ich hatte absichtlich die Unterarme freigelassen, damit er die dünne Schicht lebender Biotechnologie sehen konnte, die auf meinem halben Arm und einem Teil meiner linken Hand aufgetragen worden war. Ich wollte, dass er alles davon sah und trotzdem noch *mich* darin erkannte.

Seine Augen blieben an meinem

Arm haften. „Die Implantate und Hautveränderungen können nicht entfernt werden?"

Jegliche dumme Hoffnung meinerseits starb bei dieser Frage. Ich dachte, dass *vielleicht* nichts davon von Bedeutung war, aber nein. Er sah nur, was der Hive angerichtet hatte, und nicht seinen Sohn.

„Doktor Mordin sagt, die Hautveränderungen sind dauerhaft. Sie müssten mir den ganzen Arm abnehmen, um sie zu entfernen."

„Ich verstehe."

„Tust du das, Vater? Und was genau verstehst du?" Er hatte nicht die ähnlichen Hive-Implantate gesehen, die die Hälfte meiner linken Schulter überzogen, den Großteil meines linken Beines und einen Teil meines Rückens. Ich konnte in seinen kalten Augen sehen, dass das, was er gesehen hatte, ihm reichte.

Mein Vater, der Mann, den ich nie geliebt hatte, jedoch respektiert und für den ich mein ganzes Leben damit verbracht hatte, ihm zu gefallen, schüttelte den Kopf.

„Ich sehe einen Krieger, der einmal mein Sohn war." Er lehnte sich in seinem Stuhl zurück, und der Blick in seinen Augen wurde noch kälter. „Du wirst von der Liste der Thronfolger gestrichen und in die Kolonien überstellt werden. Es tut mir leid, mein Sohn."

„Sohn? *Sohn?* Du wagst es, mich im gleichen Satz Sohn zu nennen, mit dem du mich in die Kolonien verbannst?" Meine Stimme war laut. Es war nun nicht mehr wichtig, ruhig zu bleiben. Ich hatte nichts davon.

Er lehnte sich vor, um die Verbindung zu trennen, aber meine nächste Frage ließ ihn stocken. „Und wer wird dann dein Thronfolger?"

„Du hast viele entfernte Cousins, Nial. Vielleicht wird Commander Deston mit seiner Braut einen Thronfolger zeugen. Wenn nicht, bin ich mir sicher, dass unser Volk die alten Traditionen ein weiteres Mal willkommen heißen würde."

Die alten Traditionen...

„Ein Todesturnier?" Er würde es lieber sehen, dass gute, starke Krieger bis zum Tod um das Recht kämpften, Primus zu sein, als seinen eigenen Sohn auch nur in Erwägung zu ziehen? Nur deswegen, weil dieser Sohn etwas Hive-Biotechnologie auf seine Haut implantiert bekommen hatte?

„Möge der stärkste Krieger überleben."

Wenn ich durch den Bildschirm fassen und ihm in die Fresse hauen könnte, hätte ich das getan. „Du würdest zulassen, dass unsere feinsten Krieger sterben?"

Ich hielt den Mann für lieblos. Gefühllos, zumindest mir gegenüber. Nun erkannte ich, dass sich das auf alle erstreckte. Er würde zusehen, wie starke Männer unnötig kämpften, unnötig starben, nur weil er eben so war. So. Unglaublich. Grausam.

„Es gibt keinen Thronfolger. So ist es unser Brauch."

Es hatte schon über zweihundert Jahre lang kein Todesturnier mehr gegeben, seit unser Vorfahre gewonnen und den Thron für sich beansprucht hatte. „Ich bin stark, Vater, mein Verstand ist intakt. Es gibt keinen Grund dafür, unsere stärksten Krieger zu opfern…"

Ich musste zumindest versuchen, mit dem Mann zu verhandeln, um die anderen zu retten. Die Stärksten würden sich melden, um Anspruch zu erheben, und sie würden unnötig sterben, wo sie doch stattdessen an der Front sein sollten und den Hive bekämpfen.

„Du bist verseucht."

„Ich verfüge über Wissen über die Systeme des Hives, ihre Strategien. Du wärst ein Narr, mich in die Kolonien zu verbannen. Ich sollte an der Front sein, bei den Schlachtgruppen, wo ich…"

Er schnitt mir wieder das Wort ab. „Du bist ein Niemand, ein Verseuchter. Eine Hive-Kreatur. Du bist für mich gestorben."

Ich hätte noch weiter diskutiert, aber die Verbindung wurde von seiner Seite abgeschnitten.

Scheißkerl. In den letzten Jahren war ich täglich dazwischen hin und her gependelt, das Arschloch beeindrucken zu wollen, oder umbringen.

„Ich hätte ihn umbringen sollen", murmelte ich in meinen Bart.

Ich starrte einige Minuten lang auf den leeren Schirm. Ich war abgefertigt worden und ich wusste, dass ich meinen Vater nie wieder sprechen würde. Es tat mir nicht leid, nicht mehr. Vielleicht hatten die Cyborg-Implantate ja auch etwas Gutes. Ich wusste, woran ich mit meinem Vater war, und er war meine Zeit und meine Gedanken nicht länger wert.

Nein. Der Gedanke, der sich in meinem Kopf zu einem Wirbelsturm zusammengebraut hatte, bereitete mir viel mehr Sorge. Er hatte meine Braut abgewiesen. Meine mir zugeordnete Gefährtin. Eine schöne Erdenfrau wie Commander Destons Hannah Johnson. Ich hatte auf eine solche Zuordnung gehofft, eine weiche, kurvige Frau von diesem Planeten. Hannah war klein, aber stark, und so verliebt in ihre Gefährten, alle beide, dass sie diese in der Besitznahme-Zeremonie angebettelt hatte, sie zu nehmen.

Meine Hive-Implantate hatten mir an jenem Tag einen Vorteil verschafft, ein Geheimnis, das ich noch niemandem verraten hatte. Ich hatte eine vollständige Aufzeichnung ihrer Zeremonie in meinem System. Ich sah sie mir oft in meinem Kopf an, sah mir wieder und wieder an, wie die Menschenfrau gerne angefasst wurde, wie sie ihren Rücken gekrümmt hatte, ihre Laute, als ihre Gefährten sie küssten, sie berührten, sie fickten. Ich wollte das für mich selbst. Wollte eine solche Gefährtin, also hatte ich mir diese Aufzeichnung angesehen, bis sie mir in die Seele gebrannt war. Erlernt. Jedes Detail ihrer rituellen Besitznahme.

Ich würde meine Gefährtin zum Schreien bringen, so wie sie das getan hatten. Ich würde dafür sorgen, dass sie zitterte und darum bettelte, dass mein Schwanz sie füllte.

Zeuge der Zeremonie zu sein war eine Ehre, die mir mein Cousin, Commander Deston, nicht verwehrt hatte. Ich hatte zugesehen, wie er und sein Sekundär Dare Hannah wie zwei Wilde fickten. Ihre Menschenbraut hatte ihre Zuwendung genossen, nach mehr gebettelt, ihre Krieger angesehen, als wären sie der Atem in ihrem Körper, ihr Herzschlag selbst.

Ich erinnerte mich an die andere Zeremonie, bei der ich Zeuge gewesen war, diesmal während der Tests im Abfertigungszentrum. Es war der Traum gewesen, der mich meiner Gefährtin zugewiesen hatte. Die Männer waren fordernd gewesen, dominant und hingebungsvoll. Da meine Gefährtin mir über den gleichen Traum zugewiesen worden war, wusste ich, was sie von mir brauchte. Von meinem Sekundär.

Ich wollte diese Art von Verbindung, die in beiden Zeremonien zugegen war, und ich würde sie bekommen.

Ich hatte eine Zuordnung. Eine Frau war abgefertigt und mir zugewiesen worden. Über diese verdammt scharfe Zeremonie. Die Zuweisungsrate des Bräute-Programms war fast zu einhundert Prozent perfekt. Das ließ keinen Zweifel daran, dass es eine Frau gab, die nur für mich war. Ich hatte keinen Sekundär, keinen Thron und keine Zukunft, aber nichts davon war wichtig. Das Einzige—*die* Einzige—die mir wichtig war, war diese Frau auf der Erde, die mir zugewiesen worden war. Und ihr Transport war von meinem Vater abgewiesen worden. Das änderte nichts an der Zuweisung, der Verbindung, die wir teilten. Es führte nur dazu, dass ich sie noch mehr wollte. Sie würde mir nicht verwehrt bleiben. Ich fragte mich, was sie wohl von mir dachte, da sie abgewiesen worden war. Der Schmerz musste sich ähnlich angefühlt haben wie der Zorn über die Einmischung meines Vaters, der in mir brannte.

Ihr Gefährte, ihre Zuweisung würde ihr nicht verwehrt bleiben, nur weil mein Vater ein Arschloch war. Sie würde nicht zum Opfer seiner Machenschaften werden.

Sie war unschuldig.

Sie gehörte *mir*.

Wenn das Abfertigungszentrum den Transport nicht genehmigen wollte, dann würde ich einfach zur Erde reisen und sie mir holen.

3

*P*rinz Nial, Schlachtschiff Deston, Transporterraum

ICH BEWEGTE mich durch die Korridore des Schlachtschiffs wie ein Monster. Abgebrühte Krieger wandten den Blick ab, konnten den Anblick meiner silbrigen Haut nicht ertragen. Ich bezweifelte, dass das meinetwegen war. Es ging eher darum, was mit ihnen selbst passieren könnte. Es war mir egal. In wenigen Stunden würde ich auf der Erde sein, mit einer Braut in den Armen.

Dies war eine Mission, die nicht scheitern würde.

    Sobald meine Gefährtin sicher in meiner Obhut war, würde ich einen Krieger finden, der gewillt war, sie mit mir zu teilen. Ich würde einen sekundären Gefährten ernennen, um sie zu beschützen, und dann würde ich einen Weg finden, meinen Thron zurückzugewinnen. Während ich unterwegs war, schnürte sich mein Zorn zu einem festen Knoten in meinem Bauch zusammen. Mein Vater war ein Narr, und ich hatte zu viele Jahre damit verbracht, blind seinen Befehlen zu folgen. Es war an der Zeit, ihm den Thron abzuringen, wenn nötig mit Gewalt. Seine Taktiken im Krieg gegen den Hive waren ineffektiv und schwach, und ich war der lebende Beweis dafür. Wenn Commander Deston die Flotte nicht so meisterlich anführen würde, wären wir schon lange verloren.

    Der Transporterraum war voller Leute. Commander Deston, seine

Gefährtin Hannah und ihr Sekundär Dare standen an der Kante zur Transportplattform und warteten auf mich. Zwei Krieger, die ich nicht kannte, bedienten das Kontrollpult, gaben die Koordinaten für meinen Transfer zum Abfertigungszentrum auf der Erde ein, wo erst vor wenigen Tagen meine Gefährtin abgewiesen worden war. Abgewiesen! Mein Zorn wurde nur noch größer bei dem Gedanken daran, wie sie behandelt worden war.

Zwei riesige Krieger standen am Eingang Wache. Bei ihrem Anblick wurde mir klar, welches Risiko mein Cousin für mich einging. Nicht jeder an Bord des Schiffes war glücklich darüber, dass ein verseuchter Krieger unter ihnen wandelte, Prinz hin oder her.

„Commander." Ich packte den Unterarm meines Cousins zur traditionellen Begrüßung, unfähig, mit Worten auszudrücken, was mir diese Chance bedeutete. Indem er mich zur Erde schickte, um meine Braut aufzuspüren, widersetzte er sich sowohl meinem Vater als auch dem gesamten planetarischen Rat. Es machte deutlich, dass er von meinem Vater wenig hielt, und vom Gefährten-Zuweisungssystem sehr viel.

Ich blickte zu Hannah, die an seiner Seite stand. So klein, so zerbrechlich im Vergleich zu ihren beiden Gefährten, und doch so stark und machtvoll. Sie war wahrlich das starke Glied in ihrem Bund. Ich blickte auf ihre gleichfarbigen Kragen und beneidete sie um ihre Verbindung.

Auch ich würde diese Verbindung haben. Schon bald. Ich musste es nur zur Erde schaffen, sie finden und nach Hause bringen.

„Ich wünsche dir eine sichere Reise, Nial", sagte Deston. „Sobald wir dich erst transportiert haben, wird dein Vater bestimmt die Transportstationen sperren lassen und höchstwahrscheinlich Kopfgeldjäger auf dich ansetzen."

„Ich habe vor meinem Vater keine Angst."

Commander Deston nickte mir mit einem tiefen Respekt zu, den ich zuvor noch nicht von ihm empfangen hatte. Ich war früher ein verwöhntes Kind gewesen. Ich wusste das jetzt, und ich schreckte nicht vor diesem Eingeständnis zurück. Ein verhätschelter Prinz, der Krieg spielen wollte, aber die Kosten nicht wirklich verstand. Ich war nun nicht mehr dieser Mann. Ich ließ den Commander los und verneigte mich vor seiner Braut. „Lady Deston."

„Alles Gute." Sie streckte sich auf die Zehenspitzen hoch und gab mir einen Kuss auf die Wange, die linke Wange. Diese Geste überzeugte mich nur noch mehr davon, dass eine Erdenbraut meine einzige Chance war, ein weibliches Wesen zu finden, das mich so, wie ich jetzt war, akzeptieren konnte.

Ihr zweiter Gefährte Dare erwiderte meinen Blick, und ich beneidete ihn um den leisen Hauch eines silbrigen Glanzes in seinem eigenen Auge. Auch er war gefangengenommen worden. Doch als Thronfolger des Primus war ich für den Hive Priorität gewesen, und sie hatten ihre Arbeit an mir begonnen. Dare war ihrer Technologie mit nicht mehr als dem geringsten Hauch von Silber in einem Auge entkommen— einem Hauch, von dem nur seine engsten Vertrauten überhaupt wussten.

Dare streckte seinen Arm aus, und ich nahm ihn entgegen. „Wie wirst du deine Gefährtin ohne einen Sekundär beschützen?" Er hielt mich weiter fest, obwohl ich ihn bereits losgelassen hätte. „Du solltest einen Sekundär erwählen, Nial. Und bring ihn mit dir."

„Ich bin ein Verstoßener, ein Verseuchter." Ich schüttelte den Kopf. „Das könnte ich von keinem Krieger verlangen. Noch nicht."

Dare hielt mich weiter fest. „Was verlangen? Eine wunderschöne Braut zu beschützen und sich um sie zu kümmern? Ihren Körper zu teilen und sie zu ficken, bis sie vor Erlösung aufschreit?" Er grinste dabei, und ich sah, wie Hannah rot wurde. „Vertrau mir, Nial, es ist nicht gerade eine Zumutung, ein sekundärer Gefährte zu sein."

Ich kannte die Wahrheit in seinen Worten von seiner—ihrer aller—Vereinigungszeremonie in meinem Kopf. Er sprach wohl die Wahrheit, aber dennoch war ich ein Verseuchter, der kurz davor stand, prillonische Gesetze zu brechen und auf einen verbotenen Planeten zu reisen. Ich war einer Braut zugeordnet worden, die mich nicht kannte und höchstwahrscheinlich beim Anblick meines ruinierten Aussehens schreiend davonlaufen würde. Ich konnte von keinem Krieger verlangen, mich unter diesen Umständen zu begleiten.

Ohne zu antworten ließ ich Dare los und betrat die Transportplattform, wo ich sah, wie Lady Deston mich mit einem schelmischen Funkeln in ihren auffälligen dunklen Augen anlächelte. Ihr schwarzes Haar stach unter der goldblonden Rasse von Prillon Prime hervor wie ein Stern im Dunkel des Weltalls. „Sie werden nackt sein, wenn Sie dort ankommen, das wissen Sie doch?"

„Ja." Ich nickte. Keine Kleider, keine Waffen. Ja, ich kannte das prillonische Protokoll und wusste, wie unsere Transporter programmiert waren. Keine Kleidung oder Waffen würden über einen Langstrecken-Transport übermittelt werden. Die Ankunft einer nackten und begierigen Braut war ein Ereignis, das in der gesamten insterstellaren Koalition stets mit äußerster Vorfreude erwartet wurde. Ich musste mich fragen, was die im Abfertigungs-Zentrum auf der Erde davon halten würden, wenn ein nackter Mann—nein, ein nackter Halb-Cyborg—auftauchte.

„Sie sind außerdem etwa einen Kopf

größer als die meisten Männer auf der Erde. Sie werden auffallen wie ein bunter Hund."

„Ich weiß nicht, was dieser Ausdruck bedeutet, aber ich gehe davon aus, dass ich schon aufgrund meiner Körpergröße eine Seltenheit sein werde, und nicht nur deswegen." Ich deutete auf eine Seite meines Gesichts.

Hannah spitzte die Lippen und nickte.

„So sei es."

Ich ärgerte mich darüber, wie lange alles dauerte, und warf den Kriegern hinter dem Pult einen finsteren Blick zu, damit sie sich beeilten. Der Krieger an der Steuereinheit nahm meine stumme Anweisung mit einem Nicken entgegen.

„Wartet."

Wir alle drehten uns zu der tiefen Stimme herum. Einer der Wächter an der Tür trat auf mich zu.

Sein Name war Ander, und er war einer der Krieger gewesen, die mich und Dare vom Hive befreit hatten. Er war noch größter als ich, mit gewaltigen Schultern und einer großen Narbe, die sich über die gesamte rechte Seite seines Gesichts zog. Eine solche Narbe war ein Zeichen für seine Tapferkeit als Krieger, für den Preis, den er in der Schlacht um unsere Rückkehr bezahlt hatte.

Meine Färbung war blasses Gold, wie üblich in unserem Volk. Ander war dunkler, seine Augen hatten die Farbe von rostigem Stahl, und sein Haar und seine Haut hatten einen dunklen Farbton, näher an Braun und häufiger bei den alten Familien zu finden. Selbst vor meiner Bergung war er mir bekannt gewesen. Er war auf dem Schlachtschiff weithin angesehen und respektiert, und einer von Commander Destons Elitekriegern. Ich verdankte ihm mein Leben. So wie auch Dare. Ihn im Transporterraum zu haben, bewies, dass sowohl der Commander als auch sein Sekundär ihm vertrauten, und dass er zu ihrem engsten Kreis gehörte, ein zutiefst getreuer Krieger und Vertrauter.

Ich begegnete seinem Blick, ohne zu zucken, von einem gezeichneten Außenseiter zum anderen. Ich sah verwundert zu, wie er seine Waffe beiseitelegte und auf mich zukam. „Ich biete mich als Ihr Sekundär an."

Ander war keine Augenweide und einige Jahre älter als ich, aber ein tapferer Krieger. Ich hätte mir keinen besseren Krieger dafür wünschen können, meine Braut finden und beschützen zu helfen. Er hatte seine Loyalität mir gegenüber, wie auch Dare und dem Commander gegenüber, viele Kriegsjahre lang bewiesen. Ich kannte ihn nicht gut, aber gut genug. Er war einer Braut würdig. Verdammt, er war womöglich sogar würdiger als ich.

Ich dachte an das Vereinigungsritual zurück, das die Grundlage für unsere Zuordnung gewesen war—das mit dem dominanten Sekundär, der seine Gefährtin mit gekonnter und lustvoller Präzision in den Hintern gefickt hatte. Da ich die Bedürfnisse meiner Gefährtin alleine schon von diesem Traum her kannte, wusste ich, dass Ander passen würde. Sogar ausgesprochen gut.

Ich wandte mich an den Commander, denn ich würde nicht ohne seine Zustimmung einen seiner besten Krieger abbestellen. Mein altes Ich, der verwöhnte Prinz, der glaubte, dass ihm alles zustand, hätte den Krieger genommen und sich keine Gedanken über die Verantwortung dieses Mannes gegenüber jenen auf dem Schiff gemacht, jenen in seinem Kommando, jenen, die er beschützte.

Auch Ander wandte sich an den Commander. Der Commander stand mit einem Arm um die kurvige Taille seiner Gefährtin da und grinste ein seltenes Grinsen. „Geh nur. Mögen die Götter euch beide beschützen."

Lady Deston lehnte ihren Kopf an seine Schulter und lächelte aufrichtig. „Bemüht euch, nicht all zu viele Idioten umzubringen. Und bemüht euch, die Frau nicht zu Tode zu erschrecken." Sie streckte die Hand aus, und Dare legte drei schwarze Halsbänder in ihre Handfläche. Sie wandte sich zu mir. „Ich glaube, die werdet ihr brauchen."

Ich schüttelte den Kopf. „Ich fürchte, meine Dame, dass sie den Transport nicht überstehen würden. Außerdem würden sie außer Reichweite des Schiffs nicht ordnungsgemäß funktionieren."

„Oh. Dann werden sie bei eurer Rückkehr hier auf euch warten." Ihre Hand senkte sich zu Dares, und sie hielt sich an ihren beiden Gefährten fest, sichtlich emotional, während sie uns beide betrachtete, die wir Schulter an Schulter auf der Transportplattform standen. „Viel Glück. Ihr werdet ihr einen gehörigen Schrecken einjagen. Seid bitte geduldig."

Ich nickte und bereitete mich innerlich auf die wringenden Verdrehungen eines Langstreckentransportes vor, Ander direkt hinter mir. Ich spürte die Energiewelle durch meine Zellen fahren, die bedeutete, dass das Transportprotokoll begonnen hatte. Ich hatte den Ausdruck nicht verstanden, *ihr einen gehörigen Schrecken einjagen*. Noch brauchte ich geduldig zu sein. Diese Erdenfrau war meine Gefährtin. Wir waren einander zugeordnet worden. Sie würde die Verbindung ebenso richtig erkennen wie ich. Sie würde sich vielleicht über Ander wundern, aber ich hatte ihn als meinen Sekundär anerkannt, und das brauchte sie nicht zu hinterfragen. Nicht ihren Gefährten. Es würde nicht nötig sein, Zeit damit zu verschwenden, unsere neue Braut mit hübschen Gesichtern oder netten Worten zu umwerben.

Ich war ihr *zugeordnet*!

Ich hatte vor, sie einfach zu nehmen. Und wenn meine Braut Angst hatte? Wenn sie Einspruch über die Zuordnung erhob? Es würde keinen Unterschied machen. Sie gehörte mir, und ich würde sie nicht mehr aufgeben. Ich würde sie für mich gewinnen, sollte es eine Woche dauern oder ein Jahr—sie würde einlenken.

JESSICA, *Erde*

ICH HOCKTE TIEF GEDUCKT auf dem Dach und starrte durch die lange Linse der Kamera, die ich in meiner Notfalltasche versteckt gehabt hatte, auf die Drogenfahnder hinunter. Meine Zielperson saß unter einem Sonnenschirm an einem von sieben Tischen eines privaten Innenhof-Restaurants im Herzen der Stadt. Ich trug mein übliches Outfit für verdeckte Ermittlungen, schwarzes Top und schwarze Hosen.

Die Polizisten waren Gäste des Kartells, ihre Anwesenheit ein Indiz für ihre finsteren Machenschaften, ein Beweis dafür, dass die Ganoven sie in der Tasche hatten. Beweis dafür, dass mir das Verbrechen in die Schuhe geschoben worden war. Das Lokal war schwer bewacht, von Muskelmännern mit Kanonen unten auf der Straße, und einer weiteren Streife auf den Dächern, die pünktlich jede Stunde einen Rundgang machte.

Was hieß, dass ich noch fünfzehn Minuten Zeit hatte, mich aus dem Staub zu machen, bevor sie mich erwischen würden.

Eine Frau kniete auf dem Beton zwischen den Beinen eines der Männer und gab ihm unter dem Tisch einen Blowjob, während er Whiskey sippte und mit seinen Freunden scherzte. Er unterbrach nicht einmal seinen Redefluss, als die unter Drogen stehende Frau seinen Schwanz in ihren Hals steckte und mit seinen Eiern spielte. Das gesamte Areal wimmelte nur so von Drogenhändlern, Zuhältern und den Prostituierten, die ihnen dienten, ihre Sklaven waren.

Ich war mir nicht sicher, wer es

schlimmer hatte: die Frauen, die an der Anfangs-Überdosis von C-Bomb starben, oder die Überlebenden, die in die Sklaverei gezwungen wurden, um an den nächsten Schuss zu kommen.

Ich hatte schon seit zwei Tagen keine vernünftige Mahlzeit mehr gegessen, mein Körper war dehydriert und ich hatte nur Protein-Gel und Kaffee im Magen. Mein Überleben war nicht notwendig. Ich hatte kein Zuhause, kein Geld und keine Familie mehr. Selbst mein außerirdischer Gefährte, der eine perfekte Mann für mich im ganzen Universum, hatte mich abgewiesen. Das Einzige, was mir blieb, war meine Ehre, und eine Chance, dafür zu sorgen, dass keine weiteren Frauen mehr gekidnappt und in den Drogen- und Prostitutionsring gezwungen wurden. Die Rekrutierungstaktik dieser Leute war es, gekidnappten Frauen einen Drogencocktail zu spritzen—auf der Straße C oder C-Bomb als Abkürzung für „Cunt-Bomb" genannt—der jede

Frau in eine willenlose Nymphomanin verwandelte. Die Droge war erstaunlich wirkungsstark. Schon nach einer Dosis waren die Frauen entweder einfach zu kontrollierende Süchtige, oder tot. Die Frau, die sich gerade mit dem Schwanz des Mannes in ihrem Hals erniedrigte, war sichtlich abhängig.

Ich sah zu, wie einer der Handlanger des örtlichen Drogenbarons eine Tüte voll mit Drogen, Geld und weiß Gott was noch allem über den Tisch zum Drogenfahnder hin schob, der die Tüte öffnete, lächelte und eine einzelne Pille —ich konnte ihre blassrosa Farbe durch meine Linse sehen—aus der Tüte holte. Er nahm sie zwischen Daumen und Zeigefinger und hielt sie der Frau hin, die unter dem Tisch seinen Schwanz lutschte. Sie nahm sie unter ihre Zunge. Mit beinahe sofortiger Wirkung erstarrte sie, dann lächelte sie wie benebelt und senkte den Kopf, um ihn mit doppelter Bemühung dazu zu bringen, in ihrem Hals zu kommen.

Mit grimmigem Gesicht drückte ich den Auslöser und schoss ein Foto nach dem anderen, wobei ich mich bemühte, mich nicht zu bewegen. Noch nicht. Ich brauchte noch einen Namen, noch ein Gesicht. Ich hatte bereits drei der obersten Macher der Bande ausliefern können. Eine gut platzierte Nachricht und ein paar Fotos an ehrliche Cops geschickt, und schon waren sie hinter Gittern. Nun musste ich nur noch erfahren, wen die Bande in der Stadtregierung in der Tasche hatte, und dann war mein Job erledigt. Ich würde die Arschlöcher fertigmachen, die meine Stadt ruinierten, oder beim Versuch umkommen.

Ich atmete ruhig und langsam und zuckte keinen Millimeter. Es war heiß unter der grauen Plane, die ich zur Tarnung benutzte, aber ich wagte es nicht, mich zu rühren. Das kleinste Funkeln meiner Linse im Sonnenlicht konnte sie auf mich aufmerksam machen. Ich fühlte mich wie ein

Scharfschütze, aber meine Waffe waren Informationen anstatt Kugeln. Zumindest dieser Tage. Als ich noch beim Militär war, war mein M24-Scharfschützengewehr um einiges tödlicher.

Meine Geduld wurde entlohnt, als ein Mann, der mir nur allzu bekannt war, schließlich aus dem Schatten hervortrat und sich den beiden Drogenfahndern gegenübersetzte.

Ich blinzelte dreimal, kräftig, um die Tränen aus meinen Augen zu bekommen, die sich dort sammelten. Ich sollte überrascht sein.

Das war ich aber nicht, und das sagte mir schon alles, was ich wissen musste. Jeder Schnipsel meiner Scharfschützen-Ausbildung machte sich in diesem Augenblick bezahlt. Ich rastete nicht aus. Ich blieb ruhig, atmete langsam und gleichmäßig, auch wenn meine Gedanken rasten. Kacke. Verdammte Scheiße! Der elende Mistkerl!

Ich beeilte mich und schoss mehrere

Fotos, bevor ich mich zurückzog, meine Ausrüstung zusammenpackte und zu ihm nach Hause fuhr. Ich wusste genau, wo das war, denn ich war schon dort gewesen. Oft sogar. Ich würde ihm einen Hinterhalt stellen und ihn konfrontieren, und die ganze Sache aufzeichnen. Die Stadt musste erfahren, wer das Arschloch war, das hinter der neuesten Mordserie steckte, aber die Welt würde mir niemals glauben. Ich war eine verurteilte Verbrecherin, eine, die *er* angeschwärzt hatte. Ich brauchte ein Geständnis, und ich brauchte es auf Film.

Zwei Stunden später kam er zurück zu seinem Herrenhaus mit vier Schlafzimmern, wo er mich in seinem edlen Speisesaal im Erdgeschoss vorfand. Die Zwölf-Kaliber-Schrotflinte, die er vor Jahren auf einer Waffenmesse gekauft hatte, war geladen, und der Lauf lehnte auf der hohen Rückenlehne eines kirschfarben gebeizten Stuhls am Esstisch. Ich zielte mit der Waffe mitten auf seine Brust. Er wusste, dass ich eine verdammt gute Schützin war. Ich hatte in jedem meiner vier Jahre bei der Armee an Scharfschützenbewerben teilgenommen, und er hatte mich persönlich trainiert.

„Jess." Seine Augen wurden groß, völlig erstaunt darüber, mich zu sehen. Das hielt nur eine Sekunde lang an, bevor er seine Gefühle unter Kontrolle brachte.

„Clyde."

Ich starrte meinen alten Mentor über den Waffenlauf hinweg an und schüttelte langsam den Kopf, den Blick fest auf ihn gerichtet. Er war Ex-Militär, ehemaliger Polizeichef und inzwischen Bürgermeister unserer wunderbaren Stadt. Er trug einen dunkelblauen Anzug mit Krawatte und sah gut und fit aus für seine fünfzig Jahre, ein vorbildhafter Bürger der Stadt. Ein Kriegsheld, dessen Augen von Lachfalten umrahmt waren. Das Grübchen in seinem Kinn hatte ihm den

Titel des begehrtesten Junggesellen der Stadt eingebracht.

„Ich dachte, du wärst abgehauen, um irgendein Alien zu ficken."

Er besaß den Nerv, sich eine Zigarette aus der Tasche zu holen und sie anzustecken, während ich zusah. Der Rauch stieg langsam auf und tanzte in der stillen Luft zwischen uns.

„Hat dir das Alien nicht ausgereicht? Bist du zum Ficken hier, Süße? Für noch eine Dosis C-Bomb?"

„Nein, danke."

Er zuckte die Schultern und nahm einen tiefen Zug von der Zigarette. Er stieß Rauchringe aus, als hätte er keine Sorge auf der ganzen Welt. „Ich dachte, ich sollte es dir anbieten. Du hast C-Bomb beim ersten Mal doch so geliebt, da dachte ich, du hättest gern noch 'ne Runde."

Ich schauderte. Ich hatte nie jemandem von dieser höllischen Nacht erzählt—der Nacht, die ich wie von Sinnen im Drogenrausch verbracht hatte. Ich hatte mich im Badezimmer eingeschlossen und auf dem Fußboden zusammengerollt. Ich hatte masturbiert, bis meine Pussy blutig war, mich stundenlang immer wieder übergeben, und jeder Orgasmus hatte mir nur kurz Erleichterung verschafft. Die Tortur hatte den Großteil der Nacht lang angehalten, und nun wusste ich genau, wer daran schuld gewesen war. Mein Finger zuckte am Auslöser, und er musste es bemerkt haben, denn er hob die Hände ergeben hoch.

„Immer langsam."

„Ich habe dir vertraut." Beim Gedanken daran, ihn umzubringen, wollte ich am liebsten auf meine Stiefel kotzen, aber ich würde es tun. Er verdiente es nicht, zu leben, aber ich brauchte ein Geständnis. Es würde nicht reichen, dass er tot war. Meine Kamera saß am Kaminsims und zeichnete alles im Zimmer auf, jedes verdammte Wort. „Warum hast du das getan?"

„Was getan?" Er starrte mir in die

Augen, ruhig und gemächlich, während er sich in seinen liebsten Lehnstuhl setzte, und zwar den, der immer eine Waffe zwischen der Polsterung der rechten Armlehne und dem Sitzkissen stecken hatte. Die Waffe befand sich derzeit sicher verstaut in meiner Tasche, aber das wusste er nicht.
„Du weißt schon, mich anschwärzen. Ein paar Dutzend unschuldige Frauen umbringen. Mit dem Kartell Geschäfte machen. Deine Stadt verraten und verkaufen."

Seine Hand bewegte sich an die Stelle zwischen den Kissen und ich grinste, sah zu, wie seine Augen erst ausdruckslos waren, dann fuchsteufelswild, als er bemerkte, dass seine Waffe weg war. Er seufzte, hob die Hand und verschränkte die Arme vor seiner Brust.

„Tu, was du tun musst, Jess, aber du wirst kein Geständnis aus mir herausbekommen. Ich habe nichts Falsches getan."

Ich sehnte mich danach, ihn aus nächster Nähe abzuknallen, ihm ein Loch so groß wie Texas in die Brust zu pusten, aber etwas hielt mich ab.

Gott, manchmal war es richtig Kacke, ein Gewissen zu haben. Nicht, dass dieser Mann verstehen würde, was das bedeutete. Ich hatte schon Menschen getötet, im Einsatz im Nahen Osten, aber da war ich dazu gezwungen gewesen. Töten oder getötet werden. Das war etwas Anderes. Das hier? Es wäre kaltblütiger Mord.

Aber ernsthaft, er verdiente den Tod. Ich starrte ihn eine geschlagene halbe Minute lang an und wägte meine Optionen ab. Ihn umbringen und fliehen? Ihn fesseln und die Polizei rufen?

Sie würden mir niemals glauben. Niemals. Ich war die Verräterin, die korrupte Ex-Militäroffizierin, bei der eine überschüssige Million am Bankkonto gefunden worden war, ein Packen C-Bomb bei ihr zu Hause, und die Droge selbst in ihrem Blut. In dieser Stadt war er ein Gott. Ich war eine Verbrecherin und Lügnerin. Ich war Abschaum.

Er lächelte mir spöttisch zu, und der Anblick machte mich so zornig, dass ich mich aufrichtete und einen Schritt nach vorne machte. Ich würde ihn anlügen und ein wenig riskieren müssen, um seine Schwachstelle zu erwischen und ihn wütend zu machen. Ihm ein Geständnis zu entlocken. Ich hatte mein Versteck verlassen, sobald ich ein Foto von ihm im Gespräch mit den Drogenfahndern hatte, aber er wusste nicht, was ich gesehen hatte und was nicht. „Ich brauche kein Geständnis, Clyde. Ich habe dich auf Film im Blowjob-Café, mit einer Nutte zwischen deinen Beinen und einer Tüte Drogengeld auf dem Tisch."

„Du verdammtes Miststück." Er funkelte mich an, jeglicher Anschein von Menschlichkeit verflogen. „Ich werde dich so high machen, dass du deinen eigenen Namen nicht mehr weißt, und dann werde ich dich unter den Männern aussetzen. Sie werden wie Hunde über dich herfallen."

Die Neurostims in meinen Schläfen surrten, und ich schüttelte den Kopf, um ihn klarzubekommen. Es passierte noch einmal, diesmal lauter—ein eigenartiges Geräusch, das ich noch nie zuvor gehört hatte. Als würden Maschinen miteinander reden.

Ich trat einen Schritt zurück, und Clyde erhob sich aus seinem Stuhl und holte zum Schlag aus, während ich abgelenkt war.

Kacke. Irgendetwas stimmte nicht. Ich hob meine Hand an die Schläfe und stöhnte. Ich musste hier raus. *Sofort.*

Zu spät. Ein Schmerzensstich fuhr mir durch die Schläfen, und ich ging in die Knie. Die Flinte klapperte zu Boden, während ich mich krümmte und wimmerte und darum kämpfte, bei Bewusstsein zu bleiben.

Clyde packte sich die Waffe und trat

einen Schritt auf mich zu, als die Eingangstür aufplatzte. Drei riesige Wesen betraten Clydes Wohnzimmer. Sie waren nicht menschlich. Ihr gesamter Körper war metallisch, aber nicht hart und glänzend wie die Schraubschlüssel meines Großvaters, sondern weich, wie Metall, das sich bewegte, über ihre Körper floss wie Haut, wie lebendes Gewebe. Ihre Augen waren silbern, aber in der Mitte, wo die Pupillen sein sollten, verlief ein Muster aus Punkten und Strichen wie auf einem Computer-Bauteil. Sie hatten Augenlider, aber sie blinzelten nicht, während sie das Zimmer in sich aufnahmen und den Mann, der mit einer Schrotflinte auf sie zustürmte.

Sie waren wie aus einem Film. Lebend gewordene Roboter. Außerirdische. Etwas ganz eindeutig *nicht* Menschliches.

Clyde schoss einen von ihnen mit der Flinte ab, während ich meine Kamera packte und mich unter dem

Küchentisch verkroch, auf dem Weg zur Hintertür hinaus. Mein Kopf pochte vor Schmerzen, aber ich wusste, dass diese Männer—oder was zum Teufel sie sonst waren—nicht für einen freundlichen Besuch hier waren. Wenn sie Clyde wollten, sollten sie ihn haben.

Der Schrot prallte von ihrer Rüstung ab und verteilte sich weit im Zimmer. Ich biss die Zähne zusammen, um still zu bleiben, als ich spürte, wie eine Schrotkugel sich in mein Bein bohrte, und eine zweite in meine Schulter.

Ich hatte schon Schlimmeres erlebt, und im Vergleich zu den Schmerzen in meinem Kopf war das gar nichts.

Ich kroch gerade auf die Veranda hinterm Haus hinaus, als ich Clyde schreien hörte. Schwere Schritte tönten mir entgegen, und der Holzfußboden unter meinen Knien bebte unter dem Stapfen von Metallstiefeln, als eines der Monster auf mich losging.

Ich gab es auf, unbemerkt bleiben zu wollen, kam wackelig auf meinen Füßen zu stehen und rannte los. Meine sorgfältig zurechtgelegte Fluchtroute machte sich nun bezahlt, und zwar nicht, um mit meiner Aufzeichnung zu entkommen wie ursprünglich geplant, sondern mit meinem Leben.

Clyde brüllte weiterhin vor Schmerzen, aber ich kehrte nicht um. Ich floh, dicht gefolgt von einer der Kreaturen. Es war egal, wie oft ich um die Ecke bog, wie viele Abkürzungen ich nahm oder Verstecke ich mir suchte. Er kam mir immer wieder nach, als hätte ich einen Peilsender...

Kacke. Ich hob meine Fingerspitzen an die Narben an meinen Schläfen und verfluchte das Schicksal, Gott und den Alien-Prinzen, der mich abblitzen hatte lassen. Sie hatten tatsächlich einen Peilsender. Es sollte doch nur ein verdammter Sprachübersetzer sein! Das Krachen in meinem Kopf hatte nachgelassen, aber es war immer noch da, und ich erkannte, dass es ihre Sprache war. Das Versprechen von

Aufseherin Egara hielt, und je mehr ich hörte, umso klarer wurden mir ihre Worte. Nur, dass sie nicht laut sprachen wie normale Leute, sondern über eine Art Rundfunkfrequenz, das meine neuen Implantate aufschnappen konnten. Es war nicht meine Muttersprache, aber ich verstand es perfekt.

„Finde die Frau. Wir müssen sie zum Core bringen."

„Sie befindet sich etwa zweiundzwanzig Meter von unserer Position entfernt. Wir werden sie in dreiundzwanzig komma fünf Sekunden gefasst haben."

„Der Menschenmann ist tot. Fangt die Frau. Wir müssen von diesem Planeten weg, bevor die Koalition unser Schiff nachverfolgen kann."

„Neunzehn Sekunden bei unserer derzeitigen Position und Geschwindigkeit."

„Geschwindigkeit erhöhen."

„Wir werden sie um fünfzehn Prozent erhöhen."

Ich dachte kurz an Aufseherin Egara und ihre Behauptungen über die Sprachfertigkeiten des Implantats. Sie hatte recht. Sollte ich das hier überleben, würde ich ihr einen Dankesbrief schreiben müssen.

Neunzehn Sekunden, bis dieses *Ding* mich hatte? Ich rannte schneller, als ich mich je zuvor in meinem Leben bewegt hatte—zur Abwechslung richtig dankbar dafür, dass ich mich immer zu fünf Tagen Training die Woche gezwungen hatte—, und rannte geradewegs in eine riesige Brust hinein. Verdutzt blickte ich hoch, noch höher, sah silbrige Haut, und schrie.

4

P<i>rinz Nial, Erde</i>

DIE FRAU in meinen Armen warf einen Blick auf mein Gesicht und schrie, als wäre sie in den Armen einer Hive-Horde gelandet. Sie wehrte sich, trat und zappelte in meinem Griff, während Erleichterung durch meinen Körper schoss. Ich kannte ihr Gesicht von den Braut-Protokolldateien, die Doktor Mordin vor ihrem Transport empfangen hatte. Vor ihrem *fehlgeschlagenen*

Transport. Dies war meine Gefährtin, meine Braut. Es gab keinen Zweifel. Abgesehen von der visuellen Bestätigung *wusste* ich, dass sie mir gehörte. Und sie war verängstigt, aber am Leben. Und sehr, sehr schön.

 Der metallische Geruch ihres Blutes drang an meine Sinne, und eine Zornwelle durchfuhr meinen Körper, ein Kampfrausch, wie ich ihn noch nie zuvor verspürt hatte. Aber ich hatte auch noch nie zuvor meine Gefährtin beschützen müssen. Sie hatte Angst und war verletzt. Ich hatte keine Ahnung, wie schwer. Ich würde ihr die Kleider ausziehen und sie so bald wie möglich Zentimeter für Zentimeter inspizieren müssen.

 Der Gedanke daran, sie zu berühren, ihre Kurven zu erkunden, machte meinen Schwanz sofort hart. Ich erinnerte mich an den Traum von der Vereinigungszeremonie und wusste instinktiv, was sie brauchte, aber jetzt war dafür keine Zeit. Die Gefahr, in der sie sich befand, hatte sie jetzt schon in einen beinahe besinnungslosen Zustand versetzt, und so begrüßte ich die automatische Reaktion meines Körpers nicht, die durch den süßen Duft ihrer Haut und den blumigen Geruch ihres glänzend goldenen Haares ausgelöst worden war. Ihre langen Locken waren nicht von dunklem Gold wie bei vielen in meinem Volk, sondern von blasserer Farbe, wie flüssiges Sonnenlicht. Mein persönliches Leuchten in der Finsternis. Ich wusste, dass nur sie in der Lage sein würde, das Monster zu bändigen, das meine Cyborg-Implantate in mir entfesseln wollten.

Und wo wir gerade bei Monstern waren: die Kreatur, die sie verfolgte, würde nicht mehr lange atmen. Ich konnte die Hive-Späher in meinem Kopf hören, wie sie miteinander in ihrer eigenartigen Sprache aus Piepen und Rauschen kommunizierten, die sich in meinem Kopf wie schwirrende Insekten anhörte.

Ich hatte diese Geräusche nicht vermisst, aber nun war ich darüber dankbar. Das Rauschen hatte mich und Ander direkt zu ihnen geführt, und zu meiner Gefährtin.

Ich beugte mich zu ihr hinunter und fing ihren Blick mit meinem ein. Ihre Augen waren blassblau wie der Himmel ihrer Heimatwelt. „Jessica Smith, habe keine Angst. Ich werde nicht zulassen, dass dir Leid geschieht."

„Woher kennst du meinen Namen? Gehörst du etwa zu denen?" Mit großen Augen hörte sie zu zappeln auf, und ihr Blick streifte rasch über das schwarze T-Shirt, die Hosen und die Lederjacke, die ich erworben hatte, um meine kleine Ansammlung von Erdenwaffen zu verbergen. Ich würde diese Waffen nicht brauchen, nicht für den Cyborg-Späher, der mit voller Geschwindigkeit auf uns zu gestürmt kam. Ich würde ihn mit bloßen Händen in Stücke reißen. Ich freute mich sogar schon auf seine Ankunft.

Sie blickte über ihre Schulter zurück, zitternd, aber nicht panisch. Ihre kleinen Hände legten sich um meinen riesigen Bizeps, zerrten an mir, um mich dazu zu bringen, mich zu bewegen. „Es erreicht uns in... zehn Sekunden. Neun. Kacke. Wir müssen hier weg!"

Ich schüttelte den Kopf und stellte sie sanft hinter mich. „Ich laufe nicht vor dem Hive davon. Ich werde ihn für dich töten."

Vielleicht, wenn ich sie mit meiner Kraft und meinem Kampfgeschick beeindrucken konnte, würde sie zulassen, dass ich sie ohne den bindungsfördernden Einfluss eines prillonischen Gefährtenkragens in Besitz nehme. Unsere Bindungskragen warteten im Schlachtschiff des Commandersauf uns, aber sie würden mir hier auf der Erde nicht viel nutzen. Solange wir nicht zurücktransportiert worden waren, stand mir nur die Bindungsessenz in meinem Samen zur Verfügung, um Jessica davon zu überzeugen, mich anzunehmen. Aber damit das funktionierte, musste ich ihr nahe genug kommen, um die Flüssigkeit aus meinem begierigen Schwanz über ihre Haut zu streichen.

Der Klang von Stiefeln riss mich aus den Gedanken daran, meine Gefährtin zu ficken, und ich brüllte dem Hive-Soldaten eine Herausforderung entgegen, als er um die Ecke kam. Er stutze und starrte mich an.

Ich hörte, wie ihr Gespräch schneller und lauter wurde, aber dachte mir nicht viel dabei und bewegte mich auf meinen Feind zu.

Hinter mir presste meine Gefährtin ihre Hände an die Schläfen und sank in die Knie. Sie wimmerte, wie unter großen Schmerzen.

Die Hive-Kommunikation verursachte ihr irgendwie Schmerzen. Ich ging auf den Cyborg los, begierig darauf, ihn in Stücke zu reißen, aber er drehte sich herum und rannte wie ein Feigling davon. Ich konnte ihn nicht verfolgen, ohne meine Gefährtin verängstigt zurückzulassen und einem Angriff auszuliefern. Ich kniete mich neben sie, und ihre Finger krallten sich in mein Hemd und hielten sich fest, als wäre ich wahrlich ihr Retter, ihr erwählter Gefährte.

Ihre Berührung, und wie sehr sie mich brauchte, trafen mich tief im Inneren, und ich beschloss, mir ihr Vertrauen und ihre Zuneigung zu verdienen. Ich wollte, dass sie sich aus eigenem Willen und vor Begehren an mich klammerte, und nicht aus Furcht vor dem Hive. Ich wollte, dass sie mich berührte, weil ich ein Verlangen in ihrem Blut geworden war, nicht nur eine Notwendigkeit für ihr Überleben. Aber ich würde dieses zerbrechliche Band zwischen uns hinnehmen, für den Moment. Zumindest würde sie zulassen, dass ich mich um sie kümmerte, sie in Sicherheit brachte und ihre Wunden versorgte.

Frustriert darüber, meine Beute

verloren zu haben, aber fest entschlossen, mich zuerst um meine Gefährtin zu kümmern, ließ ich den Späher entkommen und speicherte seine Gesichtszüge für eine spätere Jagd in meinem Gedächtnis ab. Er *würde* sterben, es war einfach nur eine Frage der Zeit.

 Ich blickte mich um, um sicherzustellen, dass keine weitere Bedrohung mehr lauerte, bevor ich meine Gefährtin in die Arme hob. Sie fühlte sich perfekt an, an meine Brust geschmiegt, nichts als die dünne, primitive Erdenkleidung zwischen mir und der Hitze ihrer weichen Kurven, die meinen plötzlich kühlen Körper durchströmte. Ich senkte mein Gesicht an ihre Brust und atmete den heißen Duft ihrer Haut ein. Ihr Geruch entfachte ein Feuer in meinem Körper, das ich kaum zügeln konnte. Mein Schwanz wurde schmerzlich hart, und ich knurrte warnend, als sie sich herumwand und mit den Beinen nach mir trat. Ich presste meine Lippen an die Wölbung ihrer Brust unter ihrem weichen Hemd, und sie erstarrte.

„Was machen Sie da? Lassen Sie mich runter!"

Nur ungern zog ich mich aus den weichen Rundungen hervor und zwang mich dazu, den Kopf zu heben. Ich ignorierte ihre Proteste und setzte mich in Richtung des Treffpunktes in einem nahegelegenen Park in Bewegung, den Ander und ich vereinbart hatten. Wir hatten Aufseherin Egaras Fahrzeug dort abgestellt. Nach unserer Ankunft im Transportzentrum hatte uns die Aufseherin geholfen, Kleidung zu erwerben und primitive Kommunikationsgeräte, die die Menschen als Mobiltelefon bezeichneten. Meines steckte in der Tasche meiner Jacke, wo es nun surrte.

Ich tippte an das eigenartige Gerät in meinem Ohr, das die Aufseherin für jeden von uns programmiert hatte, und wartete auf den veränderten Klang, der bedeutete, dass das Kommunikationsgerät aktiv war.

„Sprich."

Anders Stimme war klar und deutlich. „Zwei Hive-Späher befanden sich in der Behausung des Menschenmannes. Ich habe beide getötet."

„Gut. Mir ist einer zu Fuß begegnet, aber ich konnte ihn nicht verfolgen."

„Er wird hierher zu den anderen zurückkehren. Ich werde auf seine Ankunft warten und ihn zu seinem Schiff verfolgen." Anders tiefe Stimme wurde in der ruhigen Umgebung deutlich übertragen, und meine Gefährtin hatte zu zappeln aufgehört, um unserer Unterhaltung zu lauschen.

„Gut. Finde sein Schiff und sorge dafür, dass er tot ist. Nimm seinen Kernprozessor an dich. Ich will wissen, was sie auf der Erde zu suchen hatten."

„Ich werde ihn in Stücke reißen, so wie die anderen."

Ich beneidete die selbstzufriedene

Genugtuung in Anders Stimme. Er hatte die überwältigende Befriedigung verspüren dürfen, den Körper eines Spähers in Stücke zu reißen. Ich wolle diese Erfüllung, begehrte sie. Nichts anderes als die völlige Vernichtung eines Feindes würde den Kampfrausch stillen, der mir durch die Adern lief.

Außer vielleicht, es wie ein wildes Biest mit einer willigen Frau zu treiben, mir den Zorn aus dem Körper zu ficken, meinen Schwanz heftig in eine nasse, gierige Pussy zu stoßen...

Meine Gefährtin zappelte und holte tief Luft, und ich blickte auf sie hinunter. Die Gedanken ans Ficken wichen meinem Erstaunen, als sie sagte: „Verbrennt die Körper. Sie müssen zerstört werden. Ihr Schiff auch."

Meine Augen weiteten sich bei ihren Worten.

„Warum?" Einen Hive-Körper zu zerstören, war ein langer, mühevoller Prozess. Ihre Metallteile brauchten ohne die notwendigen Verbrennungsöfen oft

Stunden, um zu schmelzen. Das Schiff war weniger ein Problem. Wenn es keine Selbstzerstörungs-Vorrichtung hatte, würden wir das Schiff einfach auf Kollisionskurs mit dem Stern der Erde in den Himmel schicken, wo es augenblicklich verbrennen würde. Wenn das Hive-Schiff in der Nähe war, könnten wir die toten Körper an Bord laden und sie alle im Sonnenfeuer entsorgen.

„Damit mein Volk nicht an ihre Technologie gerät. Unsere Wissenschaftler sind klug. Sie können alles rückentwickeln. Diese *Dinger* müssen vollständig zerstört werden."

Ich seufzte resigniert und beschloss, auf die Einschätzung meiner Gefährtin zu vertrauen. Die Erde war ein neues Mitglied in der Koalition und galt noch als primitiver Planet. Ihnen war noch kein vollständiger Zugriff auf die Waffen und Technologien der Koalition gewährt worden. Meine Anwesenheit auf der Erde verletzte sogar eine Übereinkunft innerhalb der Koalition zum Schutz der

Erde vor dem Hive. Die Erde war als Reiseziel verboten, solange Koalitionspolitiker und Wissenschaftler noch mit den Regierungen der Erde zusammenarbeiteten, um alle Grundlagen zu schaffen. Menschen kamen nicht gut mit der Erkenntnis zurecht, dass sie nur eine kleine, unbedeutende Welt unter mehr als zweihuntert Planetensystemen waren. Die Menschheit war klein, und doch stritten sie noch untereinander, schätzten ihre Frauen gering und hatten keinen Respekt vor ihrem Planeten.

„Du hast recht, Jessica Smith. Den Menschen ist nicht zu trauen." Es wäre gefährlich, den menschlichen Regierungen Zugriff auf Hive-Technologie zu gewähren. Die Menschen konnten trotz der Bedrohung, die der Hive darstellte, nicht einmal davon abgehalten werden, sich gegenseitig umzubringen. Sie waren nicht bereit für noch mehr Macht.

Ich drückte auf einen Knopf an

meinem Hemd.

„Ich habe den Kanal geöffnet, damit Jessica dich hören kann, Ander. Wie sie sagte, lade die Toten auf ihr Schiff und schicke es in ihren Stern. Lasse nichts für ihre Wissenschaftler zurück."

Anders Stimme ertönte durch den kleinen Lautsprecher, der in mein Hemd eingearbeitet war. „Wer ist diese Frau, die Kriegern von Prillon Befehle erteilt?"

Jessica keuchte über Anders Frage entrüstet auf, aber das war nichts im Vergleich zu dem Schock, den ihr meine Worte gleich bringen würden.

„Unsere Gefährtin."

Anders Schweigen dauerte nur wenige Sekunden lang an, aber Jessicas Puls, der sich gerade erst langsam beruhigt hatte, raste erneut los, als er sie nun direkt ansprach. „Ich grüße dich, Gefährtin. Ich bin Ander, dein sekundärer Gefährte. Es ist meine Pflicht und mein Privileg, deine Feinde zu zerstören. Dann werde ich zu euch kommen. Deine Lust ist die einzige

Belohnung, die ich dafür wünsche, ihnen die Köpfe von den Schultern zu reißen." Wann war mein Sekundär denn zu einem Dichter geworden?

Ich sah Jessica an, um ihre Reaktion auf Anders feierliches Versprechen einzuschätzen. Ihr Gesicht war eine Maske der Verwirrung. Eine Gruppe Hive-Killer hatte versucht, sie zu ermorden. Nun hielt ich sie in den Armen—und sah um nichts weniger furchterregend aus als die Hive-Kreaturen—und erzählte ihr, dass sie unsere Gefährtin war. Ander wollte ihre Feinde töten und sprach davon, dass es seine Belohnung sein würde, ihren Körper zu berühren und ihr Lust zu bereiten. Das war ganz schön viel zu verdauen, selbst für eine Prillon-Frau. Aber für eine Erdenfrau? Ich war überrascht, dass sie noch nicht in Ohnmacht gefallen war.

Seine Worte hatten eine sichtliche Wirkung auf sie gehabt, aber nicht so, wie ich es erwartet hatte. Ich konnte ihre Erregung so deutlich riechen wie das Blut von ihren Verwundungen. Der Duft ihrer feuchten Pussy war wie eine Droge für mich, die direkt in meinen harten Schwanz einfuhr. Wenn sie nicht verletzt gewesen wäre, hätte ich sie auf der Stelle genommen. Sie auf der Stelle zu meinem Eigentum gemacht.

Sie biss sich auf die Lippe, und ich sehnte mich danach, sie zu schmecken. Mit großer Anstrengung bemühte ich mich, mich auf ihre Worte zu konzentrieren, als sie sprach.

„Ich verstehe nicht, was gerade passiert."

Ja, wie ich erwartet hatte.

Sie runzelte die Stirn, und ihre Augenbrauen zogen sich noch enger zu einer entzückenden Linie zusammen, die ich schon auf Lady Destons Gesicht bemerkt hatte, wenn sie mit ihren Gefährten diskutierte. Ich wollte mich vorbeugen und die Falte zwischen ihren Augenbrauen mit meinen Lippen nachzeichnen, aber ich hielt still. Sie betrachtete mich noch etwas energischer.

„Sie sehen aus wie diese Ungeheuer. Wer seid ihr Leute? Warum haben die Clyde umgebracht? Was ist der Core? Und was meinte Ihr Freund damit, ein sekundärer Gefährte zu sein? Was zum Teufel soll das sein? Dann dieses eigenartige Versprechen, meine Feinde zu töten. Ich kenne keinen einzigen Außerirdischen, und ich habe schon gar keine Feinde. Und seine Belohnung? Ich kenne ihn nicht einmal, also warum spricht er davon, mir Lust zu bereiten und..."

Ihre Stimme wurde leiser, als sie mich wieder anblickte.

„...zu ficken?" Ich nahm an, dass sie meine Begierde, sie zu ficken, in meinen Augen gelesen hatte, denn ich hielt nichts vor ihr zurück. Sie musste von Anfang an sehen können, wie stark wir verbunden waren, mit welch brennendem Drang ich sie begehrte. Es war eigentlich faszinierend, das Zuordnungs-Programm, denn ich hatte nicht den geringsten Zweifel daran, dass sie meine Gefährtin war. Ich spürte es, sobald ich sie sah. Es wurde dadurch bestätigt, wie sie sich in meinen Armen anfühlte. Unsere Verbindung würde erst vollständig sein, wenn die Vereinigungszeremonie stattgefunden hatte. Ich brauchte aber keinen Kragen um meinen Hals, der mich psychisch mit ihr verband, um zu wissen, dass wir verbunden waren; dazu bestimmt, zusammen zu sein. Ich wusste es einfach, und das war wahrlich unglaublich.

Ihr Götter, ich wollte meinen Schwanz in ihrem Körper versenken und sie zum Schreien bringen. Ich wollte zusehen, wie ihre Brüste wippten und bebten. Ich wollte sie absolut besinnungslos sehen, währen ich sie wieder und wieder zum Kommen brachte. Ich wollte, dass ihre Pussy tropfnass war, meine Zunge tief in ihr vergraben, und meine Finger ihren Hintern erkundeten, während ich sie zum Wimmern und Betteln brachte und dazu, sich mir hinzugeben.

„Ja, zu ficken. Das auch."

Ich hatte ganz auf Ander am anderen Ende der Leitung vergessen, bis ihre leise Antwort ihn vor Lust knurren ließ. Ihre Augen wurden groß, aber Ander fing sich schnell wieder und sprach mit knapper Stimme ins Mikrofon.

„Hol das Fahrzeug und versorge unsere Gefährtin. Ich werden die Bedrohung beseitigen und treffe euch bei der Transporteinrichtung."

Er trennte die Verbindung, und ich befahl meinem Schwanz, ruhig zu bleiben. Meine Gefährtin war in meinen Armen, und sie blutete. Ich würde sie später in ihre neue Rolle einweisen, nachdem ich ihre Wunden versorgt hatte und wenn ich ihre Lektionen mit Lust ausbalancieren konnte.

Ander war eine weise Wahl als mein Sekundär gewesen. Er war furchtlos und kräftig, und ich wusste, dass er dank seiner Hingabe zu Jessica bei der Entsorgung ihrer Feine äußerst gründlich sein würde. Ich konnte mich darauf verlassen, dass er sowohl die toten Hive-Kreaturen als auch ihr Schiff vernichten würde. Wir konnten es nicht riskieren, ihr Gefährt selbst an uns zu nehmen, denn die Programmierung war so fortgeschritten, dass wir sie nicht überschreiben konnten, und wir würden wieder in der Gewalt des Hive landen.

Nie wieder. Ich würde lieber sterben, als mich auch nur von einem Mitglied ihrer Rasse noch einmal anfassen zu lassen.

Nein, Ander würde ihr Schiff zerstören, und ich würde unsere Gefährtin zum Bräute-Abfertigungszentrum der Menschen bringen und zu Aufseherin Egara. Wenn mein Vater die Transport-Vermittlungsstationen im All noch nicht gesperrt hatte, wie ich vermutete, dann könnte ich meine Gefährtin schon in den nächsten Stunden sicher und geborgen aufs Schlachtschiff von Commander Deston bringen.

    Ich beschleunigte meine Schritte zu einem sanften Joggen, denn ich hatte kein Interesse daran, von jemandem gesehen werden—als halb Mann, halb Maschine, zumindest in den Augen von Erdenmenschen—aber die Nacht war ruhig. Ich bewegte mich wie ein Schatten durch eine Siedlung von Häusern, die in einer langen Reihe nebeneinanderstanden. Autos, die Transportmittel der Wahl auf der Erde, säumten die Straße. Hohe Bäume schirmten den Erdenmond ab, sodass nur die Lichter, die an den Vordertüren der Häuser angebracht waren, die Nacht erhellten.

    Die Luft war warm, ähnlich den Temperaturen eines klimatisierten Schlachtschiffes, aber es war feucht. Die Luft hielt Feuchtigkeit, was sich...eigenartig anfühlte. Ich hatte nicht vor, lange genug auf der Erde zu verweilen, um mich in diese Neugierde zu vertiefen. Worin ich mich vertiefen wollte, war—

Jessica schrie auf, und ich blickte zu ihr hinunter. Meine Schritte waren für sie zu ruckartig und verursachten ihr Schmerzen. Ich hielt an und machte mich bereit, sie auf den Boden zu legen, nackt auszuziehen und falls nötig behelfsmäßig zu verbinden. „Ich rieche dein Blut, Gefährtin."

Sie schüttelte den Kopf an meiner Brust.

„Sie riechen es?", fragte sie überrascht.

Konnte nicht jeder das Blut seiner Gefährtin wahrnehmen, oder war das nur ich, mit meinen Hive-Implantaten?

„Es ist nur ein Kratzer. Ich hatte schon Schlimmeres. Sie können mich jetzt absetzen. Wirklich. Bitte. Danke für Ihre Hilfe, aber Sie können gehen." Ihre Finger zitterten, und ich runzelte die Stirn und versuchte, mir die Umstände auszumalen, unter denen eine Frau so stark verwundet werden konnte, dass es als Kleinigkeit galt, wenn Blut ihre Kleidung durchtränkte—denn inzwischen war ihre Schulter ganz verklebt und feucht von gerinnendem Blut.

„Gehen? Wohin ich gehe, dahin gehst auch du, Gefährtin. Ich kann dich jetzt versorgen. Es ist meine Pflicht, dafür zu sorgen, dass es dir gut geht."

Sie schüttelte wieder den Kopf. „Nein. Das kann warten. Setzen... setzen Sie mich doch einfach ab. Ich muss hier weg, bevor noch mehr von diesen... *Dingern* kommen."

Sie klammerte sich an das seltsame schwarze Objekt, das um ihren Hals hing. Ich erkannte ein Suchrohr oder eine Art Objektiv, als ich es ansah, aber da ich keinen Grund zur Annahme hatte, dass das Gerät eine Waffe war, hatte ich es bisher ignoriert. Wenn es eine Waffe war, hätte sie es gewiss gegen den Hive-Späher eingesetzt, der sie verfolgt hatte. Meine Arme schlossen sich fester um ihre Kurven. Ich würde sie nicht loslassen. Niemals. Aber ich verstand ihre Furcht und tat mein Bestes, um sie zu beruhigen und ihr Sicherheit zu verschaffen.

„Ander wird sie alle vernichten. Du brauchst keine Angst zu haben. Sie werden nicht wieder nach dir suchen."

„Sie alle? Was *sind* die überhaupt?"

Ich spannte mich an und stellte mich darauf ein, dass sie fragen würde, was *ich* überhaupt war. Aber das tat sie nicht. Irgendwie spürte sie, dass ich keine Gefahr für sie darstellte. Sie spürte, dass ich ihr Gefährte war, ihr perfektes Gegenstück. Aber ich bezweifelte, dass sie es glauben würde. Zumindest nicht sofort.

„Ich werde alles erklären, aber nicht hier, nicht jetzt."

Sie wandte den Blick ab, verweigerte den Augenkontakt zu mir, und ihre Hände schlossen sich um das schwarze Kästchen um ihren Hals. „Ich muss trotzdem weg. Bitte, ich kann es nicht gebrauchen, Sie in meine Probleme hier hineinzuziehen. Vertrauen Sie mir. Diese Dinger sind nicht die einzigen Ungeheuer hier, die mich tot sehen wollen."

Meine Gefährtin hatte viele Geheimnisse, und ich wurde neugierig. „Ungeheuer? Sind das so etwas wie Feinde?"

Sie nickte.

„Wenn du Feinde hast, Gefährtin, so brauchst du sie nur zu nennen. Ich werde sie umgehend eliminieren."

Sie schüttelte ihren Kopf und seufzte. „Sie können nicht einfach rumlaufen und Leute killen."

„Doch, das kann ich." Bei der Selbstsicherheit in meiner Stimme wurden ihre Augen größer. „Menschen sind klein und schwach. Menschenknochen sind dünn und brechen wie Zweige." Diese Frau brauchte Schutz. Sie war verängstigt und klein. Zerbrechlich. Hübsch, aber schwach. „Es wäre mir die größte Ehre, deine *Ungeheuer* zu zerstören, während Ander sich um die anderen kümmert."

Da lächelte sie mich doch tatsächlich an, als würde ich scherzen. „Darum geht es nicht."

„Nenne deine Feinde, Weib. Ich werde sie vernichten." Mein Stolz wich einem frustrierten Gefühl, und ich wusste, dass ich grimmig dreinblickte. Warum sollte sie mir das Recht verweigern, sie zu beschützen? War ich es nicht wert, dieses simple Geschenk zu empfangen?

Sie lehnte sich in meinen Armen zurück und streckte ihren Nacken durch, bis sie ihren Kopf an meine Schulter lehnen und zu mir hoch blicken konnte. „Ist dieses He-Man-Gehabe Ihr Ernst? Wer genau sind Sie, und warum nennen Sie mich immer Gefährtin? Sind Sie aus Australien oder so? Denn dann wären Sie ganz schön weit von zu Hause weg." Sie drückte sich gegen meine Schulter. „Sie müssen mich wirklich absetzen. Ich bin keine Puppe."

„Ich stamme nicht von dem Kontinent Australien. Ich bin Prinz Nial von Prillon Prime, dein zugewiesener Gefährte."

Ihr Körper erstarrte, ihre Augen groß mit einer Emotion, die ich nicht benennen konnte. „Aber... aber—soll das vielleicht ein Scherz sein? Denn es ist nicht lustig."

Ich lächelte über ihren angriffslustigen Ton und senkte meinen Kopf, bis unsere Lippen sich beinahe berührten. Dann flüsterte ich: „Du bist kein Kinderspielzeug, aber du gehörst trotzem mir, und ich kann mit dir spielen, wenn ich will. Dich in Besitz nehmen, wenn ich will. Du bist weich und kurvig. Dein Duft macht meinen Schwanz hart und meinen Kopf schwummrig. Ich kann deine Pussy riechen und freue mich darüber, dass du feucht wurdest, als dein sekundärer Gefährte dir gelobte, deine Feinde zu vernichten. Auch ich ersuche um das Recht, dich zu beschützen und für dich zu sorgen, so wie du umsorgt werden möchtest und es brauchst. Du bist eine würdige Gefährtin. Du bist zugewiesen worden und ich bin hier, um dich in Besitz zu nehmen, Jessica. Der Traum von der Vereinigungszeremonie? Der, in dem zwei Männer ihre Gefährtin dominierten? Ich sehe in deinem Gesicht, dass du weißt, wovon ich spreche. Aufgrund dieses Traumes sind wir einander zugeordnet worden. Ich weiß, was du brauchst. Ander wird mir dabei helfen, das zu erfüllen. Gemeinsam werden wir dir Lust bereiten. Ich bin durch die Galaxis gereist, um dich zu holen, Gefährtin. Ich werde dich nicht loslassen. *Du gehörst mir.*"

Jessica Smith öffnete den Mund, um zu widersprechen, und ich küsste sie, wie ich vorhatte, sie zu ficken: wild und fest und tief. Ich gab ihr keine Chance, Luft zu holen. Ich wollte nicht, dass sie atmete. Ich wollte, dass sie spürte, begehrte, sich unterwarf.

5

Jessica

HEILIGE SCHEIßE, der Kerl konnte küssen. Er war nicht zaghaft. Er tupfte nicht einfach seine Lippen auf meine. Es war nicht schnell vorbei. Es war ein Kuss von jemanden, der, wie er gesagt hatte, quer durch die gesamte Galaxis gereist war, um mich in Besitz zu nehmen. Er war von Prillon Prime gekommen, um mich zu holen und um mich so zu küssen. Jeder Funke seiner Energie war auf meinen Mund konzentriert. Seine Lippen pressten sich mit der Dringlichkeit eines Verdurstenden auf meine.

Vielleicht war er das auch, zumindest was seinen Durst auf eine Gefährtin betraf, die ihm verweigert worden war. Der persönliche Befehl des Primus hatte ihn von mir ferngehalten, aber auch mich von ihm. Die Art, wie er seine Zunge in meinen Mund stieß und dort meine begrüßte, machte mir deutlich, dass er mich wollte. Er schmeckte nach exotischen Gewürzen, fremd und doch absolut, herzzerreißend vertraut. Ich schmolz in seinem festen Griff geradezu, gab mich seinem Kuss vollständig hin. Und ihm.

Ich hatte keine Ahnung, wie lange der Kuss andauerte. Ich wusste nur, dass mein Körper verbrannte, dass ich schärfer auf ihn war als ich je auf einen meiner Freunde gewesen war—je zuvor, und das nur von einem Kuss! Der leichte

Schmerz meiner Wunden verstärkte die Sinnesempfindungen meiner überladenen Nerven nur noch weiter. Es war bemerkenswert, wie der Schmerz mich nur noch wacher machte, meinen Wunsch nach mehr nur noch verstärkte.

Leider würde ich nicht mehr bekommen. Nicht jetzt, mitten auf der Straße, während mir Blut über den Rücken lief und ein Alien-Prinz mich herumtrug, als wäre ich das Kostbarste im Universum.

Er war riesig, so groß wie ein Profi-Footballspieler. Er war gekleidet wie das Klischee eines motorradfahrenden Draufgängertypen, in schwarzes Leder und ein eng anliegendes schwarzes T-Shirt, das ich ihm am liebsten vom Leib gerissen hätte, um meine Zunge über seine breite Brust und Schultern wandern zu lassen. Seine Kleidung schmiegte sich eng an ihn, wie eine zweite Haut.

Zu Beginn hätte ich niemals in hundert Jahren angeommen, dass er ein

Außerirdischer war. Aber nun, da ich sein Gesicht gesehen hatte, die schärfer geschnittenen Kanten, den seltsamen metallischen Schimmer an der Seite seines Gesichts und Halses, konnte ich nicht glauben, dass es mir nicht sofort aufgefallen war. Er war goldfarben. Sein Haar und eines seiner Augen waren von dunklem Gold, das andere Auge ein wenig heller, als würde er eine silbrige Kontaktlinse tragen. Die seltsame Färbung seiner Haut verschwand unter dem Kragen seines Hemdes, und ich fragte mich, ob diese Haut sich anders anfühlte und wieviel seines Körpers von dem blasseren Ton überzogen war. Die Farbe fiel nicht stark auf, aber es war, als hätte er Glitzerspray aufgetragen, und der Glitzer hätte sich irgendwie in seine Haut eingebettet.

Ich wollte es schmecken.

In seinen muskulösen Armen, auf denen die Muskelstränge deutlich hervortraten, fühlte ich mich klein und schwach und sehr, sehr feminin. Und als jemand, der selbst fast zwei Meter groß war, war ich das nicht gewohnt.

Vielleicht war es seine Größe, die mich in seinen Armen schmelzen ließ, aber noch wahrscheinlicher hatte meine neuartige Schwäche mit dem höschenschmelzenden Kuss zu tun.

Der Ausdruck in seinen Augen, als er den Kopf hob, sagte mir, dass er genausowenig wie ich wollte, dass dieser Kuss endete. Hier war aber nicht der Ort dafür, und als er sich umblickte und unsere Umgebung abschätzte, wurde ihm das klar.

Schon viel zu bald waren wir an seinem Auto angelangt. Er setzte mich auf dem Beifahrersitz der kleinen Limousine ab, gurtete mich an und machte ein Getue um mich, als wäre ich ein Kind und keine erwachsene Frau, die absolut in der Lage war, sich um sich selbst zu kümmern. Ich beschwerte mich nicht, als seine riesigen Hände beim Angurten über meinen Bauch und meine Hüften streiften. Die Hitze seiner

Berührung reichte beinahe aus, um die Kälte zu verdrängen, die sich in meinen Gliedmaßen breitmachte.

Der Adrenalinrausch dessen, beinahe von Alien-Dingern umgebracht zu werden, verflüchtigte sich langsam, und ich wusste, dass ein Absturz folgen würde. Meine Wunden schmerzten, pochten mit jedem Herzschlag. Meine Muskeln fühlten sich schwach und zittrig an, und ich musste mich auf tiefe, gleichmäßige Atemzüge konzentrieren. Meine Hände bebten und ich zitterte. Mit einem Mal war mir eiskalt.

Er schloss die Tür und ging zur Fahrerseite des Wagens. Ich verbiss mir das Lachen, als er seinen riesigen Körper hinter das winzige Lenkrad zwängte. Das Auto war ganz eindeutig viel zu klein für seine Körpergröße. Lufterfrischer an den Lüftungsschlitzen verströmten einen blumigen Duft, ein Schutzengel-Anhänger hing vom Rückspiegel und das Auto roch nach Lavendel. „Wem gehört der Wagen?"

„Aufseherin Egara stellte uns nach unserer Ankunft ihr Fahrzeug zur Verfügung." Er ließ den Motor an und drehte die Heizung höher. Gott sei Dank. Meine Zähne hatten inzwischen zu klappern begonnen, nun da ich seine starken Arme und seine weiche Hitze nicht mehr um mich hatte.

„Hat sie euch auch die Telefone und Ohrhörer gegeben?", fragte ich, während ich mich an die Kopfstütze lehnte und zu ihm blickte.

„Du bist aufmerksam, meine Braut. Und ja, sie hat mir dieses primitive Kommunikationsgerät überlassen."

Er lächelte und setzte das Auto in Bewegung. Wir waren nicht weit vom Bräute-Abfertigungszentrum entfernt, falls er mich dorthin bringen wollte. Mir war es im Moment relativ egal, wohin wir fuhren. Er schien mir nichts tun zu wollen, was ich von den meisten Männern in dieser Stadt nicht behaupten konnte. Wenn Clyde über meine Nachforschungen Bescheid gewusst hatte, dann gab es auch noch andere. Niemand würde jedoch im Abfertigungszentrum nach mir suchen, da niemand wusste, dass ich schon einmal dort gewesen war. Also war es eine gute Wahl für ein Versteck. Nach meinen früheren Interaktionen mit Aufseherin Egara vertraute ich ihr genug, um mir zumindest meine Wunden ansehen zu lassen.

Ein Krankenhaus kam nicht in Frage. Ich würde tot sein, bevor sie meine Krankenversicherungs-Daten in den Computer eingegeben hätten. Das Kartell hatte überall Augen und Ohren. Jetzt, da Clyde tot war, brauchte ich mir zumindest keine Gedanken mehr zu machen, dass er seinen Kartell-Kumpeln erzählen würde, dass ich nach wie vor auf der Erde war. Aber sobald ich im Krankenhaus-System aufscheinen würde, wären sie sofort hinter mir her. Ich wusste zu viel.

Ich schloss die Augen und lehnte den Kopf an den Türrahmen, emotional zu ausgelaugt, um etwas anderes zu tun als die Augen zu schließen und darüber nachzudenken, was zur Hölle vor sich ging. Clydes Tod tat weh, aber nicht so sehr wie sein Verrat. Das musste ich erst noch verarbeiten, und dieser Schmerz, das Gefühl von verlorener Unschuld, brachte mich fast zum Weinen. Er war mir wie ein Vater gewesen, und ich hatte ihm restlos vertraut. Nun fühlte ich mich wie ein Narr, ein dummes kleines Mädchen, das ihren Papa mit blindem Vertrauen angehimmelt hatte, weil sie zu naiv war, zu jung und unerfahren, um zu erkennen, dass der Mann, der ihre Hand hielt, ein Monster war.

Clyde war zwei Jahre lang mein Kommandant gewesen. Er hatte mich unter seine Fittiche genommen, mich Schießen gelehrt und mir beigebracht, auf mich selbst aufzupassen. Er hatte mich immer dazu ermutigt, mich unbesiegbar zu fühlen, zu kämpfen. Er hatte mich glauben lassen, dass wir etwas Gutes und Rechtes in der Welt taten, dass wir etwas bewegten im Kampf zwischen Gut und Böse. Und die ganze Zeit über hatte er mich angelogen. Die ganze Zeit über war er der Teufel in Menschengestalt gewesen, und ich völlig verblendet.

Während dieser Gedanke langsam einsickerte, wurde der Schmerz immer größer, als würde ein Messer in meinem Bauch herumgedreht. Wie hatte er so grausam sein können? Warum hatte ich es nicht früher erkannt? Ich hätte es wissen sollen. Ich hätte zumindest Verdacht schöpfen sollen. Vielleicht hatte ich das ja, und wollte es nur nicht wahrhaben.

War ich so schwach gewesen, so zuwendungsbedürftig, dass ich die Hinweise übersehen hatte?

Ich hatte mich immer auf mein Bauchgefühl verlassen können, aber diesmal hatten mich meine Instinkte im Stich gelassen. Das wühlte mich mehr auf als alles andere. Ich fühlte mich auf unsicherem Boden, und das gefiel mir gar nicht. Kein bisschen.

Clyde war tot, vom Hive getötet. Ich war von meinem mir zugeordneten Gefährten gerettet worden, und seinem Sekundär Ander. Von meinen Gefährten! Seine Ankunft, die Gegenwart meines einen perfekten Gegenstücks im ganzen Universum, war nun ein wichtigeres Anliegen. Er fuhr mich in der Gegend herum, und ich war ihm völlig ausgeliefert.

Und wie er aussah! Er war größer als jeder Mensch, der mir je begegnet war, mit ausgeprägteren Zügen. Einfach... mehr. Er bemerkte meine Begutachtung und kniff seine Augen zusammen, bevor er seine Aufmerksamkeit wieder auf die Straße richtete. „Mach dir keine Sorgen. Die Hive-Technologie wird dich nicht verseuchen."

„Wie bitte?" Mich verseuchen? War er verrückt? War es ein Fehler gewesen, zu ihm ins Auto zu steigen? Ich könnte bei der nächsten Stopptafel rausspringen, aber er würde mich einfangen. Es bestand kein Zweifel daran, dass er größer war, stärker, fitter und definitiv stärkstens auf mich fokussiert.

Er verzog das Gesicht, und seine Hände quetschten das Lenkrad, bis es aussah, als könnte es sich tatsächlich verbiegen. „Die Hive-Technologie, die du sehen kannst, wird dir keinen Schaden zufügen."

„Wovon redest du? Das Silber?"

Sein Blick blitzte zu meinem, als würde ihn meine Antwort überraschen, aber ich hatte ernsthaft keine Ahnung, wovon zum Geier er redete. „Ja. Als ich vom Hive gefangengenommen wurde, wurde ich mehrere Stunden lang von ihren Implantaten gefoltert. Das Meiste, was mir zugefügt worden war, ist wieder entfernt worden. Was du nun siehst, ist bleibend. Ich trage ihre Spuren auch auf meiner Schulter, über meinem Rücken und am Bein entlang."

Langsam tat er mir tatsächlich leid.

Der Hive hatte ihm wirklich ordentlich zugesetzt. Ich hatte zu viele Geschichten gehört vom Foltern und Leiden der Soldaten in den Händen des Feindes. Und ich wusste aus erster Hand, dass manche Narben nicht von außen zu sehen waren. „Ist es gefährlich?"

„Nein."

„Tut es weh?"

„Nein."

„Na dann." Ich zuckte die Schultern und blickte wieder auf die Straße. „Was noch? Macht es dich superschnell oder unglaublich stark? Heilt es schneller, oder verschafft es dir irgendeinen Kampfvorteil?" Ich zitterte bei dem Gedanken daran, was für wunderbare Sachen ich mit einem Cyborg-Implantat anstellen könnte. Ich wäre wie die Bionic Woman, hoch zehn. Ich könnte mir ein Kostüm kaufen und das ganze Superhelden-Ding auf echt abziehen. Das wäre verdammt cool. Ich würde das ganz in Schwarz machen und die

Bösewichte in der Dunkelheit zur Strecke bringen.

Er schwieg so lange, dass ich mich zu ihm herumdrehte.

„Ja. Ich bin viel stärker als die meisten Krieger. Die Implantate beschleunigen auch meine Reaktionszeit." Er blickte mich mit verwirrtem Gesicht an. „Du stellst merkwürdige Fragen. Fürchtest du mich nicht?"

Ich verschluckte mich fast vor Lachen. Ich saß in seinem Wagen, nachdem ich bereits von einem gruseligen Alien-Monster angeschossen und verfolgt worden war, das mich umbringen wollte. „Du bist das Harmloseste, das mir seit Tagen passiert ist."

Er runzelte die Stirn, und ich wandte mich ab und sah den Bäumen beim Vorbeirauschen an meinem Fenster zu.

Na toll. Natürlich hatte ich ihn irgendwie beleidigt. Ich kannte ihn gerade mal zehn Minuten lang, und schon war ich ins Fettnäpfchen getreten. Er hatte mich schon einmal abgewiesen. Warum war er jetzt hier? Bevor ich gestrandet auf dem Untersuchungstisch im Abfertigungszentrum zurückgelassen worden war, weil mein Transport verweigert wurde, hätte ich Aufregung und Vorfreude verspürt, wäre gespannt darauf gewesen, ihn kennenzulernen. Aber nun? Ich verspürte keine Erleichterung. Oder Hoffnung. Ich fühlte mich gekränkt. Verraten.

Warum mich jetzt holen? Was war anders? Hatte er niemand Besseren gefunden? Ich wollte die Antwort, aber mein Stolz hielt mich davon ab, die Frage zu stellen. Nicht nur war *er* hier, aber wer zum Teufel war dieser Ander? Ein Sekundär? Was sollte das überhaupt heißen? Und warum war Ander, dieser fremde Alien-Mann, so besessen von mir —ich war dem Außerirdischen nie zuvor begegnet—dass er bereit war, für mich zu töten und damit anzugeben?

Was mich noch mehr störte: warum

zum Teufel machte mich das so scharf? Normalerweise stand ich nicht auf He-Man-Kerle. Verdammt, ich ging eigentlich gar nicht aus. Normalerweise war ich vollkommen zufrieden damit, mich um mich selbst zu kümmern. Meiner Erfahrung nach waren Männer zu selbstverliebt, um mit einer starken Frau zurechtzukommen. Sie wollten weinerliche, affektierte Schulmädchen, die sie betatschten und ihnen sagten, wie toll sie im Bett waren, wie stark und gutaussehend und all das andere ständige Lobpreisen, das schwachköpfige Männer anscheinend ständig zu hören brauchten.

Dafür hatte ich keine Zeit. Ich war vier Jahre lang Soldatin gewesen. Mein Vater war Polizist gewesen und bei einem schiefgelaufenen Drogendeal umgekommen, als ich sechzehn war. Meine Mutter war vier Jahre später an Krebs gestorben. Ich war ohne Geschwister und ohne Scheuklappen aufgewachsen. Ich wusste, wer ich war, und ich war *nicht* die Art von Frau, für die ein Mann—oder ein Alien—quer durch die Galaxis reiste. Verdammt, noch kein Mann war für mich quer durch die Stadt gefahren. Meine Eltern hatten in der Realität gelebt. Ich wusste über Drogen, Prostitution und Korruption Bescheid, bevor ich zehn war. Deswegen wusste ich auch so genau, wie wichtig der Kampf für Gerechtigkeit überhaupt war.

Ohne gute Menschen, die für diese Welt kämpften, würde sie schnurstracks zur Hölle fahren. Ich konnte die Korruption sehen, das Böse, das am Gefüge unserer Gesellschaft nagte. Zu wissen, dass es Männer wie Clyde gab, die es nur noch schlimmer machten, ließ mich vor Wut und Frust kochen. Ich war eine Kämpferin gewesen. Ich hatte Drogengeldern hinterhergeforscht, hatte Enthüllungsartikel über Korruption auf allen Ebenen geschrieben und mich geweigert, mich kaufen zu lassen.

Mein Lohn dafür? Mir war ein

Verbrechen in die Schuhe geschoben worden, ich wurde verurteilt und zur Strafe lebenslang als Braut an einen Alien-Krieger verkauft, dem ich noch nie begegnet war.

    Bis selbst der mich verdammt noch mal nicht wollte. Ja, ich war seltsam. Rechthaberisch. Dickköpfig. Zu groß, zu dick und zu direkt. Ich war zur Armee gegangen, um zu lernen, wie ich meinen Körper zum Kämpfen einsetzen konnte, und zur Uni, um zu lernen, wie ich mein Hirn zum Kämpfen einsetzen konnte. Ich spielte niemandem falsche Freundlichkeiten vor, log nicht und ließ mir keinen Scheiß von Männern gefallen. Niemals.

    Dann taucht plötzlich dieser Kerl auf, spielt sich mit seinem Kumpel auf wie Neandertaler, sie erscheinen wie aus dem Nichts, um mich vor den Bösewichten zu retten, und davon werde ich ganz geil und feucht?

    Was zum Geier war los mit mir? Ich brauchte keinen Mann als großen Retter.

Ich brauchte überhaupt keinen Mann. Nicht einmal für Sex, nicht, wenn mein getreuer Vibrator seine Aufgabe gut erfüllte. Bis auf diesen Kuss...

„Ich werde langsam verrückt."

„Du bist verletzt und stehst unter Schock. Sorge dich nicht, Gefährtin, dein Verstand ist intakt."

Na dann, Mister Scharfer Alien-Mann. „Du nimmst wohl alles wörtlich."

„Ich verstehe diese Bemerkung nicht."

„Egal. Was genau waren diese Dinger eigentlich?" Ich drehte meinen Kopf wieder herum und öffnete die Augen, um mir den Mann anzusehen, der mich vor einer sicheren Gefangennahme gerettet hatte. Sein Gesicht war ausdrucksstark, seine Züge ein klein wenig kantiger als die eines Menschen sein würden, aber keineswegs weniger ansprechend. Er füllte den beschränkten Raum im Auto aus wie ein Berg, der in einen Fingerhut gezwängt wurde, aber er hatte das Auto mit einer Gewandtheit unter Kontrolle, die mich faszinierte, da ich mir sicher sein konnte, dass er noch nie zuvor ein Auto gefahren hatte, bevor er zur Erde kam.

Ganz abgesehen davon, dass der Anblick seiner starken Hände Bilder davon heraufbeschwor, wie er sie einsetzen würde, um mich zu berühren, um diese langen Finger in meinen Körper zu schieben und mich damit zum Kommen zu bringen. Und dieser Kuss? Ich wollte mehr. Heilige Kacke, jede Frau, die bei Sinnen war, würde mehr wollen. Er war groß und hart und rief Gefühle in mir hervor, die ich nicht kannte, wie etwa Ehrfurcht. Respekt. Und er war zum Teil eine Maschine. So, wie er davon gesprochen hatte, dass er vom Hive gefangen genommen und irgendwelchen Experimenten unterzogen worden war, hieß das, dass er jetzt und für immer teilweise eine Maschine war. Der Gedanke daran war verrückt.

Und trotzdem war er umwerfend

gutaussehend. Muskulös und riesig, groß genug, dass ich mir vorstellen könnte, dass er mit bloßen Händen einen Grizzlybären bezwingen könnte. Der seltsame Schimmer auf Teilen seiner Haut wirkte wie ein Lockmittel auf meine Finger. Ich wollte es berühren, ihn erkunden und die Unterschiede an seinem Körper vergleichen, das Gewebe schmecken, das ihn stärker und schneller als die anderen seiner Art machte. Der Hive hatte vielleicht versucht, eine Waffe zu erschaffen, die sie nutzen konnten, aber stattdessen hatten sie sich einen gefährlichen Gegner geschaffen.

Und das brachte mich dazu, dass ich in seinen Schoß kriechen und mein eigenes Revier abstecken wollte. Der Gedanke daran, dass er eine andere Frau berühren könnte, sie in den Armen tragen, ihr schwören, für sie zu töten, sie zu beschützen, davon sprechen, sie zu ficken... dabei sah ich rot. Ich war mir noch nicht sicher, was ich von ihm wollte. Aber der Gedanke daran, dass eine andere Frau ihn berühren könnte, war absolut inakzeptabel.

Abgesehen von meiner Reaktion auf seine höllisch sexy Erscheinung und Größe, die mich dank der feuchten Hitze in meinem Höschen als völlig oberflächlich enttarnte, seicht und notgeil... fühlte ich mich bei ihm geborgen.

Ich fühlte mich bei ihm sicher und geschützt, so wie ich mich bei meinem Vater vor seinem Tod gefühlt hatte. Und dann, nachdem er niedergeschossen wurde, lernte ich meine erste harte Wahrheit—dass niemand jemals sicher war, und dass kein Mann je stark genug sein würde, mich zu beschützen. Also unterdrückte ich diese Gefühle, die er hervorrief, denn ich brauchte keinen Mann. Das war mein Mantra. *Ich brauchte keinen Mann.*

Zum Glück fing Nial zu sprechen an, denn während ich darüber nachdachte, wie sehr ich keinen Mann brauchte, war meine Libido damit beschäftigt, sich zu überlegen, wie ich an den nächsten dieser verdammt scharfen und außerirdisch guten Küsse geraten könnte. Meine Pussy wurde wieder feucht bei dem Gedanken daran, da meine Lippen immer noch kribbelten, und ich wusste, dass er es riechen konnte. Ich hatte keine Ahnung, wie, aber seine Nasenflügel bebten, und er drehte sich zu mir herum und seine Augen brannten sich in mich hinein, bevor er sich wieder der Straße zuwandte.

Ich wollte nicht über meine verrückte Reaktion auf einen Mann nachdenken, der teilweise eine Maschine war. Ich verzehrte mich nach ihm. Diese Begierde, dieser Hunger erinnerte mich an die Lust, die ich empfand, während ich auf C-Bomb high war, und ich wollte niemals auf etwas süchtig sein, nicht einmal auf einen Mann.

Oder wollte ich das doch? Fühlte es

sich etwa so an, einen Gefährten zu haben—wie eine Sucht? Ständig seine Berührung zu begehren, seine Aufmerksamkeit? Wenn das so war, war ich mir nicht sicher, ob mir das gefiel.

„Die Kreaturen, die dir begegnet sind, waren Späher des Hive", sagte er und unterbrach meinen Gedankengang. „Ich weiß nicht, warum sie hier waren."

Ich hatte meine Frage schon wieder vergessen gehabt.

„Der Hive?", fragte ich. „Die außerirdische Rasse, die die Erde dazu zwang, der Koalition beizutreten?"

Ich hatte über den Hive alles gelesen, was ich in die Hände bekommen konnte—auf jedem erdenklichen Weg, legal oder nicht. Zum größten Teil wussten die Menschen auf der Erde nur, was ihnen gesagt wurde. Eine außerirdische Rasse hatte uns im Visier, und die Interstellare Koalition der Planeten war eingeschritten und hatte unserem Planeten Schutz angeboten, im Austausch für Soldaten und Bräute. Der

Koalition war es egal, woher die Rekruten kamen, solange die Quote erfüllt war. Den Aliens war es egal, dass die Anführer der Erde beschlossen hatten, verurteilte Kriminelle wie mich als Bräute zu schicken. Zusätzlich zum Schutz, den die Koalition bot, waren die Oberhäupte der Erde auch ganz glücklich darüber, den größten Abschaum der Gesellschaft loszuwerden.

Da ich von meinem Gefährten abgewiesen worden war, schien es, als hätten die Aliens ihre Ansprüche dieser Tage etwas höhergestellt. Eine Diebin hätten sie angenommen. Eine Mörderin? Kein Problem. Aber mich? Nein. Es verblüffte mich und tat mehr weh als jede Kampfwunde, die ich mir je eingefangen hatte.

„Was macht der Hive hier?" Der scharfe Ton in meiner Stimme kam zum Teil vom nachhallenden Stich der Zurückweisung. „Selbst wenn sie dir all... das angetan haben." Ich deutete mit der Hand auf ihn. „Sie haben uns auf der Erde noch nichts getan."

Die Erde schickte Bräute und Soldaten, wie wir der Koalition versprochen hatten, im Austausch dafür, dass wir weiterhin vor dem Hive sicher waren. Wenn das außerirdische Militär seine Arbeit nicht tat und uns den Hive nicht vom Kragen hielt, dann mussten die Menschen auf der Erde davon erfahren.

Ich zog mir den Gurt, an dem meine teure Kamera hing, über den Kopf und setzte sie mitsamt dem Beweismaterial, das sich darauf befand, vorsichtig auf dem Boden zwischen meinen Füßen ab. Ich provozierte ihn wohl gerade, aber das war mir ziemlich egal. Ich war gerade von einem engen Freund angeschossen worden und von einem dieser *Dinger* verfolgt. Der Hive-Späher —was immer das auch hieß—hatte mich an einen Ort bringen wollen, den er Core genannt hatte. Warum?

„Du stellst viele Fragen, Gefährtin."

„Ich bin nicht deine Gefährtin", entgegnete ich. „Beantworte einfach die Frage."

Er knurrte mich an! Knurrte tatsächlich, mit aufblitzenden Augen, während er eine Hand vom Lenkrad nahm und sie sich in die Hose steckte. Er strich über seinen Schwanz, einmal, zweimal, drei Mal, bevor er seine Hand wieder hervorzog und sie nach mir ausstreckte.

Igitt! Was zum Teufel?

Ich versuchte, seiner riesigen Hand auszuweichen, aber ich konnte in diesem kleinen Auto nirgendwohin, und er war riesig. Er packte meinen bloßen Unterarm, und ich fühlte etwas Feuchtes über meine Haut schmieren. *Ekelhaft!* Was zum Teufel machte er da?

Ich zerrte meinen Arm weg, wollte die Berührung dieses Perverslings meiden, aber sein Griff war fest wie ein Schraubstock. Sanft zwar, aber er würde nicht loslassen. Aus irgendeinem verrückten Grund hielt er mich davon ab, mir seinen Saft von der Haut zu wischen. Denn das war es wohl, das musste es sein.

„Was zum Geier tust du da?", schrie ich.

„Ich teile meine Essenz mit meiner Gefährtin."

„Bist du verrückt oder einfach nur komplett pervers? Ja, der Kuss war vielleicht toll und alles, aber die meisten Kerle holen sich nicht vor einer fremden Frau einfach so einen runter. Also frage ich nochmal. Was. Zum. Teufel?"

Anstatt mir zu antworten, grinste er. Der Blick, den er mir zuwarf, machte mir noch mehr Angst als alles andere, was ich an diesem Tag gesehen hatte. Es war ein Blick von absoluter und völliger Besitznahme. „Ich sorge nur dafür, dass du weißt, wem du gehörst."

6

essica

„Ich—"

Ich war drauf und dran, ihn zurechtzuweisen, denn also wirklich, so etwas Arrogantes, Gebieterisches und Herrisches hatte ich in meinem Leben noch nicht gehört, und ich war beim Militär gewesen. Was gab ihm das Recht, so mit mir zu reden? Was zur Hölle gab ihm das Recht, mich so anzufassen? Er hatte sich selbst betatscht und mich—nachdem er mir demonstriert hatte, dass er mich begehrenswert fand—mit seinem Saft beschmiert. Das war ekelhaft, gruselig und eindeutig pervers, und—

Das feuchte Gefühl auf meinem Arm verwandelte sich in eine kribbelnde Hitze, die in meinen Blutstrom zu dringen schien und direkt in meine Mitte fuhr. Meine Nippel wurden hart, und meine Pussy zog sich zusammen mit einer plötzlichen unstillbaren Gier nach etwas, das sie füllte. Begehren rauschte durch meinen Körper wie ein Schuss C-Bomb, und ich leckte mir die Lippen, keuchte, bevor ich erkannte, dass ich schon mehrere Sekunden lang auf seinen Mund starrte. Ich verspürte ein starkes Sehnen am ganzen Körper. Nach ihm. Nur ihm. Das enge Gefühl seiner Hand, wo er mich packte, das noch vor wenigen Momenten unangenehm und eingeengt war, fühlte sich nun... sicher an.

Seltsamerweise konnte ich ihn riechen, sein Duft eigenartig holzig, und es brachte mich dazu, in seinen Schoß kriechen und ihn überall ablecken zu wollen. Ich wollte seinen Schwanz in meinem Mund. Ich wollte...

Ich blickte auf die ausgeprägte Beule in seiner Hose hinunter, weil ich sie so verdammt stark begehrte. Ich krampfte meine Mitte zusammen, mit wahnwitzigem Verlangen danach, dass sein Schwanz mich füllte.

„Was zum Teufel hast du mit mir angestellt? Versuchst du, mich unter Drogen zu setzen? Sich mit C-Bomb an ein Mädchen ranzumachen, ist überhaupt nicht in Ordnung."

Sein Blick fuhr über mich, bevor er seinen Griff lockerte und beide Hände wieder ans Lenkrad legte.

„Ich weiß nicht, was C-Bomb ist", antwortete er.

„Du weißt nicht, was... warum fühle ich mich dann...?"

Er ignorierte meine Frage, da wir

gerade auf dem Parkplatz des Bräute-Abfertigungszentrums einfuhren. Als ich das erste Mal hier war, hatte ich den Nebeneingang für Freiwillige benutzt, in Handschellen, und nicht den Haupteingang. Es war ein unscheinbares Gebäude, und der Parkplatz war leer.

In dem Moment, als das Auto stillstand, hatte ich schon den Gurt geöffnet und die Tür aufgemacht, bereit, davonzulaufen.

Ich schaffte es drei zittrige Schritte weit, bevor ich vom Boden gehoben wurde. „Nein! Lass mich runter!"

Ich zappelte in seinem Griff, aber er bestand durch und durch aus harten, festen Muskeln. Und ein paar Metallteilen.

„Du bist verletzt. Ich werde deine Wunden versorgen, Gefährtin. Dann erst werde ich deine Lektion zu Ende führen."

Lektion? Was für eine Lektion? Mein Kopf schrie mich an, mich ihm zu widersetzen, ihn zu zwingen, mich auf meine eigenen Füße zu stellen, aber mein Körper hatte anderes im Sinn. Seltsamerweise schien der Duft seiner Haut, mir so nahe, eine Verlockung zu sein, der ich nicht widerstehen konnte. Ich *wollte* gar nicht abgesetzt werden, und das bedeutete was genau? Dass ich mir den Kopf gestoßen hatte? Dass ich so viel Blut verloren hatte, dass ich schon im Delirium war?

Dass ich den Verstand verlor?

Mein Körper zitterte. Die drei Schritte, die ich geschafft hatte, waren ein deutliches Anzeichen dafür, dass ich viel geschwächter war, als ich angenommen hatte.

Nial trug mich zum Haupteingang des Abfertigungszentrums und drückte die Ruftaste an der Außenseite des Gebäudes. Wir wurden sofort eingelassen, als hätte die Aufseherin auf unsere Ankunft gewartet.

Sobald die Türen sich hinter uns geschlossen hatten, gab ich mich meinem Bedürfnis hin, meine Nase in die hitzige Haut an Nials Hals zu drücken und in der Hitze und dem düsteren Moschusduft seines Körpers zu versinken. Ich wimmerte und schloss genüsslich meine Augen bei diesem himmlischen Geruch. Es war eine ausgezeichnete Art, mich von dem Schmerz abzulenken, der mit jeder Sekunde schlimmer zu werden schien.

Ich öffnete die Augen, als ich Schritte heraneilen hörte. Die Aufseherin kam uns entgegen, in Jeans und einer Bluse anstatt ihrer üblichen Koalitions-Uniform. Ihr Haar hing ihr lose über die Schultern, und ich runzelte die Stirn, als ich erkannte, dass sie nicht viel älter war als ich.

„Sie sind sehr hübsch."

Woher war das denn gekommen? War ich jetzt auch noch betrunken?

Sie errötete, offensichtlich erfreut über meine Bemerkung, und ihre Augen blitzten zu Nials Gesicht hoch und dann rasch wieder davon, als würde seine Gegenwart ihr Unbehagen bereiten.

Vielleicht war das auch so. Vielleicht wollte sie ihn für sich. Ich konnte es der Frau nicht verübeln. Wenn sie nur halb so... begierig auf ihn war, wie ich mich fühlte, dann würde sie wohl auch in seine Arme hochkriechen wollen.

„Vielen Dank, Jessica." Ihr Blick schweifte über meinen Körper, von Kopf bis Fuß, aber ich war in den Rücken geschossen worden, also wusste ich, dass sie außer dem Blut auf meiner Kleidung nicht viel sehen konnte. Sie blickte zu Nial. „Ist sie schwer verletzt?"

„Ja. Ich kenne das Ausmaß ihrer Verletzungen derzeit noch nicht, aber obwohl ihr Mund gereizte und widerspenstige Worte hervorbringt, ist sie geschwächt und verfällt langsam in einen Schockzustand. Haben Sie hier einen ReGen-Kammer?"

Ich fragte mich, was das war, aber schien die Kraft nicht aufbringen zu können, zu fragen.

„Nein. Ich habe einen kleinen ReGen-Stab, aber keine Ganzkörper-

Kammer. Folgen Sie mir." Sie drehte sich auf dem Absatz herum und joggte gemächlich los. Nials lange Beine hielten mühelos Schritt, und sie brachte uns in eines der Untersuchungszimmer, die ich während meiner Abfertigung gesehen hatte. Die Aufseherin deutete auf einen langen Untersuchungstisch. „Legen Sie sie dort ab. Wir werden ihre Kleidung entfernen müssen."

Wie bitte? Nein.

Nial setzte mich ab, als wäre ich aus Porzellan. Was sehr lieb von ihm war, bis er beide Händen an den Kragen meines schwarzen T-Shirts legte und es in zwei Stücke riss, mir über die Arme herunterzog und es zu Boden fallen ließ wie einen wertlosen Lumpen.

„Na hey!"

Ich hob die Arme, um mich zu bedecken, aber er sah mich nicht so an wie das erste Mal, als ich ihm auf der Straße in die Arme gelaufen war. In seinem Blick lag nun keine Hitze, nur klinische Präzision.

Er reagierte nicht auf meine Proteste, sondern zog mir die Schuhe aus und ließ sie mit lautem Klappern zu Boden fallen. Er legte die Hände an beide Seiten meiner Cargo-Hosen und riss sie scheinbar mühelos am Schritt entlang in zwei Stücke, als würde er ein Taschentuch zerreißen. Er drückte seine Hand in die Mitte meiner Brust und zwang mich so, mich auf den Rücken zu legen, bevor er sich zu meinen Füßen bewegte. Ich stemmte mich auf die Ellbogen und sah zu, wie er mir geschickt die zwei Teile meiner Hose vom Körper zog, womit ich nackt war bis auf den hellrosa BH und das dazu passende Höschen, übersät mit winzigen schwarzen Punkten und mit schwarzer Spitze besetzt. Ein etwas ungewöhnliches Outfit für eine Erkundungsmission, aber als einzige Frau unter fast nur Männern waren Spitzen und Rüschen mein einziges Zugeständnis an so etwas wie Eitelkeit. Da sich kein Mann für mein Äußeres interessierte—dank meines stacheligen Auftretens, meines herumkommandierenden Gehabes und meiner burschikosen Art—war die Reizwäsche für mich alleine.

Nial verschlang mich mit den Augen, während ich mich auf dem kalten Tisch zurücklegte, damit ich die Arme mit einer instinktiven Bewegung vor der Brust verschränken konnte, bei der ich mich sofort viel zu schwach und verletzlich fühlte. So war ich nicht. Ich kauerte vor keinem Mann.

Langsam senkte ich die Arme und hob das Kinn. Ich lag auf dem Rücken auf dem Untersuchungstisch und konnte spüren, wo das klebrige Blut meine Schulter und meinen Oberschenkel verschmierte. Ich starrte ihn an, bis er seinen Blick wieder zu meinem hob, und warf ihm einen herausfordernden Blick entgegen. *Schau du nur*, dachte ich mir. *Das heißt noch lange nicht, dass du mich anfassen darfst.*

„Was haben wir hier?" Aufseherin

Egara trat zwischen uns, und ich atmete erleichtert darüber auf, aus der Intensität von Nials Blick befreit zu sein. Ich richtete einhundert Prozent meiner Aufmerksamkeit auf die Aufseherin. Es war viel sicherer, den riesigen Außerirdischen völlig zu ignorieren, der sich über mir auftürmte wie ein übermäßig beschützerisches, dominantes Alpha-Männchen. Als würde ich so etwas in meinem Leben brauchen. Ich richtete das Wort an die Aufseherin.

„Zwölf-Kaliber-Schrotflinte. Mein ehemaliger Chef hat auf die Hive-Späher geschossen, aber ein paar der Schrotkugeln waren wohl Querschläger. Ich habe mir mindestens eine in der Schulter eingefangen, und eine im Oberschenkel. Sollten da noch mehr sein, habe ich sie jedenfalls nicht gespürt." Ich versuchte, mich herumzurollen, und stellte fest, dass Bewegungen mit jedem Moment, den ich stilllag, noch mehr weh taten, als würde ich starr und steif werden. Ich zuckte zusammen, zischte vor Schmerz auf und ließ mich wieder zurück sinken.

Ich hatte immer noch die Muskelmasse, die es mir erlaubte, Mauern hochzuklettern und schwere Ausrüstung quer durch die Wüste zu schleppen. Ich arbeitete hart daran, in Form zu bleiben, und darüber war ich dankbar. Wäre ich nach meiner Entlassung aus dem Militär nicht brav weiter regelmäßig laufen gegangen, hätte mich der Hive-Späher mühelos eingeholt.

„Tut mir leid wegen Ihrem Auto."

Sie verzog das Gesicht. „Was ist mit meinem Auto?"

„Ich habe den ganzen Sitz vollgeblutet."

„Ach. Nicht doch. Das macht mir doch nichts."

Die Aufseherin zerrte an meinem Bizeps, mit der anderen Hand an meiner Hüfte. Ich bemühte mich vergeblich, nicht vor Schmerz aufzustöhnen, während sie mir dabei half, mich auf die Seite zu rollen. Sie war um einige Zentimeter kleiner als ich, und auch ihre Arme und Schultern waren schmäler, zierlicher und femininer.

Nial war sofort zur Stelle, um mich mit seinen großen Händen von den Wunden hoch zu heben und mich so abzusetzen, dass sie sehen konnte, wo ich verletzt war.

Ich war mürrisch und blutete, aber ich war keine komplette Zicke. Die seltsame Reaktion—diese plötzliche Erregung—die ich im Auto gehabt hatte, hatte sich verflüchtigt, aber mit seinen Händen an mir kam sie zurück. Alleine schon seine Handfläche auf meiner Haut fühlte sich scharf an. Ich genoss seine Stärke, was seltsam und verwirrend war, da ich mich ansonsten nur auf mich selbst stützte. Ich mochte es nicht, auf die Hilfe von jemand anderem angewiesen zu sein, oder dessen Stärke. Es war mir wichtig, alleine stark genug zu sein.

„Danke", sagte die Aufseherin und rollte ein Tablett mit medizinischen Behelfen an ihre Seite. Sie drehte sich zu Nial herum, der mich immer noch hochhielt, damit sie meine Wunden säubern und verbinden konnte. Ich wollte gar nicht dabei zusehen, was sie machte.

„Das wird jetzt weh tun." Ihre Worten waren die einzige Warnung, die ich bekam, bevor ein langer, spitzer Metallgegenstand in meinem Fleisch herumzustochern begann. Eine Art Pinzette?

„Machen Sie bloß schnell." Ich zuckte zusammen und griff nach der Tischkante. Ich brauchte etwas, woran ich mich festhalten konnte. Etwas, das mich in der Realität verankerte, während sie in meinem Fleisch herumbohrte.

Eine warme Hand schloss sich vollständig um meine, legte sich um meine zitternde Hand und drückte sanft. Nial. Ich hielt mich fest, als würde mein Leben davon abhängen, während sie herumstocherte, als würde sie ein Steak weichklopfen wollen, anstatt Kugeln zu entfernen.

„Haben Sie nichts, um es zu betäuben? Lidocain oder"—sie bohrte tief und ich sog die Luft durch zusammengebissene Zähne ein—"Whiskey?"

„Das kann ich nicht tun. Es tut mir leid." Ihre Stimme war ruhig und aufrichtig, und sie bohrte und stocherte weiter. „Solche Medikamente würden Wechselwirkungen mit dem ReGen-Stab haben."

Ich hatte keine Ahnung, was ein ReGen-Stab war, und es war mir auch ziemlich egal. Aber ich fing an, im Kopf langsam bis Hundert zu zählen. Dies war nicht mein erstes Mal auf einem Tisch, und es war nicht das Schlimmste, mit dem ich je fertig werden musste. Es tat verdammt weh, aber es war zu überleben. Die Narben an meinem Körper waren Beweis genug dafür, dass ich das aus Erfahrung wusste. Und doch waren all diese Narben, diese Mängel, ein weiterer Grund dafür, dass ich mich nie so richtig wohl dabei fühlte, mit einem Mann nackt zu sein...

Da öffnete ich meine Augen, neugierig auf Nials Reaktion auf die Narben auf meinem Rücken und meiner Hüfte. Wie erwartet, konnte ich zusehen, wie sein Blick von einer rosigen Narbengewebe-Stelle zur nächsten wanderte. Ich rechnete damit, Neugier zu sehen oder Ekel. Aber nicht Ärger.

„Wer hat dich verletzt, Gefährtin?" Sein Blick kehrte zu meinem zurück, sein Kiefer angespannt. Die Adern an seinem Hals und an seinen Schläfen pochten als Reaktion auf seine Gefühle. „Sag es mir jetzt, und ich werde ihn töten."

Ich lachte, dann fuhr ich zusammen, als die Aufseherin, die inzwischen das erste Stück Metall aus meiner Schulter gezogen hatte, mir voller Elan in meinen Schenkel bohrte.

„Du scheinst eine Menge Dinge

töten zu wollen", antwortete ich durch zusammengebissene Zähne.

„Ich würde ganze Zivilisationen zerstören, um dich zu beschützen."

Na aber hallo. Das war für meinen Geschmack ein wenig zu intensiv. „Es gibt niemanden zu töten. Es war ein improvisierter Sprengkörper auf einer Landstraße im Irak."

Er fuhr eine zehn Zentimeter lange Linie auf meinem Oberschenkel mit seinem Finger nach, und ich zitterte. „Was ist ein improvisierter Sprengkörper, Gefährtin? Ich verstehe nicht. Warum hat es dich angegriffen?"

Ich hielt die Luft an, während die Aufseherin das zweite Stück Schrot aus meinem Bein holte und die Pinzette danach auf dem Tablett ablegte. Außer Atem, aber erleichtert darüber, dass der stochernde Teil des medizinischen Eingriffs des Tages vorüber war, kam meine Antwort kaum lauter als ein Flüstern hervor. „So nennt man eine selbstgebastelte Bombe. Das hier"—ich deutete mit dem Kopf auf die Vorderseite meines Oberschenkels —"war ein zehn Zentimeter langer Nagel."

„Warum wurdest du angegriffen?"

Ich zuckte die Schultern, so gut ich konnte. „Im Krieg, Nial, explodiert Zeug nun mal. Leute sterben." So wie der junge Soldat, der neben mir gestanden hatte, als wir vor drei Jahren den Sprengkörper auslösten. Er hatte den Großteil der Explosion abbekommen und war in meinen Armen gestorben.

„Frauen kämpfen nicht im Krieg."

Jetzt verdrehte ich aber die Augen. „Erdenfrauen schon."

„Dann ist es gut, dass ich dich von diesem Planeten wegbringe. Eure Männer sind Idioten."

Wie konnte ich da widersprechen?

Die Aufseherin war kurz weg, aber sie kam mit einem kleinen Stab zurück, der aussah wie die Fernbedienung meines Fernsehers mit einer glühenden blauen Spirale an der Spitze. Sie hielt ihn über die Wunde auf meinem Oberschenkel, und ich seufzte auf, als ich etwas spürte, das sich anfühlte, als würde Licht in meinen Körper dringen, warm und tröstlich und perfekt. Ich verspürte keinen Schmerz mehr an dieser Stelle, und als ich hinunterblickte, konnte ich sehen, dass meine Haut zwar immer noch blutverschmiert war, aber völlig verschlossen.

„Oh mein Gott. Das ist ja Wahnsinn."

Sie lächelte und ging zu meiner Schulter weiter, und die Erleichterung trat sofort ein. „Verzeihen Sie mir jetzt, dass ich Ihnen kein Betäubungsmittel gespritzt habe?"

„Ja." Das Wort kam unter Stöhnen hervor, während der Schmerz nachließ. Ich legte meinen Kopf mit einem tiefen Seufzen auf den Tisch. Gott, das fühlte sich gut an.

Es wäre an der Zeit gewesen, Nials Hand loszulassen, aber ich war noch nicht soweit. Noch nicht. Ich wollte nur eine Minute lang schweben und nicht über das Kartell nachdenken müssen, über Clyde oder über die Hive-Dinger, die mich jagten. Ich wollte mich nur gut fühlen und die warme Kraft in Nials Berührung genießen dürfen. Zusätzlich zum nachlassenden Schmerz fühlte sich seine Berührung... tröstlich an.

Aber ich war noch nie gut darin gewesen, zu bekommen, was ich wollte, und mein Kopf schaltete nun nach der Ablenkung, angeschossen zu werden, wieder auf Hochtouren. Es gab Dinge zu erledigen. Meine kurze Verschnaufpause war vorbei.

Ich musste den letzten Satz Fotos an meine Kontakte bei der Polizei übermitteln, und an die Medien. Ich musste zu Ende bringen, was ich angefangen hatte. Clydes Tod würde schon bald bekannt werden. Ich wollte sichergehen, dass der Medienrummel nicht verschwendet war.

„Ich brauche meine Kamera." Ich versuchte, mich aufzusetzen, aber das Zimmer drehte sich, und ich packte

Nials Hand fester und benutzte ihn, um mich davon abzuhalten, vom Tisch zu fallen.

„Das eigenartige schwarze Kästchen, das du um den Hals hängen hattest?", fragte Nial.

„Ja." Ich versuchte noch einmal, mich aufzusetzen, aber eine große Hand legte sich am Halsansatz auf meine Brust und drückte mich nach unten. Ich hob beide Hände, um Nials heiße Handfläche von meiner empfindlichen Haut zu stoßen, aber er rührte sich nicht, und am Ende hielt ich mich stattdessen an ihm fest.

Frustriert blickte ich hoch in sein völlig teilnahmsloses Gesicht. Die Kraft und Selbstsicherheit, die ich in seiner Miene sah, brachte mich zum Zittern. Ich musste doch tatsächlich um seine Erlaubnis verhandeln, aufstehen zu dürfen. „Ich habe sie im Auto gelassen. Ich brauche sie. Es ist wichtig."

Er blickte zu mir hinunter, und die Wärme war in seinen Blick zurückgekehrt. Vielleicht, weil ich mich nicht mehr gegen ihn wehrte, sondern mich an ihn klammerte. „Ich werde sie von Ander bringen lassen, wenn er kommt."

Ander. Mein sekundärer Gefährte, was immer zur Hölle das auch war. Ich hatte ihn ganz vergessen.

„Wann wird das sein?" Ich schüttelte den Kopf und stieß wieder gegen Nials Hand. „Ich brauche sie. Jemand könnte sie stehlen. Ich muss sie jetzt gleich holen."

„Du wirst den Schutz dieses Gebäudes nicht verlassen, Gefährtin. Du musst dich für den Transport ausruhen."

„Was?" Transport? Nein. Nein. Nein. „Ich gehe nirgendwo hin."

Er kniff die Augen zusammen. „Du bist meine Gefährtin. Du wirst dorthin gehen, wohin ich es befehle."

Ich verschluckte mich an meinem Lachen, und das war kein gutes Geräusch. Ich konnte meinen Schmerz, meine Enttäuschung hinter dem zerbrechlichen Laut hören. „Nein, das werde ich nicht. Du hattest deine Chance, und du hast mich abgewiesen. Das bedeutet, dass ich frei bin. Mein Teil des Bräute-Vertrages wurde erfüllt. Meine Verpflichtung ist erledigt. Ich gehöre nicht länger dir. Du hast mich aufgegeben."

Er kniff die Augen noch enger zusammen, und ich konnte sehen, dass es ihm gar nicht gefiel, verweigert zu werden. Ich konnte seinen Ärger und Frust spüren, aber nichts davon übertrug sich in seine Berührung.

„Die Erdenverträge bekümmern mich nicht, Weib. Du gehörst mir, bist mein Gegenstück. Mein Vater hat deinen Transport verweigert. Ich hatte damit nichts zu tun und war sogar äußerst erzürnt, als ich erfuhr, was er getan hatte. Das ändert nichts, außer, dass ich gezwungen war, hierher zu kommen und dich zu holen. Damit das klar ist. Du wurdest nicht *abgewiesen*. Ich werde dich nicht aufgeben. Du gehörst mir."

Ich schnappte noch mehr Luft, um zu widersprechen, aber Aufseherin Egara, der das alles sichtlich unangenehm war, hob die Hände in die Luft. „Ich werde zum Auto gehen und die Kamera holen. Niemand wird sich dabei etwas denken. Es ist mein Auto."

Ich ignorierte diese äußerst intensive Version von Nial nur zu gerne, und wandte mich an sie. „Vielen Dank."

„Kein Problem." Sie drehte sich herum und ging aus dem Zimmer. Die große Schiebetür schloss sich mit einem leisen Zischen hinter ihr.

Ich feierte diesen kleinen Sieg etwa fünf Sekunden lang. Und dann wurde mir bewusst, dass ich so gut wie nackt war, und völlig alleine mit einem außerirdischen Krieger, der meinte— und zwar mit vollem Ernst—dass ich ihm gehörte.

7

ial

Meine Gefährtin bebte unter meiner Handfläche. Ihr Körper war lang und schlank und so wunderschön, dass ich mich schmerzlich danach sehnte, die kleinen rosa Kleidungsstücke von ihren weichen Brüsten und ihrer süßen Pussy zu reißen und sie zu kosten.

Die Narben auf ihrem Körper und in ihren Augen hielten mich davon ab, diesem Impuls nachzugeben. Ihre eigenen Leute hatten sie als Soldat benutzt, ihren perfekten Körper vernarbt und ihr beigebracht, niemandem zu trauen. Die Abweisung durch meinen Vater hatte sie zutiefst verletzt. Nun zweifelte sie an mir, an meinem Verlangen nach ihr. Das machte die Liste der Gründe, warum ich den Mann hasste, nur noch länger. Niemand sollte sich zwischen einen Mann, seinen Sekundär und ihre Gefährtin stellen.

Ich würde ihr beweisen, dass ihre Zweifel unbegründet waren. Ihr jedoch meine Zuwendungen aufzuzwingen, war nicht der Weg zu ihrem Herzen. Sie war verwundet und verängstigt, selbst hinter der schroffen Fassade, die sie so gut aufrecht hielt. Diese Fassade war im Auto kurz gefallen, als ich ihre Haut mit einem Hauch meines Lusttropfens bestrichen hatte. Die Kraft, die die Substanz in sich hatte, eine Frau an ihre Gefährten zu binden, war legendär. Aber Prillon-Frauen reagierten nicht so, wie meine kleine Menschenfrau das getan hatte. Auf Prillon Prime wurden die Frauen durch den Samen ihrer Gefährten erregt, und im Verlauf der Zeit, üblicherweise über Monate hinweg, fingen sie an, intimen Kontakt mit ihren Gefährten zu begehren. Aber die Bindung ging langsam und vorhersehbar voran, und es war für die Frau leicht, es zu ignorieren, wenn sie das wollte.

Nicht so bei meiner Jessica. Ihre Reaktion war sofortig und faszinierend gewesen, und ich hatte mich danach gesehnt, sie an Ort und Stelle im Auto zu ficken.

Commander Deston hatte mich gewarnt, und ich hatte die Reaktion seiner Gefährtin auf die Bindungs-Chemikalien im Samen von ihm und seinem Sekundär während der Vereinigungszeremonie selbst sehen können. Ich hatte zugesehen, wie ihre Gefährtin sich räkelte und nach mehr bettelte, aber ich hatte die bindende Wirkung auf eine menschliche Frau nicht vollkommen begriffen, bis ich diese kleine Menge Lusttropfen auf Jessicas Arm gestrichen hatte.

Ich hatte mir nur dreimal rasch über meinen Schwanz streichen müssen, und die Flüssigkeit war aus der Spitze getreten. In dem Moment, als ich Jessica sah, war ich steif geworden und mein Verlangen nach ihr war erwacht. Ich war bereit.

Als ich ihren Arm gepackt und die klare Flüssigkeit in ihre Haut einziehen lassen hatte, war das ein Versuch gewesen, sie zu beruhigen, ihr genug Sicherheit zu vermitteln, dass sie vernünftig sein würde, was unsere Verbindung betraf. In nur wenigen Sekunden hatte sie darauf angesprochen, und der Geruch ihrer feuchten Pussy hatte das Auto ausgefüllt. Ihre Pupillen waren groß geworden, und sie hatte mich mit ihren Augen verschlungen, mit dem Blick einer Frau inspiziert, die mich berühren wollte.

Ich wollte ihre Hände auf mir, mehr

als ich sonst je etwas begehrt hatte, selbst den Thron. Nun starrte sie zu mir hoch, verheilt aber noch durchgerüttelt, fast nackt aber unerschrocken, und mein Schwanz wurde noch steifer. Götter, und sie gehörte mir.

Ihre Erregung im Auto schien ihr zugesetzt zu haben, aber ich begrüßte die Verbindung. Ich wusste, dass mein Samen zu ihrer Entstehung zwischen uns beitragen würde. Ich würde warten, wenn es nötig war, und langsam ihr Herz und ihren Verstand erobern. Ihr Körper hatte die Wahrheit bereits anerkannt, dass wir einander wahrlich zugeordnet waren. Wenn Verführung der Weg war, den ich einschlagen musste, um sie zu gewinnen, dann würde ich meine Herrschaft über ihre Lust schonungslos ausüben.

Zeit und die Besitznahme-Zeremonie würden die Antwort auf alle Zweifel sein, die sie vielleicht hatte. Bereits jetzt war sie schon einmal in meinen Armen dahingeschmolzen, weich und nachgiebig, akzeptierend und begierig auf meinen Kuss. Und das war noch gewesen, bevor mein Samen ihre Haut berührt hatte.

Ich würde sie besitzen, meine stolze Kriegerbraut.

Ich musste sie nur so behandeln, wie es ihrer Natur gerecht wurde: als eine leidgeprüfte und betrübte Kreatur, die die starke Hand eines dominanten Gefährten fürchtete. Das war für mich deutlich erkennbar, selbst in der kurzen Zeit, in der ich sie kannte. Sie stritt und debattierte, diskutierte und schimpfte, aber das war alles nur zum Schein; eine kämpferische Fassade, um sich selbst zu schützen. Sie hatte diese harte Schale aufbauen müssen, um mit den Männern auf ihrer Welt zurechtzukommen, aber sie brauchte sie bei mir nicht. Menschenmänner waren offensichtlich Narren, die ihr Vertrauen missbraucht hatten. Mein arroganter Vater hatte dem Ganzen die kränkende Krone aufgesetzt.

Nichts davon war von Bedeutung, als

sie schwach und zitternd auf dem Tisch lag und sich an meinen Arm klammerte. Ich musste dieses Bedürfnis, sich an mir festzuhalten, als gutes Zeichen dafür ansehen, dass sie wohl tief in ihrem Inneren wusste, dass ich ihr Gefährte war, ihr sicherer Hafen. Ich musste diese zarte Knospe unserer Verbindung sanft und vorsichtig hegen.

Obwohl sie nicht länger verwundet war, ihr Körper vollständig verheilt war, waren ihre blassen Augen groß vor Angst. Ihr Blick fuhr nervös im Zimmer herum, und sie leckte sich über die Lippen, während sie zu mir hoch starrte, unsicher, was ich als nächstes tun würde. Die Tatsache, dass sie sich an mich klammerte, war ein gutes Zeichen. Ich wusste aber auch, dass sie sich derzeit für unantastbar hielt, da sie einfach nur darauf wartete, dass die Aufseherin mit ihrer Kamera zurückkam.

„Halte still, Jessica."

Ich verstand ihr Schweigen als Zustimmung, was mich freute, und ging zu einem Waschbecken am anderen Ende des Zimmers. Ich füllte eine fremde Schüssel mit warmen Seifenwasser und schnappte mir einen grauen Lappen von einem Stapel in einem der Schränke.

Der ReGen-Stab hatte ihre schwersten Wunden geheilt, aber ich konnte den Anblick von so viel Blut auf ihrer zarten Haut nicht ertragen.

Ich kehrte an den Tisch zurück und tauchte den Lappen ins Wasser ein.

„Ich weiß, dass du gerade etwas überwältigt bist. In der letzten Stunde ist dir so viel passiert. Es ist eine große Umstellung. Aber für den Moment musst du doch zumindest spüren, dass ich dir kein Leid will. Du bist sicher bei mir. Ich werde nicht zulassen, dass dich irgendjemand anfasst, geschweige denn dir wieder wehtut. Wirst du zulassen, dass ich dich umsorge?"

Sie blickte mich an. Ihr Blick durchsuchte mein Gesicht und ruhte auf dem silbrigen Glanz meiner Haut, blitzte von meinem goldenen Auge zu meinem silbernen, bevor er auf meinem Mund zur Ruhe kam. Als sie bemerkte, dass ihr Blick dort verweilte, schreckte sie schuldbewusst auf. Ihr Blick traf meinen und hielt ihn fest, erst fragend, dann nachdenklich und schließlich entschlossen. Sie nickte, und ich half ihr, sich aufzusetzen. Auch der Untersuchungstisch war völlig blutverschmiert.

Ich rollte einen kleinen Hocker an den Tisch heran und zog ihren Fuß nach vorne in meinen Schoß, wo ich langsam das Blut abwischte, das auf ihren Unterschenkel gelaufen war.

Meine Methode war nicht perfekt, aber ich säuberte sie, so gut ich konnte, mit langsamen, sanften Zügen. Sie ließ zu, dass ich mich um sie kümmerte, ihr alle Aufmerksamkeit und Zuwendung eines Gefährten schenkte. Darin lag nichts Sexuelles, aber es würde die Bindung zwischen uns umso stärker machen.

Ich wusch ihr Bein, dann ihren Schenkel. Blut war ihren Rücken hinunter über die Rundung ihres Hinterns gelaufen, und ich stand auf und beugte mich über sie, lehnte ihre Stirn an meine Brust, damit ich ihre Schultern und ihren Rücken waschen konnte. Ich zog die elegante Linie ihres Rückgrats nach und fragte mich, ob der Schauer, der ihr über den Rücken lief, eine Auswirkung des kühlen Wassers war, während es verdunstete, oder ob er durch meine Berührung hervorgerufen worden war.

Aufseherin Egara kam mit der Kamera herein, als ich meine Gefährtin gerade in eine frische, saubere Decke gewickelt, sie in meine Arme gehoben und mich mit ihr auf dem einzigen Stuhl im Zimmer niedergelassen hatte. Zufrieden schmiegte sich Jessica in meinen Schoß. Verglichen mit der Aufseherin war sie keine kleine Erdenfrau, aber sie passte perfekt hinein. Sie war weich und kurvig und warm und einfach nur richtig. Sie war nicht zierlich wie die Aufseherin, und darüber war ich froh. Ich wollte sie nicht zärtlich ficken, und ich wusste, dass sie das auch nicht brauchte. Wir wären einander sonst nicht zugeordnet worden.

Zum Glück war Jessica weiterhin zutraulich, was mir mehr als alles andere verriet, wie verletzlich sie gerade war. Verheilt, ja, aber immer noch empfindsam. Der ReGen füllte keine Energiereserven auf. Nur Zeit und Ruhe würden das schaffen, so wie sie ihr auch beweisen würden, dass sie mir vertrauen konnte und dass sie bei mir sicher war. Ich hatte das Feuer in ihren Augen gesehen, als sie vom Hive-Späher verfolgt worden war, und ich wusste, dass das sanfte Kätzchen in meinen Armen nicht ihr üblicher Zustand war.

Meine Gefährtin hob den Kopf, als die Aufseherin hereinkam und die Kamera auf einer Arbeitsfläche ablegte.

„Vielen Dank." Ihr Körper entspannte sich, schmolz in meine

Umarmung, und mein Schwanz wurde wieder hart, als ihre Hitze sich mit meiner vermischte. Sie seufzte, dann sprach sie die Aufseherin an. „Haben Sie einen Computer, den ich benutzen könnte? Ich muss die Fotos herunterladen, die ich heute gemacht habe, und sie an die Polizei senden."

Der neugierige Blick der Aufseherin half mir, meine Zunge zu zügeln, denn sie fragte auch selbst, was ich wissen wollte. „Was für Fotos?"

Ihren Kopf an meine Schulter gelehnt, antwortete Jessica: „Ich habe heute Nachmittag das Café Solar ausspioniert."

„Oh mein Gott. Sind Sie verrückt?" Die Aufseherin, die ihre Hüfte gegen die Arbeitsfläche gelehnt hatte, sprang auf, und Jessica wurde in meinen Armen starr. Eine Reaktion, die mir überhaupt nicht zusagte.

„Wahrscheinlich."

Ich blickte die Aufseherin an, da ich nicht damit rechnete, dass meine

Gefährtin mir antworten würde. „Was ist dieses Café Solar?"

Ihre Lippen wurden schmal und angespannt, und sie blickte zwischen mir und Jessica hin und her, als müsste sie eine monumentale Entscheidung treffen. Ich setzte meine gebieterischste Stimme ein. „Sagen Sie es mir. Sofort."

Jessica zog einen nackten Arm unter der Decke hervor und winkte die Aufseherin davon, als wollte sie sie vor meinem Zorn beschützen. Sie irrte sich. Der Ärger, der in mir aufbrodelte, bezog sich direkt auf meine Gefährtin, da ich vermutete, dass sie ihr Leben in Gefahr gebracht hatte. Ihre Worte bestätigten meinen Verdacht.

„Es ist der zentrale Treffpunkt eines Drogenkartells."

„Des *großen* Drogenkartells. Sie haben die gesamte Nordost-Region des Landes in der Hand. Und leiten ihre Machenschaften von diesem Restaurant aus." Aufseherin Egara verschränkte die Arme. „Sie *sind* verrückt. Sind das nicht die Leute, die Ihnen überhaupt erst ein Verbrechen in die Schuhe geschoben hatten, um Sie loszuwerden? Die würden Sie doch auf Sicht umbringen."

Die Bedrohung, unter der meine Gefährtin gestanden hatte, schickte ein leises Knurren durch meinen ganzen Körper, was Jessica ignorierte und die Aufseherin direkt ansprach.

„Woher wissen Sie, dass mir das Verbrechen in die Schuhe geschoben worden war?", fragte sie. „Das habe ich Ihnen nie erzählt."

Die Aufseherin zog eine Augenbraue hoch. „Ich bitte Sie. Ich fertige an diesem Ort täglich Kriminelle ab. Ich kenne den Unterschied zwischen Unschuld und Schuld, und ich kannte Ihren Hintergrund. Es war nicht schwer, zwei und zwei zusammenzuzählen."

„Danke sehr."

Ich konnte die Tränen meiner Gefährtin riechen.

„Warum weinst du? Tut dir etwas weh?" Ich blickte auf sie hinunter und fand ein wässriges Lächeln auf ihrem Gesicht. „Nein. Es ist nur so, dass mir sonst niemand geglaubt hat."

Die Aufseherin schüttelte den Kopf. „Da wäre ich mir nicht so sicher, Jess. Aber was hätten sie schon ausrichten können?"

„Nichts." Jessica wischte sich mit dem Zipfel der Decke über die Augen, und so schnell schon war die starke, verwegene Kriegerin wieder da. „Und genau deswegen muss ich diese Bilder herunterladen und sie an die Cops und meine Medien-Kontakte schicken, bevor die Clydes Leiche finden."

Die Aufseherin bediente ein Fach an der Wand und brachte meiner Gefährtin ein Tablet. „Wird es damit gehen?"

Jessica wurde um einiges lebendiger, als sie das Gerät sah, und drehte es zur Seite, um sich die Öffnungen daran anzusehen. „Ja. Vielen Dank."

„Clyde wer?", fragte ich.

Jessica schnaubte. „Clyde Tucker.

Der Mann, aus dessen Haus ich flüchtete, als du mich gefunden hast. Als der Hive mich fand. Er ist auch der Bürgermeister, der Regierungschef dieser Stadt. Die... die Drogenhändler hatten ihn in der Tasche."

„Bürgermeister Tucker? Was für ein Arsch. Dabei habe ich für ihn gestimmt." Aufseherin Egaras funkelnder Blick hätte einen prillonischer Krieger auf Sicht töten können. Ich legte meinen Kopf schief bei so viel Feuer, das sie ausstrahlte, und überlegte.

„Sie würden eine feine Gefährtin für einen Prillon-Krieger abgeben. Sie sollten dem Programm beitreten."

Aufseherin Egara biss sich in die Lippe und blickte davon, bis Jessica sie wieder ansprach. Jessicas Stimme war knapp, und sie versuchte, sich von meiner Brust zu lösen. Ich hielt sie einfach noch fester. Sie konnte alles Notwendige von meinem Schoß aus erledigen. Sie brauchte über meine Bemerkung zur Aufseherin nicht eifersüchtig zu sein. Ich begehrte die andere Frau nicht. Die einzige Gefährtin, die ich begehrte, war in meinen Armen, und ich würde sie nicht loslassen.

Jessica wischte meine Hand weg, die auf ihrer Hüfte ruhte, aber sprach mit der Aufseherin. „Geben Sie mir bitte meine Kamera?"

„Sicher."

Sobald Jessica die Kamera hatte, holte sie zwei Kabel aus einem Fach an der Rückseite der Kamera hervor, das mir zuvor noch nicht aufgefallen war, und schloss diese am Tablet an. Sie bat die Aufseherin um ihr Internet-Passwort und widmete dann ihre volle Aufmerksamkeit ihrer Aufgabe. Fotos blitzten über den Bildschirm, als sie sie herunterlud und in Kategorien ordnete, Nachrichten verschickte und tat, was immer sie sonst noch zu tun hatte. Ich kannte keine der Personen oder Orte in den Bildern, aber das hatte ich auch nicht erwartet. Sie waren mir auch nicht wichtig, da wir nicht mehr lange auf der

Erde verweilen würden. Solange Jessica in Sicherheit war, hatte ich mit niemandem auf diesem Planeten ein Problem. Der einzige Menschenmann, der ihr Leid zufügen wollte, war tot, vom Hive ermordet.

 Um die Bedrohung durch den Hive kümmerte sich gerade mein Sekundär, und ich war nicht zum ersten Mal dankbar für den Rat von Commander Deston und Dare, mir einen Sekundär zu nehmen, und dankbar dafür, dass Ander sich gemeldet hatte. Er hatte sich als würdig erwiesen, und unsere Gefährtin war in größerer Gefahr gewesen, als irgendjemand von uns vermutet hätte.

 Dass sie diesen Bürgermeister Clyde getötet hatten, war das erste und wahrscheinlich einzige Mal, dass ich froh war über eine Aktion des Hives. Nur hätte es mir nichts ausgemacht, den Menschen eigenhändig zu töten. Er hatte meine Gefährtin verletzt, und sie war im Moment das Einzige, was mir wichtig war.

Und dieses Einzige tippte gerade eine Nachricht auf dem flachen Schirm des Tablets, das ihr die Aufseherin gegeben hatte. Mein Erden-Kommunikationsgerät klingelte, und ich berührte den Ohrhörer und wartete auf das seltsam leere Geräusch von Schweigen.

„Sprich."

„Ich bin in zehn Minuten im Abfertigungszentrum. Wie geht es unserer Gefährtin?" Anders Ankunft war eine gute Nachricht. Je früher er hier war, umso früher konnten wir unsere Gefährtin von diesem Planeten weg und in Sicherheit bringen.

„Sie war verletzt, aber wird sich vollständig erholen. Hast du das Hive-Schiff gefunden?"

„Ja. Der letzte Späher ist tot. Ich habe das Schiff auf Kollisionskurs mit dem Stern der Erde geschickt."

„Hast du ihre Kernprozessoren

zerstört." Ich strich mit der Hand über den Rücken meiner schönen Gefährtin, während ich sprach. Sie war auf der Stelle erstarrt und lauschte erneut meiner Unterhaltung mit ihrem Sekundär.

„Mit dem größten Vergnügen."

Das brachte mich zum Lachen. Um an den Kernprozessor zu gelangen, hatte er ihre Körper in Stücke reißen müssen, da diese speziellen Einheiten normalerweise innen an der Wirbelsäule der Cyborgs angebracht waren, hinter dem Herzen.

„Warum waren sie hier?"

„Ihr Auftrag war simpel. Sie waren hinter Jessica her."

Schock und beschützerische Weißglut stiegen leise brennend in meiner Brust auf. „Wie ist das möglich?", knurrte ich.

„Weil sie dir gehört. Ihr primäres Ziel war es, dich in eine Falle zu locken, damit sie dich zur weiteren Verarbeitung zum Hive zurückbringen können."

„Eher sterbe ich." Diese Maschinen würden mich nie wieder in die Finger bekommen. Ich würde mich ihrem Hive-Bewusstsein niemals anschließen und mit ihnen verschmelzen, und mein eigenes Volk ermorden und zerstören.

„Ich glaube, das ist ihnen inzwischen bewusst. Darum waren sie auch hinter ihr her."

Also waren die Anführer des Hive noch diabolischer, als ich es mir vorgestellt hatte. Ich würde niemals aufgeben, würde sie zwingen, mich zu töten, bevor sie mich wieder lebendig gefangen nehmen konnten. Aber für die Frau in meinen Armen? Meine Gefährtin?

Ich hatte kaum noch ihren Kuss geschmeckt, und schon wusste ich, dass ich alles für sie tun würde, alles opfern, um sie zu beschützen. Anscheinend wusste das auch der Hive, und sie war nun eine Bürde für mich. Zumindest dachte das wohl der Hive. Was sie nicht verstanden, war, dass eine prillonische

Gefährtin alles *andere* war als eine Bürde, und sie damit nicht nur einen prillonischen Krieger zum Gegner hatten, sondern auch dessen Sekundär.

Wäre ich alleine gekommen, wäre sie in doppelt so großer Gefahr gewesen. Ich würde ihr Leben nicht noch einmal so riskieren. Die Rolle eines sekundären Gefährten war heilig und notwendig. Ich würde nie wieder anzweifeln, wie notwendig.

„Komm sofort hierher. Sie ist auf der Erde nicht sicher."

„Ich stimme zu. Zehn Minuten."

Ander trennte die Verbindung, und ich blickte zu Aufseherin Egara. Sie war schon auf dem Weg zur Tür. Obwohl sie Anders Antwort nicht gehört hatte, hatte sie nur einen Blick auf mein Gesicht werfen müssen, und schon hatte sie die Türklinke in der Hand.

„Ich gehe und lasse ihn ein."

„Ich bedanke mich."

Sobald sie fort war, widmete Jessica sich wieder ihrer Aufgabe. Nur zwei

Minuten später seufzte sie und streckte sich über mich hinweg, um das Tablet und ihre Kamera wieder auf den Tisch zu legen, der uns am nächsten war. Ihre Erdenaufgaben waren ihr wichtig, aber sie waren nur vorübergehend, denn sobald wir auf das Schlachtschiff Deston zurückgekehrt waren, würde sie nichts mehr verfolgen. Diese kleinen Männer und ihre Verbrechen würden Teil ihrer Vergangenheit sein, ein hässlicher Teil, der sie nie wieder berühren würde. Der Abschluss würde ihr dabei helfen, sich an ihr neues Leben zu gewöhnen, wenn sie wusste, dass sie zu Ende geführt hatte, was immer auf der Erde noch angestanden hatte, bevor sie sie hinter sich ließ und ganz zu meinem Eigentum wurde.

„Bist du fertig, Gefährtin?" Ich rieb weiter durch die Decke hindurch über ihren Rücken, zufrieden darüber, dass sie zuließ, dass ich sie hielt. Vorerst. Schon bald würde ich noch viel mehr tun. Schon bald würde ich dafür sorgen, dass die Bindungs-Chemikalien in meinem Samen sie erneut berührten. Ich genoss ihr schweigendes Vertrauen und ihre Akzeptanz für meine Berührungen, aber ich sehnte mich danach, ihr Feuer wieder erleben zu dürfen. Ich musste sie auf jede erdenkliche Art an mich binden. Ich brauchte es, dass die Verbindung zwischen uns wild und unzerstörbar wurde. Ich verzehrte mich nach ihrer feuchten und leeren Pussy, die meinen Schwanz begehrte. Ich brauchte es, dass sie sich nach mir verzehrte.

„Ja. Und ich hoffe, dass diese Scheißkerle im Gefängnis verrecken."

Ich legte ihr eine Hand unters Kinn und hob ihr Gesicht hoch, bis ich ihr in die Augen blicken konnte. So viel Leidenschaft und Feuer. Ich brauchte all diese Kraft und Energie nur noch in meine Richtung umzulenken. Die Versuchung, ihr meinen Samen jetzt aufzureiben, war beinahe unwiderstehlich.

„Solch schmutzigen Worte aus einem so hübschen Mund." Ich starrte ihre perfekten, weichen und vollen rosa Lippen an und hörte zu, wie ihr Herz raste. Sie leckte sich über die Lippen, und ich wandte meine Aufmerksamkeit wieder ihren Augen zu, blickte in ihre Tiefen, versuchte, die mysteriöse Kombination aus Stärke und Zerbrechlichkeit, Feuer und Zartheit zu verstehen, aus der meine Gefährtin bestand.

„Warum bist du wirklich hier?" Sie sprach, als wäre ich ein Rätsel, das es zu lösen galt, und sie könnte die Wahrheit nicht so ganz glauben.

„Ich bin hier, um dich zu holen."

„Das ergibt keinen Sinn. Du bist den ganzen langen Weg zur Erde gereist, nur wegen mir?"

„Ja."

„Wenn das wahr ist, bist du verrückt. Ich bin ein Niemand, nur ein unbedeutendes Weibsstück unter Milliarden in der Galaxis."

Ich schüttelte den Kopf. „Du bist einzigartig und unersetzlich, die einzige Frau im Universum, die mir zugeordnet ist." Ich fuhr ihre Unterlippe mit dem Daumen nach und erinnerte mich daran, wie sie schmeckte. „Du konntest das spüren, als meine Essenz in deine Haut einzog. Deine Reaktion auf die Bindungsessenz in meinem Samen ist ein Zeichen für unseren Bund, Beweis einer starken Verbindung zwischen uns. Wenn du lieber an Technologie glaubst als an rohe animalische Chemie, dann frag einfach Aufseherin Egara über die Erfolgsrate des Zuordnungsprogrammes. Was immer du gerne glauben möchtest: du sollst wissen, dass ich dein Gefährte bin und du meine Gefährtin. Ich werde immer zu dir kommen. Ich werde dich immer beschützen. Ich werde dich immer begehren. So wie auch Ander, dein sekundärer Gefährte."

Sie runzelte die Stirn. „Was für ein sekundärer?"

„Als dein primärer Gefährte steht mir das Recht und die Ehre zu, einen zweiten Krieger zu erwählen, der dich lieben und beschützen soll. Ander ist verwegen, der stärkste Krieger, den ich kenne. Nur er war es würdig, dein sekundärer Gefährte zu werden."

„Ein zweiter Gefährte? Du meinst—" Ihr Mund stand offen, ihre Worte halb ausformuliert, als ihr die Wahrheit hinter meinen Worten klar wurde. Sie blickte mich ungläubig an. „Du meinst, die Traumsequenz war korrekt, und—"

Ich drückte sie noch fester, zog sie enger an mich, und mein Daumen zeichnete die Innenseite ihrer Lippe nach und erkundete ihre nassen Mundwinkel. „Du hast zwei Gefährten, Jessica. Alle Prillon-Bräute erhalten die Ehre und das Geschenk von zwei starken Kriegern, die sich um sie kümmern und sie beschützen."

„Warum?"

Ich küsste ihre Stirn, konnte nicht widerstehen, sie schmecken zu wollen.

„Wir sind Krieger. Wir sind die Stärksten unter den Mitgliedsplaneten der Koalition. Wir sind stets an der Front, im Krieg mit dem Hive. Wir kämpfen. Wir sterben. Es liegt nicht in unserer Natur, eine Gefährtin oder Kinder ungeschützt zurückzulassen."

„Also macht ihr was genau? Fickt mich abwechselnd? Ich dachte, der Traum war nur eine Simulation, ein Mittel, um mich zu erregen, damit das Zuordnungsprogramm die Reaktion meines Körpers messen kann oder... so ähnlich."

Ich küsste ihre Schläfe, ermutigt, als sie sich mir nicht entzog. „Nein, meine kriegerische Braut." Ich küsste sie auf die Wange. „Was du träumtest, war real, nur eine andere Prillon-Gefährtin mit ihren Männern. Es gefällt mir, zu hören, dass dies für dich erregend war, denn das war es auch für mich."

„Aber—"

„Wir werden dich gemeinsam nehmen, dein Körper wird mit zwei harten Schwänzen gefüllt sein. Vier Hände auf deiner Haut, die sich um deine Lust kümmern."

„Heilige Scheiße, du meinst das ernst."

Sie keuchte auf, aber ich konnte ihre Erregung riechen, die den Raum erfüllte. Der Gedanke daran, von zwei starken Kriegern genommen zu werden, erweckte sie zum Leben, so wie es sein sollte. Wir würden sie mit zwei Mündern schmecken, sie mit zwei Schwänzen füllen, mit vier Händen verwöhnen. Kein Zentimeter ihrer Haut würde unerforscht bleiben, ungeschmeckt, unberührt.

Der Gedanke daran, in ihre nasse Pussy zu stoßen, ein Kind in ihren Bauch zu pflanzen, während Ander sie in den Hintern fickte, machte mich erneut hart, und ich nahm sie an der einen Stelle ein, die ich hier und jetzt beherrschen konnte. Ihren Mund.

Ich hielt sie genau da, wo ich sie wollte, und eroberte ihre Lippen in einem Kuss, wie ich es schon gewollt hatte, seit ich sie das letzte Mal geschmeckt hatte. Ich spielte nicht oder lockte, ich nahm mir, was ich wollte, und forderte eine Antwort von ihr. Mein Verlangen nach ihr war weder zögerlich noch sanft, es war eine Bestie in mir, die darum tobte, freigelassen zu werden.

Ich plünderte ihren Mund, ein Eroberer, der sein Revier absteckte, und die Decke war vergessen, als sie ihr von den Schultern fiel und ihr Fleisch vor mir entblößte. Ich hob eine Hand, um ihren Hinterkopf zu umfassen, und vergrub meine Finger in ihrem Haar, hielt sie da fest, wo ich sie brauchte, ihren Mund unter meinem, im perfekten Winkel, um über sie zu herrschen. Mit meiner freien Hand erkundete ich ihr Fleisch, fuhr die Rundung ihres Schenkels nach, ihre Hüfte hoch bis ins Tal ihrer Taille, und höher, bis ich ihre weiche Brust in dem seltsamen rosa Untergewand umfasst hielt. Ich sehnte mich danach, es ihr vom Körper zu reißen, die harte Knospe ihres Nippels in meinen Mund zu nehmen.

Sie stöhnte leise, und ich küsste sie weiter, bis ich hörte, wie mein Sekundär das Zimmer betrat und sich die Szenerie vor sich ansah. Das leise Aufkeuchen von Aufseherin Egara wurde gefolgt vom leisen Klang ihrer Schuhe im Flur, nachdem sie die Tür hinter sich geschlossen hatte, um mir genau das zu geben, was ich wollte, während meine Gefährtin in meinen Armen bebte, versunken und verloren in der Lust, die ich ihr bereitete.

Privatsphäre.

Ander näherte sich vorsichtig, und ich öffnete die Augen und nickte ihm leicht zu, während ich Jessicas Mund weiter einnahm.

Er sollte sich uns anschließen. Unsere Gefährtin berühren. Ihr beibringen, was es hieß, eine Prillon-Braut zu sein. Ich hatte Jessica im Fahrzeug der Aufseherin gesagt, dass ich ihre Lektion fortsetzen würde, und der jetzige Zeitpunkt war so gut wie jeder andere.

Ander kniete sich neben uns hin, und sein Blick ruhte auf den perfekten, femininen Kurven unserer Gefährtin. Er holte tief Luft und genoss, so wie ich, den süßen Duft ihrer nassen Pussy.

Voller Entschlossenheit im Gesicht kniete Ander sich zwischen ihre Beine, während sie seitwärts über meinem Schoß saß. Ich wusste, was er wollte, und ich würde ihm helfen, es zu bekommen.

Ich schloss die Augen und genoss die süße Hingabe unserer Gefährtin, als sie ihre Arme hob und sie mir um den Hals schlang.

8

nder

Unsere Gefährtin war wunderschön. Ihr goldenes Haar fiel wie ein seidener Wasserfall aus blassem Sonnenlicht über Nials Arm. Ihr Körper war schlank und stark, ihre blasse Haut leuchtete geradezu neben Nials schwarzer Kleidung, wie ein perfekter Mond am dunklen Himmel. Ihre Lippen bewegten sich mit Nials in leidenschaftlicher Hingabe, die meinen Schwanz hart und voll werden ließ. Sie war wie weißes Feuer in seinen Armen, ihre prallen Brüste von einem kleinen rosa Kleidungsstück verdeckt, das ich ihr am liebsten vom Fleisch gerissen hätte. Ihre Hände lagen um seinen Nacken, in vollem Kontakt mit der Cyborg-Färbung seiner Haut, und ihre Hand ballte sich vor Lust zur Faust, während ein sanfter Laut von femininem Verlangen das kleine Zimmer erfüllte.

Mein Schwanz war hart wie ein Felsbrocken, während ich meinen Augen gestattete, über ihre langen, glatten, perfekten Beine in ihre Mitte zu wandern. Ich konnte ihre Erregung riechen, die Süße, die nach mir rief wie eine Sirene. Ich hatte keinen Grund, mich zurückzuhalten.

Ich konnte es nicht erwarten, ihre Pussy zu schmecken, meine Zunge tief in ihr zu vergraben, aber ich wusste: wenn ich zu schnell vorging, würden wir die Macht dieses Moments verlieren. Gerade jetzt war sie weich und empfänglich für Nials Berührung, seinen Kuss. Ich hatte das Gefühl, wenn ich sie nicht bald berührte, würde ich explodieren, aber ich wollte sie nicht verschrecken. Meine Größe und mein Äußeres waren schon einschüchternd genug, ohne dass ich sie noch mit übermäßig aggressiven sexuellen Bedürfnissen zu schnell oder zu weit drängen musste.

Ich war ein geduldiger Mann. Ich konnte ein Ziel tagelang belauern, ohne zu essen oder zu schlafen. Ich konnte ein paar Minuten länger warten, bis ich diese wunderschöne Frau schmecken konnte, die mir für immer gehören würde. *Meine Gefährtin.*

Ihr Körper lag über Nials Schoß gestreckt wie eine Gabe an die Götter, so weich und geschmeidig. Sie war nicht so klein wie die Gefährtin von Commander Deston, und ich war sehr erleichtert darüber. Sie war groß genug, um uns beide aufnehmen zu können; groß genug, mich aufnehmen zu können.

Ich hatte mich bereits zweimal als Sekundär angeboten, aber meine Größe und meine Narben hatten bei jenen Kriegern die Besorgnis ausgelöst, dass ihre neuen Gefährtinnen mich auf Sicht ablehnen würden.

Dass ich nun auf dem Boden vor meiner Gefährtin kniete, erschien mir wie eine Art Traum, eine Fantasie, die nicht real sein konnte. Dass sie ihn mit seiner Cyborg-Haut akzeptierte, ihn so leidenschaftlich küsste, gab mir Hoffnung, dass sie auch mich akzeptieren konnte.

So wie auch ich, war Nial geschädigt, gezeichnet durch die silberne Haut und das silberne Auge der Cyborgs, und doch akzeptierte sie ihn, ließ sich von ihm berühren. Verspürte Verlangen nach einem Krieger, der von der Schlacht gezeichnet war.

Sie war keine Fantasie, sondern echtes Fleisch und Blut. Ich konnte den honigsüßen Duft ihrer feuchten Mitte riechen, das Aroma ihrer Haut. Ich wollte meine Zunge in ihrer seidigen Hitze versenken, und sie vor Lust zum Schreien bringen. Vielleicht, wenn ich ihr Lust schenkte, bevor sie mein Gesicht sah, würde sie an meinen Narben vorbeisehen können, und nicht bei meinem bloßen Anblick Angst und Schrecken verspüren. Ich war plötzlich froh darüber, dass ich die Reinigungskammer an Bord des Cyborg-Schiffes benutzt hatte, bevor ich es auf einen Kurs ins Zentrum des Erdensterns schickte. Ich hatte unserer Gefährtin den Tod ihrer Feinde geschworen, aber nun war ich dem Instinkt dankbar, dass ich ihr mit nicht einem Tropfen Blut an den Händen gegenübertreten wollte.

Sie war zu schön dafür, von solcher Gewalttätigkeit berührt zu werden, zu kostbar.

Ich sah zu, wie Nial ihren Körper durch Lustgefühle gefügig machte, ihr mit den Händen über die Brüste strich, über ihre Taille und Hüften. Er strich mit seinen Händen auf ihrem Schenkel auf und ab, rückte die Decke, die sie wohl bedeckt hatte, weiter und weiter hinunter. Ich bemerkte eine große Narbe auf ihrem Schenkel und wunderte mich über die Wunde, aber der Gedanke war aus meinem Kopf gelöscht, als Nials sanfte Berührung über das kleine Stückchen rosa Stoff wanderte, das ihre Pussy bedeckte. Er verblieb dort und drückte seinen Daumen durch den Stoff hindurch an sie, rieb ihren Kitzler, dann drang er in ihre Pussy, soweit es der Stoff zuließ, und wanderte dann wieder nach oben, um ihre empfindsamste Stelle zu streicheln.

Sie stöhnte in seinen Mund, ihre Hüften hoben sich an, um sich fester in seine Berührung zu drücken, ihre Lippen waren auf seinen verankert und ihre Zunge bewegte sich zwischen ihnen und erkundete seinen Mund.

Eroberte ihn für sich.

Mein Kopf wurde mit Lust durchflutet, mit Begehren, und mein Schwanz schwoll zu einem schmerzhaften Ausmaß an. Ich wollte ihre Zunge in meinem Mund. Ich wollte, dass sie stöhnte, sich wand und schrie, während ich ihr Lust bereitete. Ich wollte, dass sie wusste, dass *ich* es war, er sie berührte. Der ihre Pussy schmeckte. Ich wollte, dass dieses Wissen sie in Flammen setzte.

Ihre Reaktion auf Nials Berührung war das Signal, auf das wir beide gewartet hatten. Er riss ihr das kleine Stückchen Stoff vom Körper, und sie schrie erschrocken auf und riss ihren Mund von Nials Kuss davon.

Nial nahm ihren Kopf in beide Hände und hielt sie davon ab, an ihrem Körper hinunter zu blicken, mich zu sehen, bevor wir bereit waren. Sie starrten einander in die Augen, während Nial seine Forderung flüsterte. Ich sah zu, wie ihre bedeckten Brüste sich unter ihrem keuchenden Atem hoben und senkten, die harten Nippel durch den dünnen Stoff hindurch deutlich sichtbar.

„Lass dich von uns berühren."

Mein Blick sank tiefer, und ich sah ihre nasse Pussy, pink und perfekt präsentiert, nur wenige Zentimeter von meinem begierigen Mund entfernt. Ich betete, dass sie Ja sagen würde. Ich konnte es nicht erwarten, sie zu schmecken, an ihrem Kitzler zu lutschen, sie mit meiner Zunge und meinen Fingern zu ficken. Sie auf meinem Gesicht zum Kommen zu bringen.

„Nial? Ich kann das nicht." Sie leckte sich über die geschwollenen Lippen. „Wir sollen das hier nicht tun. Ich... ich kenne euch gar nicht und... und ich..." Sie schloss kurz die Augen. „Es... es ist mir zu viel."

Ihre Worte waren wie ein Messer, das mir ins Herz stach, aber Nial schien unbeeindruckt.

„Schhhh. Es wird sich zwischen uns immer so anfühlen. Fürchte nicht die Macht des Bandes zwischen einem Krieger und seiner Braut. Fürchte nicht die Lust, die wir dir bringen werden.

Lass dich gehen, Jessica, du bist bei mir sicher. Ich verspreche, dass ich hier sein werde, um dich aufzufangen. Ander wird hier sein und dich auffangen. Hab keine Angst davor, einem Anderen die Kontrolle zu überlassen. Gib dich uns hin und lass dir von uns Lust bescheren. Lass dich von uns berühren." Er küsste sie sanft auf den Mund, mit einer Zärtlichkeit, die ich nicht besaß, und ich war dankbar für die göttliche Weisheit, die unseren Frauen zwei Männer gab, um sie zu beglücken und zu beschützen. Ich konnte sie hart ficken. Ich konnte für sie töten. Ich konnte nicht sein, was Nial war. Ich konnte nicht sanft oder zart sein. Ich konnte sie nicht berühren, ohne ihr Fleisch zu verschlingen. Ich brauchte es, sie zu besitzen, zu erobern, ihre Lust zu beherrschen.

Ich brauchte es, sie zum Betteln zu bringen.

Nials Hand glitt von ihrem Hals über ihre Brüste hinunter, tiefer. Jessicas Atem verwandelte sich zu gehauchtem

Keuchen, als er seine Hand weiter nach unten führte, über ihren Bauch. Er hielt nur wenige Zentimeter vor ihrer Mitte inne, und ihr inniger Blick hielt an. Er lockte sie damit, was sein konnte.

„Sag Ja, Jessica." Er gab ihr einen Kuss. Einen zweiten. „Lass dich gehen und sag Ja."

Ich sah, wie ihre Finger sich in Nials Schultern gruben, vielleicht ein rasches Ableiten aufgestauter Begierde, oder ein kurzer Anflug von Hinnahme. Sie kämpfte gegen sich selbst an, nicht gegen Nial, um diese Entscheidung zu treffen. „Ja."

Zur Belohnung für diese Antwort ließ er seine Hand zwischen ihre offen stehenden Schenkel gleiten, und zwei seiner Finger tief in sie hinein, während er wieder die Kontrolle über ihren Mund übernahm.

Sie stieß gegen seine Hand. Ihr leises Wimmern des Begehrens war Musik in meinen Ohren. Dann zog er seine Finger wieder heraus, die nun mit ihrem nassen

Saft benetzt waren. Er hob seine Hand hoch und weit von ihrem Körper weg, um dort Platz für mich zu machen, wo er gerade gewesen war.

Langsam, ehrfürchtig, berührte ich unsere Gefährtin zum ersten Mal, ersetzte Nials Finger mit meinen eigenen. Ihre Pussy zog sich um meine Finger zusammen, ihre heiße, nasse Mitte umfing mich zum Gruß.

Ich fickte sie langsam, bewegte meine Finger mit geschmeidigem Gleiten in ihrem Körper ein und aus, mit der Absicht, sie zu erregen, aber nicht zum Höhepunkt zu bringen. Ich wollte, dass sie wild war nach meiner Zunge auf ihrem Kitzler. Ich wollte, dass sie mich anbettelte, sie zu schmecken.

Ich spielte sachte mit ihr, erkundete ihren Kitzler mit meinem Daumen, während ich sie mit den Fingern fickte, aber ich gab ihr nicht den Druck, den sie wollte. Sie protestierte stöhnend, hob ihre Hüften meiner Berührung entgegen, und ihr Mund stand offen und nahm Nials Zunge tief auf. Er ließ ihr keine Zeit, zu denken. Nur zu fühlen. Er hielt ihren Kopf reglos fest, eine Hand in ihrem Nacken, tief in ihrem Haar vergraben. Seine Kontrolle über sie machte mich noch steifer. Wir würden ihr genau das geben, was sie brauchte, und sie würde es zulassen. Sie würde sich hingeben.

Nial ließ seine freie Hand zu dem seltsamen Kleidungsstück sinken, das ihre Brüste bedeckte. Fasziniert sah ich zu, wie eine Cyborg-Modifikation aus seiner Fingerspitze heraustrat, rasiermesserscharf, und in weniger als einer Sekunde durch den Stoff geschnitten hatte, wonach es sich wieder einzog und verschwand. Das Kleidungsstück platzte von der Mitte aus auf und entblößte feste, volle Brüste mit blassrosa Nippeln. Sie keuchte auf, und eine Hand senkte sich von Nials Nacken herab, um sich zu bedecken.

Nial schlang seine Hand um ihr Handgelenk und hob es wieder an seinen Nacken hoch. Sie gab nach, vergrub ihre Finger in seinem Haar, während seine Hand eine der prallen Wölbungen umfasste und an ihren jetzt schon steifen Nippeln zupfte und spielte.

Ich fickte sie ein wenig schneller und erforschte die Oberseite ihres Inneren, auf der Suche nach der empfindlichen Stelle, von der ich gelesen hatte, dass alle Menschenfrauen sie besaßen; ein mythischer G-Punkt, der ihnen so viel Lust bereitete. Ihre Innenwände waren so glitschig, so heiß, und pressten sich um meine Finger herum zusammen, als ich ihn fand...

„Oh Gott."

Jessica entriss Nial ihren Mund und blickte an ihrem Körper hinunter. Sie erstarrte, als sie mich dort knien sah, meine Finger bis zum Anschlag in ihrer Pussy versenkt, und Nials Hand auf ihrer Brust.

„Oh mein Gott."

Sie versuchte, die Beine zu schließen, aber ich kniete zwischen ihnen, und meine breiten Schultern zwangen sie dazu, ihre Knie weiterhin weit gespreizt zu halten. Ich hielt ihren Blick, während ich meine Finger langsam herauszog und sie wieder tief hineingleiten ließ, über den Punkt streichend, von dem ich wusste, dass es sie in den Wahnsinn treiben würde.

„Hallo, Gefährtin."

Ich fickte sie wieder, ein wenig kräftiger, und sah zu, wie ihre Augen größer wurden, als Nial diesmal meine Handlungen unterstrich. Er kniff ein klein wenig grober in ihren Nippel und knabberte an ihrem Ohr, während ich sie mit den Fingern fickte, erleichtert darüber, dass sie keine Jungfrau mehr war. Mir war nicht danach, sanft zu sein. Ich *konnte* nicht sanft sein.

Sie lehnte mich nicht ab, aber sie begrüßte mich auch nicht, ihr Körper nach wie vor angespannt. Ich wurde langsamer und senkte meine Lippen, gab ihr einen Kuss auf ihren angeschwollenen

Kitzler, leckte ganz kurz mit meiner Zunge darüber und atmete ihren weiblichen Duft ein. So reif, so heiß, so perfekt. Ich küsste sie auf einen der cremigweißen Schenkel, dann den anderen.

Sie schauderte und wandte sich wieder zu Nial. „Das hier gehört sich nicht. Was sind—ich meine—" Jessica schüttelte den Kopf, obwohl ihre Pussy sich um meine Finger herum zusammenzog und mehr forderte als den sanften Kuss, den ich ihr gegeben hatte. „Ich verstehe das hier nicht. Ich kann mich nicht so fühlen, mit zwei Leuten." Sie drückte ihre Schenkel zusammen, in einem neuerlichen Versuch, sie zu schließen. „Ich kenne euch nicht und... oh Gott, ich sollte das hier nicht tun."

Ich grinste in ihre Pussy hinein und badete ihren Kitzler mit meiner Zunge, beobachtete jede Reaktion ihres Körpers. Ich erkannte, dass es ihr gefiel —nicht an dem Zögern in ihren Worten, sondern daran, dass ihre Pussy freigiebig auf meine Hand tropfte.

„Ander ist dein sekundärer Gefährte. Er wird dich beschützen und sich um dich kümmern, genauso wie ich. Gemeinsam werden wir dir Lust bereiten. Auf Prillon ist das natürlich und recht. Du sollst von beiden deiner Gefährten verwöhnt und beglückt werden, Jessica. Es ist dein Recht als Braut." Er senkte seine Lippen zu ihren, zeichnete sie mit seiner Zunge nach, während ich meinen Kopf senkte und ihren Kitzler mit meiner Zunge umkreiste. „Möchtest du, dass wir aufhören?"

Während Nial auf ihre Antwort wartete, saugte ich ihren Kitzler in meinen Mund und leckte mit der Zungenspitze über die empfindliche Spitze. Ich saugte stärker, als sie stöhnte, und krümmte einen Finger, um sie innen zu streicheln, so wie ich es bereits gelernt hatte. An ihrer Reaktion erkannte ich, dass die

Erforschung gute Ergebnisse gebracht hatte.

„Nein. Hört nicht auf." Sie schlang ihre Beine um meinen Kopf und ließ mir damit keinen Ausweg mehr, und ich knurrte zustimmend. Die Vibration des Knurrens brachte sie dazu, sich aufzubäumen und ihre Pussy gegen mich zu drücken, womit sie mich nötigte, sie kräftiger und tiefer in meinen Mund zu saugen. „Hört nicht auf."

Bei dieser Forderung sehnte ich mich danach, sie festzubinden und ihr zu zeigen, was es bedeutete, zu versuchen, Befehle zu erteilen, aber dieses Recht hatte ich mir nicht erworben. Noch nicht.

Zuerst musste ich mich noch als würdig erweisen. Erst musste ich mir ihr Vertrauen verdienen, mit meinen Fingern und meinem Mund. Dann würde ihre Lust mir gehören. Dann würde ich sie zum Betteln bringen.

Ich saugte stärker, brachte sie wieder

und wieder bis an die Grenze, indem ich sie abwechselnd schnell und oberflächlich, dann langsam und tief, mit den Fingern fickte. Nial senkte sie herab, bis ihr Kopf über seinen Arm hing, nahm ihre Nippel in seinen Mund, erst einen, dann den anderen, und hielt sie weiter mit seiner Hand in ihrem Haar wie festgenagelt, so dass sie dem Verlangen nicht entkommen konnte, das wir in ihr entfachten.

Er rückte sich so zurecht, dass er mit der freien Hand seinen Schwanz fassen konnte, und ich machte es ihm sofort nach, holte meinen aus der Hose hervor und packte ihn. Ich bearbeitete meinen harten Schaft erbarmungslos, während ich die süße Essenz meiner Gefährtin aufsaugte und ihr zuhörte, wie sie leise vor Lust wimmerte. Wir mussten unseren Samen auf ihr verteilen; der Geruch davon reichte schon aus, um die Verbindung zwischen uns zu formen und ihr Verlangen nach ihren Gefährten aufzubauen. Ihn aber auf ihrer Haut zu haben...

Wir waren auf der Erde, nicht auf unserer Heimatwelt, wo die Macht der Kragen, die eine psychische Verbindung herstellten, uns bei unserer Besitznahme unterstützen würden. Wir mussten sie so stark wie möglich an uns binden, und so bald wie möglich. Die Chemikalien in unserem Samen würden sie an uns binden, bis wir den Gefährten-Kragen um ihren Hals legen konnten.

Begierig darauf, sie mit meinem Höhepunkt zu bedecken, bearbeitete ich meinen Schwanz mit festem Griff, aber die zusätzliche Kraftanwendung war nicht notwendig. Ihr Geschmack in meinem Mund reichte aus, um mich hart und rasch über die Grenze meiner Beherrschung zu stoßen.

Während ich meine Finger tief in ihrer Pussy versenkt ließ, stand ich vor ihr auf, und Nial holte seinen Schwanz aus der Hose und legte ihn auf ihren weichen Bauch. Ich bearbeitete ihren

Kitzler mit meinem Daumen und betrachtete ihr Gesicht, als die ersten ruckartigen Bewegungen meines Schwanzes einen Strom dickflüssigen Gelees auf ihren Schenkel schoss, auf ihre Hüfte, dann ihren Bauch. Nial saugte ihre Nippel in seinen Mund, als er aufstöhnte und sich über ihrem Bauch ergoss, und seine freie Hand dazu benutzte, seine Essenz in ihre seidige Haut einzureiben.

Ich ließ meinen ausgelaugten Schwanz fallen und tat es ihm nach, rieb meinen warmen Samen in ihre Haut und sah zu, wie ihr Körper ihn aufsog wie ein Schwamm. Fasziniert konnte ich meinen Blick nicht von ihrem Gesicht reißen, als sie den Nacken durchstreckte, ihren Kopf nach hinten warf, und ihr Mund sich mit einem lautlosen Schrei öffnete.

Ihre Pussy presste sich um meine Finger herum zusammen, als sie in Nials Armen in Stücke fiel, von den bindenden Substanzen in unserem

Samen über die Grenze zu ihrer eigenen Erlösung gebracht.

Ich sah ihr zu, ohne zu blinzeln, hingerissen von der Mischung aus Tortur und Seligkeit auf ihrem Gesicht. Ich wusste, dass ich dieses Bild ihrer Lust nie wieder aus dem Kopf bekommen würde. Ich würde diesen perfekten Moment niemals vergessen.

Ich fiel auf die Knie und saugte noch einmal ihren Kitzler in meinen Mund, verhalf ihr, ihren Orgasmus länger auszudehnen. Ihre leisen Schreie wurden zu Wimmern, während wir uns wie die gierigen Prillon-Krieger verhielten, als die ich uns kannte, und unsere Hände und Münder dazu benutzten, sie wieder und wieder über die Grenze zu treiben. Wir nahmen und nahmen, bis sie nichts mehr zu geben hatte, bis sie schlaff und völlig erschöpft dalag. Erst dann wickelte Nial die Decke wieder um sie und stand auf. Ich wischte mir ihre salzige, angenehm säuerliche Essenz von Lippen und Kinn, während auch ich mich erhob, um hinter Nial herzugehen, der unsere Gefährtin zur Transportkammer brachte.

Dort wartete Aufseherin Egara auf uns. Sie errötete leicht bei unserem Eintreten, aber beschäftigte sich mit den Instrumenten vor sich.

„Senden Sie uns zurück zum Schlachtschiff von Commander Deston", befahl Nial.

„Es tut mir leid. Das kann ich nicht", antwortete sie. „Der Primus hat alle Transporte gesperrt, die über die zweite Zone hinausgehen."

Ich schüttelte den Kopf und blickte zu Nial, der unsere nackte, schläfrige Gefährtin trug. Jessicas Kopf war sicher unter seinem Kinn verankert, und sie lag völlig entspannt in seinen Armen und vertraute sich unserer Fürsorge an. Mein Herz schwoll vor Stolz an, in dem Wissen, dass ich dazu beigetragen hatte, diese zufriedene, unterwürfige Mattigkeit in ihre Knochen zu pflanzen. Sie war nicht länger blass, ein Hauch von erregter Röte verblieb auf ihren Wangen, und ihr Blick schweifte sorgenfrei umher, da sie von ihren Gefährten umgeben und somit sicher war.

„Das bedeutet, dass der einzige Planet, den mein Vater mir in Transportreichweite übriggelassen hat, die Kolonie ist."

Ich erkannte die Wut in Nials Stimme. Ich verspürte sie selbst. Der Primus hatte es uns unmöglich gemacht, unsere Gefährtin nach Hause zu bringen. Sie in die Kolonie zu bringen, würde gefährlich sein. Der gesamte Planet war mit verseuchten Kriegern bevölkert, denjenigen, die vom Hive gefasst und *modifiziert* worden waren, so wie Nial es war. Die Männer dort waren allesamt Ausgestoßene. Gefangen, gefoltert und dann vom eigenen Volk verstoßen, ausgesetzt und gezwungen, ihre Tage alleine und ohne Gefährtinnen auf einer anderen Welt zu verleben.

Ich blickte auf unsere Gefährtin, auf

ihr wunderschönes Gesicht und die sanften Kurven, und ich wusste, dass sie wahrscheinlich das einzige weibliche Wesen auf dem gesamten Planeten sein würde. Ich wusste, noch bevor Nial sprach, welche Wahl er treffen würde. Als Jessicas primärer Gefährte hatte er die völlige Autorität in dieser Situation.

„Wir haben keine Wahl, Ander. Der Hive jagt hinter ihr her. Wir können nicht auf der Erde verweilen. Es ist für unsere Gefährtin nicht sicher hier." Nial blickte zu mir, und ich nickte und rollte meine Schultern zurück, bereit zum Kampf. Für alle Fälle.

„Die Kolonie ist womöglich nicht besser als hier." Wir brachten unsere Gefährtin in unbekanntes Terrain, mit nichts als unseren Fäusten bewaffnet. Wenn die Krieger, die in die Kolonie verbannt worden waren, verärgert oder rachsüchtig waren, oder Fremden gegenüber feindselig, dann könnten wir unsere Entscheidung rasch bereuen, unsere Gefährtin ihnen auszusetzen.

„Wenn notwendig, können wir ein Transportschiff stehlen und von dort aus zum Schlachtschiff *Deston* reisen." Er blickte auf Jessica hinunter, die anscheinend in seinen Armen eingeschlafen war. „Wenn wir hierbleiben, ist die Gefahr für unsere Gefährtin zehn Mal so groß. Der Hive wird weitere Späher aussenden, um nach ihr zu jagen, sobald sie erst das Peilsignal auf dem Schiff verlieren, das du zerstört hast. Beim nächsten Mal werden sie mehr als drei Späher schicken."

„Ich stimme zu." Ich würde die Sicherheit meiner Gefährtin eher einem Haufen Prillon-Kriegern anvertrauen, die ausgestoßen worden waren, als einem endlosen Strom von hirnlosen Hive-Sklaven. Da bestand kein Zweifel.

Nial nickte Aufseherin Egara zu. „Schicken Sie uns in die Kolonie."

Wir betraten die Transportplattform, und ich blickte auf die dunkle, schöne Frau zurück, die uns geholfen hatte, unsere Gefährtin zu retten. Ich hatte Sorge, dass wir sie schutzlos zurückließen. „Seien Sie vorsichtig, wenn wir fort sind. Der Hive könnte unsere Gefährtin zu Ihnen zurückverfolgen."

„Ich habe keine Angst vor diesen Mistkerlen." Sie sah furchterregend aus, erfüllt von einem Zorn, den ich in ihr zuvor nicht gesehen hatte. Ich betrachtete sie mit frischen Augen, während sie unseren Bestimmungsort in das Bedienungselement vor sich eingab.

„Sie sind tapfer und ehrenhaft. Sie würden eine ausgezeichnete Braut abgeben." Ich kannte mehrere Krieger, denen ihr exotisch dunkles Haar und ihre warmen Augen gut gefallen würden.

„Das habe ich schon probiert. Ich passe." Ihr trauriges Lächeln war das Letzte, was ich sah, bevor die Energie des Transporters uns holte.

9

Jessica

Ich hatte den unglaublichsten Traum. Mein Bett war warm und bequem, eine Mischung aus weich und fest. Ich vergrub mein Gesicht in meinem Kissen, und der Geruch, der daraus aufstieg, ein dunkler, holziger Duft, brachte mich zum Lächeln. Eine Hand streichelte über meinen nackten Bauch, in langsamen, lockeren Kreisen.

Es fühlte sich so gut an, dass ich meinte, ich würde schmelzen, und ein zufriedenes Seufzen kam mir über die Lippen.

„Ich werde ihre Untersuchung nicht beginnen, bevor sie wach ist."

Ich erstarrte. Ich kannte diese Stimme. Es war Nials. Aber ein Fremder antwortete.

„Ich verstehe, Prinz, aber eine Verzögerung ist gefährlich. Die anderen können sie riechen."

„Sie riecht nach Ander und mir. Unser Samen ist auf ihr."

„Das ist belanglos, es reicht nicht aus. Sie riecht wie ein unbegattetes Weibchen, und sie trägt keinen Kragen."

Diese Unterhaltung war beunruhigend, aber ich wollte noch nicht aufwachen. Ich wollte meine Augen nicht öffnen oder aus meinem zufriedenen Plätzchen hervorkommen. Und ich wollte nichts mit einer Untersuchung oder schwierigen Problemen zu tun haben. Ich wollte nicht aufwachen und mich einem Zimmer voller Männer stellen, die versuchen, mich zu *riechen*. Wen kümmerte es, wonach ich roch? Soweit ich wusste, roch ich nach Grüntee-Shampoo und Deo mit Lavendelduft, wie immer.

Die fremde Stimme fuhr fort: „In der Kolonie ist eine Frau ohne Gefährten etwas nie Dagewesenes, und die Krieger fordern eine Chance, um sie kämpfen zu dürfen."

„Sie gehört uns", dröhnte Nials Stimme und erschreckte mich. Ich riss die Augen auf und sah, dass ich gar nicht in einem Bett war, sondern in seinem Schoß. Ich starrte auf seine massive Brust, auf der ein graues T-Shirt sich eng über stramme Muskeln spannte. Das Gefühl, dass mein Kissen weich war, musste Teil des Traumes gewesen sein, denn Nial—und ich wusste, dass es Nials Schoß war, ohne sein Gesicht zu sehen, denn ich würde diesen Geruch überall erkennen—war rundum ein harter

Mann. Überall, einschließlich des Schwanzes, der gegen meine Hüfte stupste.

„Sie ist wach. Sobald sie untersucht und für die Besitznahme-Zeremonie freigegeben ist, werden wir sie aus der Kolonie entfernen. Ich versichere Ihnen, Doktor, wir werden nicht verweilen. Sie wird vom Hive gejagt."

Ander. Ich erkannte seine Stimme nun ebenso selbstverständlich wie Nials. Er war laut und barsch und direkt, und sehr, sehr geschickt mit seiner Zunge. Ich fragte mich, ob er alles mit der gleichen Intensität machte, mit der er mich oral beglückt hatte.

Nials Hand kam auf meinem Bauch zur Ruhe. Meinem nackten Bauch. Ich blickte nach unten und stellte fest, dass ich in eine weitere Decke gewickelt war, diesmal dunkelrot und nicht langweilig grau wie die im Abfertigungszentrum. Seine Hand war unter den Stoff gerutscht, um mich direkt zu berühren. Aufseherin Egara war nirgendwo zu sehen, aber ein Mann in einer grauen Uniform stand in der Nähe und starrte mich an, als wäre ich ein Alien. Ich kannte das Zimmer nicht, in dem wir uns befanden. Ich blinzelte und blickte um Anders große Gestalt herum, die ebenfalls in dunkles Grau gekleidet war, und mir wurde bewusst, dass wir uns überhaupt nicht mehr im Abfertigungszentrum befanden.

„Wo sind wir?", fragte ich. Meine Stimme war kratzig, und ich räusperte mich.

Nial drückte mich sanft. „Wir sind auf der Kolonie, vierzehn Lichtjahre von der Erde entfernt."

„Die Kolonie?", fragte ich.

„Es ist ein Planet nahe der Erde. Die Koalitionskräfte schicken alle verseuchten und nicht mehr einsatzfähigen Krieger hierher, um den Rest ihrer Tage hier zu verleben."

„Was meinst du mit verseucht?"

Sein Körper hatte sich unter mir angespannt, als er dieses Wort verwendet hatte, und ich wusste, dass es ihm aus irgendeinem Grund weh tat. Ich traute meinen Instinkten, und die schrien mich an, dass seine Reaktion von Bedeutung war.

„Die Krieger, die verseucht worden sind. So wie ich."

Verwirrt starrte ich ihn an. „Für mich siehst du völlig in Ordnung aus. Hast du eine Krankheit oder sowas? Womit bist du verseucht worden? Strahlung?"

„Hive-Technologie." Er hob seine Hand und deutete auf die linke Seite seines Gesichts, das Silber in seinem Auge. „Ich habe mehr, es überzieht meinen Rücken und mein Bein."

Anders wurde ganz angespannt, als Nial sprach, und beobachtete mich eingehend, als wäre meine Reaktion ungeheuer wichtig. Ich blickte kurz zu ihm hinüber. Ich hatte Ander noch nicht gesehen, wenn er nicht gerade sein Gesicht in meiner Pussy vergraben hatte. Das war das einzige andere Mal gewesen, dass er so ernsthaft und konzentriert dreingeblickt hatte. Für eine Frau war diese Art Fokus *dort unten* eine gute Sache. Meine Pussy zuckte bei der Erinnerung an seine Geschicklichkeit zusammen.

Ich bemerkte die Narbe auf der rechten Seite *seines* Gesichts. Sie war breit und zog sich von der Spitze seiner Stirn, außen an seiner Augenhöhle entlang, seine Wange hinunter bis an seinen Hals. Ich zog die Linie mit den Augen nach und stellte mir eine Art Klinge vor, die durch sein Fleisch schnitt, und beschloss, dass ich später die gesamte Länge entlang küssen musste, die Narbe mit meiner Zunge nachzeichnen.

Nials Stimme lenkte meine Aufmerksamkeit von Ander ab, und ich drehte mich zu ihm herum, damit er erklären konnte. „Der Hive ist unser Feind, wie auch der Feind der Erde. Wenn ein Krieger von egal welchem Planeten gefangen genommen wird, wird er *modifiziert*, zu einem Hive-

Krieger umgebaut. Ich bin teilweise modifiziert worden, bevor ich geborgen werden konnte. Dennoch bin ich für den Primus von Prillon, meinen Vater, ausreichend verseucht worden, um als Hive zu gelten."

Seine Finger drückten sich in mein Fleisch, dann entspannten sie sich wieder.

„Auf meiner Welt gelte ich als ruiniert, ein Aussätziger, einer Braut nicht würdig." Er wandte seinen Blick von mir ab, starrte an mir vorbei, und ich verzog das Gesicht über seine Scham. Er fuhr fort: „Das ist der Grund, warum mein Vater deinen Transport verweigert hat, Jessica. Ich trage Hive-Technologie in mir, die niemals wieder entfernt werden kann."

„Und?" Ich hob meine Hand an seine Wange, um die silbrig gefärbte Haut mit meinen Fingern zu berühren. Ich erschrak darüber, wie weich das seltsam gefärbte Fleisch war, und wie warm. Aber es war ein Teil von ihm, so einfach war das. „Was soll das schon ausmachen?"

Seine Reglosigkeit war unnatürlich, und sein Blick kehrte auf mein Gesicht zurück. Neben uns war auch der Krieger, den ich nicht kannte, reglos geworden, als hätte ich sie alle schockiert und sprachlos gemacht. Verwirrt wandte ich mich an Ander und sah einen lodernden Blick voll roher Lust in seinen Augen brennen, der mich verschlingen wollte. Ich schauderte, konnte die Hitzeflut nicht aufhalten, die in meine Mitte schoss und sie vor Leere schmerzen ließ, als ich seinem Blick begegnete. Ich erinnerte mich lebhaft an genau diesen Blick, während er an meinem Kitzler gesaugt und mich zum Schreien gebracht hatte. Ich schüttelte den Kopf in dem Versuch, die Mischung aus Begehren und Verwirrung aufzulösen, die ich empfand.

„Ihr seid alle verrückt. Ich glaube, ich will gar nicht auf Prillon, wenn ihr so mit euren Kriegsveteranen umgeht." Ich dachte an alle meine Freunde vom Militär, die Gliedmaßen verloren hatten, von Sprengkörpern versengt worden waren, angeschossen, verletzt. Es waren gute Männer und Frauen, Soldaten, die mit Ehre gedient hatten und es verdienten, mit Fürsorge und Respekt behandelt zu werden, wenn sie nach Hause zurückkehrten. Ich konnte es mir nicht vorstellen, einen verwundeten Veteranen an einen Ort zu schicken, der im Endeffekt eine Gefängnis-Kolonie war, als Aussätzigen zu behandeln, der keine Gefährtin verdient hatte und keine Familie, und das nur, weil eine Wunde sein Aussehen veränderte. „Was stimmt mit euch Leuten nicht? Ihr solltet euch schämen, wenn ihr so mit euren Veteranen umgeht."

„Was ist ein Veteran?" Der fremde Mann stellte die Frage, und ich löste meinen Blick von Anders, um ihm zu antworten.

„Wer sind Sie?", wollte ich wissen, da ich immerhin halb nackt mit ihm im gleichen Zimmer saß, und er wohl fand, dass er das Recht hatte, da zu sein.

„Ich bin Doktor Holsen."

Da begutachtete ich ihn näher, bemerkte die gleiche goldene Hautfarbe und die scharfen Gesichtszüge wie bei Nial und Ander. Seine Augen hatten die Farbe von Bourbon mit Eis, und seine Uniform war eine seltsame grüne Rüstung, die eher wie Tarngewand für Waldeinsätze aussah als eine Arzt-Uniform. Er war auch riesig, über zwei Meter groß. Aber egal. Wie inzwischen völlig klar war, war ich nicht mehr zu Hause.

„Veteranen sind ehemalige Krieger. Soldaten, die gedient haben und dann entlassen worden sind."

Er schüttelte den Kopf, die Verwirrung deutlich auf sein Gesicht geschrieben. Ich seufzte. Ich versuchte es noch einmal, in Alien-Sprech.

„Krieger, die an der Front gekämpft haben. Manche von ihnen werden verwundet und in allen Ehren nach

Hause geschickt. Wir nennen sie Veteranen, und ich bin eine von ihnen." Ich zupfte an der Decke, die mich bedeckte, als der Doktor mich weiterhin verwirrt anstarrte.

„Wie ist das möglich? Weibliche Wesen kämpfen nicht im Krieg", antwortete er.

„Wo ich herkomme, kämpfen Frauen sehr wohl. Sie arbeiten. Sie dienen beim Militär und bei der Polizei. Sie sitzen nicht am Rande des Geschehens und warten darauf, dass die Männer sie retten." Ich starrte ihn nieder, sauer über die Art und Weise, wie sie hier ihre Soldaten allgemein behandelten, und im Besonderen über ihre frauenfeindliche Einstellung. Bei all dem Macho-Testosteron im Zimmer sah ich rot. Keines dieser Aliens hatte sich meine Loyalität oder mein Vertrauen verdient... nun, keines außer Nial, der mich immerhin vor dem Hive-Späher gerettet hatte. Und gut, vielleicht auch Ander, der denselben Späher beseitigt hatte.

Der Doktor kam einen Schritt näher, und ich lehnte mich in Nials Arme zurück, mir inzwischen der Tatsache überaus bewusst, dass ich unter der Decke nackt war.

„Faszinierend. Und du, *du* hast in einer Schlacht gekämpft?", fragte der Arzt, aber es war Ander, der vortrat, gespannt auf meine Antwort.

Ich nickte knapp. „Ja. Oft sogar."

Nials Arme drückten mich fester, aber ich ignorierte ihn und hielt dem Blick des Arztes stand, dessen Unglaube sich an seiner hochgezogenen Augenbraue und seinen schmalen Lippen ablesen ließ, noch bevor er sprach. „Ich glaube dir nicht."

Ich drückte mich von Nial ab und rutschte aus seinem Schoß. Wenn dieser Alien-Kerl wirklich ein Arzt war, sollte ihn nichts schockieren, was ich ihm nun zeigen würde.

Ich stand stolz da, die rote Decke um meine Schultern gelegt wie eine königliche Robe. Ich hob die Hände und wischte mein langes Haar über die Schulter nach vorne, damit es nicht verdeckte, was ich ihm zeigen wollte.

„Die hier habe ich mir nicht beim Keksebacken geholt."

Ohne den Blickkontakt zu unterbrechen, ließ ich die Decke zu Boden fallen und drehte mich herum, damit er die hässlichen, zerfurchten Schrapnell-Narben sehen konnte, die sich von meiner Schulter bis zu meiner Taille verteilten, über meinen Hintern und bis zum Oberschenkel hinunter. Ander trat näher, seine Schultern angespannt, aber Nial hob die Hand, um Ander davon abzuhalten, sich einzumischen. Nials Blick traf meinen und hielt ihn fest, während ich ihn aufmüpfig anfunkelte und ihn herausforderte, mich davon abzuhalten, den unverschämten Arzt eine Nummer kleiner zu machen.

Ich wusste, dass Nial meine Vorderseite sehen konnte, meine Brüste und meine Pussy, aber das war mir egal.

Ich hätte nachfragen sollen, warum ich nackt transportiert worden war und immer noch nackt war, während Ander und Nial in identische Hemden und Hosen gekleidet waren. Ich würde später fragen, aber im Moment hatte ich etwas zu beweisen.

Meinen Körper zu entblößen diente nicht dazu, den Arzt mit meinem Körper zu verlocken oder zu reizen. Ich hörte, wie er sich bewegte, und ich sprach zu dem Mann, ohne meinen Blickkontakt mit Nial zu brechen. „Fassen Sie mich nicht an."

Stille, dann seine Stimme, in der ein Hauch von Ehrfurcht und Respekt lag, die zuvor gefehlt hatte. „Also ist es doch wahr. Sie wurden verwundet und nach Hause geschickt? Sie sind eine der Ausgestoßenen? Eine, die Sie Veteran nennen?"

Ich hätte ihn erwürgen können. Ich wirbelte herum und hob die Decke auf, um mich zu bedecken. „Unsere Veteranen sind *keine* Ausgestoßenen.

Wir kümmern uns um sie und behandeln sie mit Respekt. Sie nehmen ihr altes Leben wieder auf. Wir bemühen uns, sie wieder vollständig in die Gesellschaft einzugliedern. Viele von ihnen haben Familien, zu denen sie zurückkehren können." Bei seinem verwirrten Gesichtsausdruck wechselte ich wieder zu Alien-Sprech: „Gefährten und Kinder, die auf ihre Rückkehr warten."

„Euren Ausgestoßenen ist es erlaubt, Gefährten zu besitzen?" Ander hockte neben mir und starte mit Ehrfurcht auf seinem Gesicht zu mir hoch. Ich beugte mich hinunter und legte meine Hand auf die Narbe an seiner Wange, fuhr die Linie mit meinen Fingerspitzen nach, wie ich es mir ausgemalt hatte, und zeigte ihm so, dass seine Narbe ihn für mich nicht weniger attraktiv machte.

„Manche Leute haben ein Problem mit allen Soldaten, aber diese Leute sind unglücklich über die Kriege auf der Erde, und nicht über die Soldaten, die in ihnen kämpfen. Die meisten unserer Leute behandeln alle Soldaten mit großem Respekt." Ich lächelte, als er unter meinen sanften Erkundungen zitterte, und ich erkannte meine Handlungen als das, was sie waren: meine eigene Art von Besitznahme. „Egal, ob sie verwundet wurden oder nicht."

Das Schweigen der Männer um mich herum war erdrückend, und ich zog meine Hand zurück und räusperte mich. Ich blickte mich in dem seltsam geformten Zimmer um. Es war kreisförmig, mit einer Art dunklem Glas von in etwa Hüfthöhe bis zur Decke. Der Boden war aus solidem Grau und glatt, wie Marmor. Ich sah keine Türen und keinen Blick nach draußen. Wir konnten auf einem Raumschiff sein oder hundert Meter unter der Erde. Ich hatte keine Anhaltspunkte darüber, was davon es war. „Also, warum sind wir hier? Warum habt ihr mich an diesen grässlichen Ort gebracht?"

Das Zimmer war nicht grässlich, aber soweit ich sie über die Kolonie sprechen gehört hatte, war es hier kein Disneyland. Ich konnte mir nur vorstellen, wie es außerhalb dieses Zimmers sein würde.

„Mach dir keine Sorgen, Gefährtin. Wir werden uns nur so lange hier aufhalten, bis wir sichergestellt haben, dass es dir gut geht", versprach Ander. Er erhob sich neben mir, aber er war so groß, dass er sich hinunterbeugten musste, um mir in die Augen zu sehen. „Ein Schiff steht bereit, um uns zum Schlachtschiff *Deston* zu bringen. Aber bevor wir hier abreisen, musst du dich vom Doktor untersuchen lassen, um sicherzustellen, dass du gesund genug für die Besitznahme-Zeremonie bist."

Ich lauschte in meinen Körper hinein. Die Schrotkugel-Wunden taten nicht länger weh. Es fühlte sich sogar so an, als wären sie nie passiert. Ich hatte sonst keine weiteren Beschwerden, auch wenn es sich zwischen meinen Beinen ein wenig wund anfühlte. Ich wurde rot, als ich mich daran erinnerte, wie Anders Finger mich ausgefüllt hatten. Mich gefickt hatten. Mich wieder und wieder zum Höhepunkt gebracht. Nein, das war nicht alles gewesen. Er hatte auch seinen Mund an meine Pussy gesetzt und meinen Kitzler geleckt, daran gesaugt, damit gespielt, sogar daran geknabbert, bis ich kam. Meine letzte Erinnerung an die Erde war es, im Abfertigungszentrum über Nials Schoß gebreitet zu sein, wo meine beiden Gefährten ihren Mund auf mir hatten und mich zum Kommen brachten.

Oh Gott, die Erde. Ich war nicht mehr länger auf der Erde. Der Gedanke daran war kurz und flüchtig, denn Ander erhob sich über mir, und Nial kam an mich heran, um seine Hitze an meinen Rücken zu lehnen. Ich war umringt, und ich konnte den anderen Mann im Zimmer nicht länger sehen. Er fehlte mir nicht. Er hatte mich mit seiner Einstellung verärgert, seinen zweifelnden Fragen über meine Fähigkeiten, nur weil ich eine Frau war.

„Es geht mir gut. Ich brauche nicht von einem Arzt untersucht zu werden."

„Doch, das tust du", entgegnete Ander. Er richtete sich auf und trat an einen Tisch, der mehrere Schritte hinter Nial stand, wo ich ihn bisher nicht sehen konnte. Ander legte seine Hände auf die harte Oberfläche. Der Arzt, der immer noch da war, fing an, seltsame Gegenstände von den Regalen an der Wand zu holen. Als ich mich zum ersten Mal so richtig umsah, erkannte ich, dass wir in einem Untersuchungszimmer waren, und sie hatten alle Absicht, mich durchzuchecken. Alle drei.

Dies war kein Fall von *seht euch die Narben auf meinem Rücken* an. Es war eine ärztliche Untersuchung.

So, wie Ander mich anstarrte, würde er sich nicht umstimmen lassen. Ich hob mein Kinn stattdessen zu Nial hoch und hoffte, dass er vernünftig sein würde. „Es geht mir gut. Ehrlich."

Er legte seine Hand an meine Wange und hob meinen Kopf zu sich hoch. „Du bist angeschossen worden, Jessica, und von einem Jahrzehnte alten ReGen-Stab geheilt worden. Wir hätten mit dem Beginn des Bindungs-Prozesses warten sollen, aber wir haben nicht vorhersehen können, wie stark deine Reaktion sein würde. Wir haben dir keine Zeit gelassen, dich von unserem Samen zu erholen, und dich gleich quer durch die Galaxis transportiert. Wir wissen nicht, ob du vom Transport Schaden genommen hast. Ich vertraue dem ReGen-Stab nicht, der zum Heilen deines Fleisches eingesetzt wurde, und bin mir nicht sicher, ob du innere Verletzungen hast, die nicht sichtbar sind. Außerdem müssen wir Kenntnis über das Ausmaß deiner sonstigen Verletzungen erwerben."

„Was für sonstige Verletzungen? Es geht mir gut." Ich kniff die Augen zusammen. Wovon zum Teufel redete er? Ich hatte sonst keine Verletzungen.

„Du trägst viele Narben, meine Kriegerbraut. Ich weiß nicht, ob du von deinen Kriegsverletzungen vollständig verheilt bist. Wir müssen wissen, ob es für dich sicher ist, ein Kind zu tragen. Ob wir dich so ficken können, wie wir es gerne möchten. Du hast den Samen angenommen, der auf dir aufgetragen wurde. Die Bindung hat begonnen, aber deine Reaktion war sehr..." Seine Augen wurden dunkel vor Verlangen, wie ich es von meinem Gefährten bereits kannte. „...extrem."

„Ist das schlimm?", fragte ich verwirrt. Sie mochten keine Frau, die leidenschaftlich war?

„Wir wussten, dass die Reaktionen deines Körpers ungewöhnlich sein würden, aber die Empfindungen, die du erlebt hast, als wir unsere Essenz in deine Haut rieben, werden verblassen im Vergleich zu der Intensität, die du erleben wirst, wenn wir unseren Samen erst tief in deinem Körper anbringen."

Gott, ich würde einen Herzanfall

erleiden, wenn es noch intensiver würde. Bei der Vorstellung fühlten sich meine Brüste schwer an, und ich spürte, dass meine Gefährten bei der nächsten Erkundung zwischen meinen Beinen von ausreichend Feuchtigkeit begrüßt werden würden.

Ander holte tief Luft und knurrte geradezu am anderen Ende des Zimmers. Er konnte riechen, wie feucht ich war, verdammt. Wie machten sie das? Ich kniff die Beine zusammen, aber es war vergeblich, das wusste ich.

„Gelegentlich werden wir dich öfter als einmal nehmen."

Ich schüttelte den Kopf und versuchte, alles zu begreifen, was mir in den letzten paar Stunden widerfahren war. Ich erinnerte mich daran, wie Nial mich festgehalten hatte, berührt hatte. Ich erinnerte mich an den Schreck davon, Anders Mund an meiner Pussy zu sehen, die Hitze ihres Samens, als sie ihre Schwänze selbst in die Hand nahmen und ihre primitive Markierung über mir ergossen.

Danach war alles... verschwommen. Ich versuchte, mich zu erinnern, wer von ihnen meinen Schenkel gepackt hatte, wer an meinen Nippeln gesaugt, wessen Hand in meinem Haar verfangen war und wessen Finger in meiner Mitte... aber alles war zu einem Ganzen verschmolzen... Lust, so intensiv, dass ich kaum atmen konnte. Ich war verloren gewesen, darin ertrunken, in diesen Männern. Meinen Männern, wenn ich ihrer Behauptung Glauben schenkte. Meinen Gefährten. Ich blickte hoch und sah, dass Nial mich eingehend betrachtete.

„Du kannst unsere Verbindung immer noch spüren, Gefährtin. Versuche nicht, dein Verlangen zu verleugnen. Du hast in meinen Armen geschrien, deine heiseren Lustschreie hallen immer noch in meinen Ohren nach. Und wenn es mir auch gefällt, zu wissen, dass du so... überwältigt bist von unserer

Verbindung, war deine Reaktion nicht das, was von einer Prillon-Braut erwartet wird."

Ich lief glühend rot an. Ich konnte die Hitze der Errötung auf meinem Gesicht und Hals spüren. Ich brauchte nicht daran erinnert werden, dass ich genossen hatte, was sie mit mir anstellten. Ich hatte jeden Kuss geliebt, jede Berührung. Aber gesagt zu bekommen, dass meinen Reaktion nicht normal war, bestätigte mir nur einen Verdacht, den ich hegte. Ich war nicht zur Prinzessin geschaffen. Wenn mir die Intensität ihres Alien-Samens auf der Haut schon zu viel war, dann sollten sie sich anderswo um eine Braut umsehen. Ich hatte die Kontrolle verloren und... ich musste das Bewusstsein verloren haben, denn ich erinnerte mich an sonst nichts mehr. Und dabei hatten sie mich noch nicht einmal gefickt?

Sie hatten mir einen Orgasmus nach dem anderen geschenkt und es war so intensiv gewesen, dass ich mich völlig darin verloren hatte. Ich hatte vergessen, wo ich war, und es war mir egal gewesen. Ich hatte mich nicht mehr unter Kontrolle gehabt, und das war gefährlich. Ich hätte sie alles mit mir anstellen lassen.

Egal was. Ich hätte wahrscheinlich nur noch nach mehr gefleht.

„Das heißt nicht, dass ich untersucht werden muss. Es heißt nur, dass ihr sehr gut seid." Die letzten Worte brachte ich zähneknirschend hervor, als Geständnis dessen, welch große Wirkung er und Ander auf mich gehabt hatten. Wenn mich schon jemand untersuchen musste, dann sollte es wohl ein Psychiater sein. Keine Frau sollte sich so eng an zwei Männer gebunden fühlen, die sie gerade erst kennengelernt hatte. Keine Frau sollte ihnen erlaubt haben, zu tun, was sie mit mir angestellt hatten. Nein, nicht erlaubt. Nach mehr gefleht.

„Wir haben dich noch nicht gefickt", sagte Ander, als müsste ich daran erinnert werden. „Aber das werden wir. Schon bald."

Ich blickte zum Arzt und warf Ander einen warnenden Blick zu, aber er schien nicht so peinlich berührt zu sein wie ich.

„Es geht mir gut."

„Wenn du schon von meinen Fingern und meinem Mund so... überwältigt bist, und davon, unseren Samen auf deinem Bauch und deinen Brüsten verteilt zu spüren, dann ist es möglich, dass wir dir Schaden zufügen, wenn wir dich mit unseren Schwänzen nehmen."

„Ander", knirschte ich hervor und wünschte mir wirklich, dass er langsam den Mund hielt.

„Er spricht die Wahrheit", fügte Nial hinzu. „Es ist unsere Aufgabe, dich zu beschützen und dich nicht zu verletzen. Wir müssen sicherstellen, dass du gesund genug dafür bist, ordentlich in Besitz genommen zu werden."

Er stand auf, nahm mich auf die

Arme und hob mich auf den Untersuchungstisch.

„Was meinst du mit ordentlich?"

Was konnte da noch sein, außer Ficken? Was, wenn ich völlig ehrlich mit mir selbst war, mir gar nicht unrecht wäre—Nials riesigen Schwanz zu reiten, oder sie beide abwechselnd in den Mund zu nehmen, ihren Samen zu schmecken, während mein Körper von einem Orgasmus durchrüttelt wurde.

„Dies ist das zweite Mal, dass ich untersucht werde." Der Tisch war ähnlich dem im Abfertigungszentrum, wo die Aufseherin mir kleine Stücke Metall aus dem Rücken und dem Schenkel geholt hatte, und diesen unglaublichen Heilungs-Stab eingesetzt hatte. „Wenn etwas mit mir nicht stimmt, dann hätte Aufseherin Egara das doch schon gefunden."

„Nicht korrekt", sagte Ander. „Wir haben dir unseren Samen, unsere Lust, erst danach gegeben."

Seine großen Hände öffneten die

Decke, um meinen Körper vor dem Arzt freizulegen. Aber jetzt, da mein Ärger verflogen war, fand ich es unerträglich, mich von ihm inspizieren zu lassen. Ich wollte nicht, dass der Arzt mich ansah, und schon gar nicht berührte.

„Ander!" Ich griff hastig nach der Decke, aber er packte meine Handgelenke und ging ans Kopfende des Tisches. So zog er mich in eine liegende Position, meine Handgelenke fest in einer seiner großen Hände. Meine Arme waren über meinem Kopf ausgestreckt, mein Rücken durchgestreckt und meine Brüste nach vorne geschoben.

Ich blickte hoch und kniff meine Augen zusammen, um den Grobian anzufunkeln.

„Lass mich los!"

Er schüttelte langsam den Kopf. „Du wirst untersucht werden. Es ist unsere Aufgabe, für deine Sicherheit und dein Wohlergehen zu sorgen."

Nial stand an meiner Seite und legte

den Kopf schief. „Wir werden dich ficken, Jessica. Oft und gründlich. Der Arzt wird nur sicherstellen, dass du den Anforderungen deiner Gefährten gewachsen bist."

Ander schnüffelte die Luft. „Kannst du sie riechen?"

Nial schoss Ander einen Blick zu. „Ja. Interessant."

Ich wehrte mich gegen Anders festen Griff, aber ich wusste, dass es vergeblich war. Ich tat es trotzdem. Der verdammte Arzt stand schweigend am Fußende des Tisches. Er wartete anscheinend auf die Erlaubnis, anfangen zu dürfen.

„Was zum Teufel ist so interessant?", fragte ich.

Nial zog eine Augenbraue hoch bei meinem wütenden Tonfall. *Er* wurde ja nicht gerade nackt vor einem völlig Fremden festgehalten. „Was interessant ist, Gefährtin, ist, dass dich das hier erregt."

„Tut es nicht!", schoss ich zurück, aber meine Nippel richteten sich zu harten Knospen auf. Ich drückte meine Schenkel zum Trotz fest zusammen. Vielleicht, wenn ich sie geschlossen hielt, würden meine Gefährten nicht riechen können, was Anders fester Griff mit meinem Körper anstellte. Die Logik dahinter war vollkommen lächerlich, und sie verblüffte mich. Irgendwie wusste ich tief in mir: wenn diese Gefährten mich in Besitz nehmen wollten, musste ich sicher sein, dass sie stärker waren als ich. Ich hatte mein ganzes Leben damit verbracht, andere Leute zu beschützen, und war noch keinem Mann begegnet, der mir das Gefühl gab, dass er es besser fertigbringen würde, mich zu beschützen, als ich das selbst konnte.

Ander konnte mich festhalten, mich an exakt der Stelle festnageln, wo er mich haben wollte, mit nur einem kräftigen Griff. Diese Dominanz machte einen Teil von mir zornig, brachte meinen Kampfgeist hervor, der sich gegen seinen Griff wehren wollte. Der andere Teil von mir aber, der Teil, den ich tief in meiner Seele vergraben hielt, das kreischende Mädchen, das einfach nur das Gefühl haben wollte, dass die Welt wieder ein sicherer Ort war? Sie erwachte nun und hoffte, entfesselt zu werden. Je mehr ich gegen sie ankämpfte, umso wilder wurde sie in mir, bis mein Verlangen nach Anders dominanter Berührung einen Bürgerkrieg zwischen meinem Herzen und meinem Verstand auslöste. Ich bäumte mich auf dem Tisch auf, und mein Herz klopfte so laut, dass ich mir sicher war, das Hämmern wäre im Zimmer nebenan zu hören.

Ich musste wissen, dass, egal was ich tat, Ander hier und stark genug sein würde, um mich zu kontrollieren, die Welt um mich herum zu kontrollieren.

Nial legte einen breiten schwarzen Riemen um meine zappelnden Hüften und schnallte ihn an den Tisch, sodass ich sie nicht länger anheben konnte. Als ich austrat, hob er meine beiden Beine in Steigbügel, die der Arzt unter dem Tisch hervorgeholt und aufgestellt hatte. Er hatte sie anscheinend versteckt gehalten, denn wenn ich sie früher gesehen hätte, wäre ich sofort zur Tür raus geflohen. Sie waren natürlich denen in der Praxis meines Gynäkologen ähnlich, und Nial schnallte meine Knöchel an das dicke Metall. Als er fertig war, blickte er zu Ander.

„Benötigst du Riemen für ihre Arme?"

Ander lachte auf und beugte sich vor, um mir seine Antwort ins Ohr zu flüstern. „Nein. Ich *genieße* es, sie niederzudrücken."

Oh Gott. Das machte mich richtig scharf.

Nial grinste und benutze eine seltsame Art Kurbel, um die Steigbügel einzustellen, meine Beine weit zu spreizen. Meine nackte Pussy stand auf dem Präsentierteller, und mein nackter Hintern hing halb vom Tisch hinunter. Anstelle des Arztes trat Nial zwischen meine Beine und führte einen langen Finger in meine Pussy ein, und ich keuchte.

„Sie ist so feucht, Ander. Wir könnten sie hier und jetzt nehmen, ihre nassen Säfte über unsere Schwänze streichen und sie hart und fest rannehmen."

Anders Hand schloss sich fester um meine Handgelenke, aber er tat mir nicht weh. Ich wollte mich davonwinden, aber selbst dieser kleine Akt des Widerstandes wurde mir von den dicken Riemen um meine Hüften verwehrt. Ich war so zornig, dass ich Nial anspucken und ihm die Augen auskratzen wollte, und so erregt, dass ich hoffte, er würde seine Hosen fallen lassen und mich ficken, während Ander mich festhielt und zusah.

Was zum Geier war los mit mir?

Nial wandte sich dem Arzt zu und nickte, bevor er zur Seite trat und dem Arzt Platz ließ, zu tun, was immer er mit mir vorhatte. Ich hatte keine Hoffnung darauf, ihrem Vorhaben zu entkommen, was es auch war.

Ich sah zu, wie Nial sich meine Pussy-Säfte vom Finger leckte, seine Zunge um die Spitze kreisen ließ, als würde ich wie der süßeste Honig schmecken.

Ich war fest entschlossen, nicht nachzugeben, und richtete meine Aufmerksamkeit wieder auf den Arzt. Er sah resigniert aus, vollkommen klinisch. Ich sah keine Erregung, keine Gier in seinem Blick, was half. Und doch, als er die beiden Dildos in seinen Händen hochhob, bäumte ich mich auf und versuchte doppelt so stark, Anders eisernem Griff zu entkommen.

10

ial

Ich sah zu, wie der Arzt sich meiner Gefährtin näherte. Ihr Kampfgeist war wunderschön anzusehen. Ich hatte mir immer eine fügsame, unterwürfige Königin an meiner Seite vorgestellt, aber nun dankte ich den Göttern und den Protokollen des Zuweisungs-Programms, dass sie mir ein solches Wildpferd geschenkt hatten; eine Kriegerin, die nicht vor dem Kampf zurückschreckte und sich nicht von den Narben ihrer Gefährten einschüchtern ließ.

„Auf keinen Fall. Was zum Teufel denken Sie sich dabei?" Sie schrie den Arzt an, aber er ignorierte ihre Proteste und legte seine Gerätschaften auf einer kleinen Fläche ab, die er seitlich aus dem Tisch hervorgezogen hatte. „Was für eine Art von Untersuchung braucht... diese Dinger?"

Er hob eine Hand an ihren Schenkel, aber sie bäumte sich auf und wehrte sich so heftig gegen Ander, dass ich schon befürchtete, ihr würde eine Ader im Herzen platzen, wenn wir sie nicht beruhigten. Die medizinischen Geräte waren notwendig für ihr Überleben auf Prillon. Ich musste mich nicht nur versichern, dass sie nicht von unserem Drang, sie vollständig in Besitz zu nehmen, verletzt werden würde, sondern da ich sie auch ohne die ordnungsgemäße Abfertigung von der Erde entfernt hatte, fehlten ihr die grundlegenden biologischen Implantate, die sie brauchen würde, um ein glückliches und gesundes Leben auf Prillon führen zu können.

Ich hielt meine Hand hoch, und der Arzt wich zurück. Jessica schnappte nach Luft, als ich an ihre Seite trat. „Jessica, bitte. Wir werden dir nicht wehtun. Der Arzt folgt nur dem Standard-Protokoll. Alle Bräute durchlaufen den gleichen Test-Prozess. Das verspreche ich dir. Vertrau mir. Ich würde nicht zulassen, dass er dir auf irgendeine Art schadet."

„Unsinn. Das ist doch verdammter Unsinn. Keine medizinische Untersuchung erfordert Dildos, ihr perversen Arschlöcher. Lasst mich los!" Sie kämpfte heftig, und an dem System, das ihren Blutdruck und Herzschlag überwachte, fingen Alarme zu piepen an.

„Sie muss sich beruhigen. Sonst bekommt sie noch einen Schlaganfall." Die Worte des Arztes bereiteten mir ernste Sorgen, und ich wusste, dass es an der Zeit war, meiner neuen Gefährtin die wahre Bedeutung von prillonischer Disziplin beizubringen.

Ich ging zu ihr und legte ihr die Hand auf die Brust. „Beruhige dich, Jessica. Die Untersuchung ist notwendig. Hör auf, dich gegen uns zu wehren, oder ich versohle dir den Hintern, bis er brennend rot ist."

Sie funkelte mich an, und ihr Rücken bäumte sich vom Tisch hoch, während sie versuchte, sich aus Anders Griff herauszuwinden. „Wie bitte? Als wäre ich drei Jahre alt? Nein. Lasst mich los."

„Vertraue uns, Gefährtin. Der Arzt wird dir nicht wehtun." Ander versuchte, unsere Mission zu unterstützen. „Ich verspreche dir, wenn er dir wehtut, stirbt er."

„Nein." Sie kämpfte weiter, drehte ihren Kopf herum und streckte ihren Hals durch, um zu versuchen, Ander in den Arm zu beißen, damit er sie losließ.

„Ich habe dich gewarnt, Jessica. Nun werde ich dir beibringen, was es bedeutet, dich deinem Gefährten zu widersetzen." Ich hob meinen Arm und ging zum Fußende des Tisches, wo ihr perfekter runder Po auf dem Präsentierteller lag, ihre Beine weit gespreizt und durch die Riemen gesichert. Ich fuhr mit der Hand über ihre glatte, runde Form, mit sanftem Streicheln, damit sie wusste, wo ich war und wo ich vorhatte, sie zu schlagen. „Ich werde dich nun verhauen, weil du dich geweigert hast, zu gehorchen. Wenn es um deine Gesundheit oder deine Sicherheit geht, Jessica, wirst du dich mir nicht widersetzen."

Ich fing ihren Blick ein und hielt ihn fest, und sie beruhigte ihren Atem genug, um mit mir zu sprechen. „Wage es ja nicht."

Ich schlug rasch und fest zu, und ihr Schrei war Wut, nicht Schmerz. „Das war Nummer Eins."

„Arschloch."

„Das kostet dich einen weiteren Hieb von meiner Hand, Jessica. Du lernst besser, deinen Mund zu zügeln." Dann schlug ich ernsthaft zu, färbte ihren Hintern feuerrot ein und war zutiefst erfreut darüber, dass ihr schimpfender Wortschwall einem wütenden Schweigen wich und ihre rosa Pussy mit einem feuchten Gruß glänzte, als ich ihre Furchen inspizierte und ihr Zeit ließ, sich an ihre neue Stellung zu gewöhnen und mich als ihren Meister zu akzeptieren, ihren wahren Gefährten.

Wie erwartet brachte die Pause in meiner Lektion ihr Feuer wieder an die Oberfläche zurück. „Ist das alles? Denn wenn das so ist, kannst du dich jetzt verziehen und mich aufstehen lassen. Ich lasse mich immer noch nicht von diesem Arzt mit seinen Sexspielzeugen ficken wie ein Perversling."

Ich blickte zu Ander und nickte, damit er sicher wusste, dass er sie noch fester umklammern musste. Ich führte zwei Finger in ihre feuchte Pussy ein und verwendete einen dritten, um ihren Kitzler zu streicheln, während ich sie mit ihnen fickte, sie bis an die Grenze brachte, den Gipfel der Erlösung, bevor ich mich wieder entzog. „Das ist erst der Anfang deiner Lektion, da du so respektlos mit deinem Gefährten gesprochen hast."

Ihr Stöhnen voll gequälter Lust gefiel mir, und ich sah zu, wie sich ihre Pussy um die Leere herum zusammenkrampfte, begierig nach dem, was ich ihr versagte. „Du wirst diesmal mitzählen, Jessica. Zähle bis Zwölf, während ich dich dafür bestrafe, dich mir widersetzt zu haben. Wenn wir fertig sind, werde ich den Doktor dazu einladen, seine Untersuchung fortzuführen."

„Ich will die Untersuchung nicht." Ihre Brust war schwer, ihr wunderschöner Körper vor uns ausgebreitet. Ich konnte mich kaum beherrschen, nicht gleich meine Hosen runterzulassen und sie auf der Stelle zu ficken, hier an der Tischkante. Aber das war nicht der Grund, warum wir hier waren. Sie brauchte die biologischen Implantate, die der Doktor anbringen würde, und sie musste für gesund erklärt werden, bevor Ander und ich sie vollständig nehmen konnten. Ich wollte nicht warten müssen, nur weil sie zu stur war, um die standardmäßige medizinische Untersuchung zuzulassen.

„Ich weiß. Aber sie ist notwendig. Du wirst ihm erlauben, sich um dich zu kümmern, oder ich werde dich verhauen, bis du Vernunft annimmst. Hast du verstanden?"

„Verpiss dich."

Ich schob drei Finger in ihre Pussy, tief und fest, bis ich an ihrem Uterus anstieß und sie sich mit einem leisen Schrei aufbäumte und die Wände ihrer Pussy sich begrüßend um meine Finger herum zusammenzogen. Ich rieb ihren Kitzler, bis sie wimmerte, aber ich ließ sie nicht kommen. Sie würde sich mir in allen Belangen hingeben, oder sie würde diesen Tisch nicht verlassen.

„Vergiss nicht, zu zählen, Jessica." Ich

zog meine Finger heraus und fuhr fort, ihren nackten Hintern zu verhauen. Ich war bei drei angelangt, bevor sie zu zählen begann.

„Drei"

„Fang bei eins an, Gefährtin. Wir fangen bei eins an."

Sie bebte, als ich erneut zuschlug, aber ihre Stimme flüsterte das Wort, das ich hören wollte.

„Eins."

Klatsch.

„Zwei."

Klatsch.

Ich machte weiter bis zwanzig, bis ihr Hintern wunderschön rot gefärbt war und ihr Puls raste. Sie zitterte, ihr Rücken bäumte sich auf und Tränen flossen ihr aus den Augenwinkeln. Ihre Stimme hatte sich zu bebendem Schluchzen verwandelt, aber sie war ruhig und unterwürfig in Anders Griff.

Ich stellte mich wieder neben sie, meine große Handfläche über ihre Brust gebreitet, während sie zur Seite starrte und meinem Blick auswich. „Bist du jetzt bereit, dich vom Doktor untersuchen zu lassen, Gefährtin?"

„Ich verstehe nicht, warum ich das tun muss."

Sie war nicht glücklich, aber sie hörte endlich zu. „Der Arzt muss dein Nervensystem überprüfen, um zu sehen, ob es ordnungsgemäß funktioniert. Es gibt ein paar Implantate, die du brauchst, um auf unserer Welt leben zu können. Er wird auch deine Fruchtbarkeit überprüfen und sicherstellen, dass du keinerlei Krankheiten in dir trägst."

„Was war das? Was für Implantate?" Sie schauderte, während sie auf Antwort wartete. In Wahrheit wusste ich selbst nicht genau, wie alles funktionierte, also wandte ich mich an den Arzt.

„Doktor? Beantworten Sie bitte die Frage meiner Gefährtin."

Der Arzt trat einen Schritt nach vorne, aber Jessica zuckte in Anders Griff zusammen, also blieb er stehen, wo er war, und sprach. „Ihnen wurden noch nicht alle prillonischen Bioprozessor-Einheiten implantiert. Das muss auch vorgenommen werden."

„Was soll das heißen?"

Der Arzt nickte. „Unsere Technologie führt alle Stoffe in ihrer Grundform der Wiederverwertung zu. Die Kleidung, die wir tragen, die Nahrung, die wir essen, und die Abfallstoffe, die unser Körper erzeugt, werden alle von unserem System aufgenommen und verwertet. Prillonischen Kindern werden die Implantate bei der Geburt eingesetzt. Da Sie aber von der Erde stammen und nicht vollständig abgefertigt wurden, bevor Ihr Transport... abgebrochen wurde, haben Sie nicht alle notwendigen Implantate, die man zum Leben auf unseren Schlachtschiffen braucht." Er streckte seine Hände weit aus und trat zögerlich nach vorne. „Bei meiner Ehre als Prillon-Krieger und Arzt, ich will Ihnen kein Leid zufügen."

„In Ordnung. Tun Sie, was Sie tun müssen." Sie schloss die Augen und wandte den Kopf ab, ihr Kiefer angespannt, aber ihre Arme entspannt unter Anders Griff. Er beugte sich über unsere Braut und küsste sie sanft, und seine Lippen stahlen ihr die Tränen von den Wangen.

„Braves Mädchen, Jessica. Mach dir keine Sorgen, Gefährtin. Ich werde dich beschützen. Das verspreche ich dir."

Ich nahm meinen Platz an Jessicas Seite ein, sodass der Doktor in Reichweite für mich war und Jessicas weiche, pinke Pussy in meinem Blickfeld. Ich vertraute dem guten Doktor, aber das hatte seine Grenzen. Wir waren auf der Kolonie, und ich war mir seiner Loyalität nicht vollkommen sicher. Eine falsche Bewegung, ein Funke von Verlangen in seinen Augen, und ich würde ihm den Kopf von den Schultern reißen. Er blickte mich an, während er das erste Instrument hochhielt. Ich legte meine Hand auf

Jessicas Schenkel, damit sie wusste, dass ich über sie wachte.

„Fangen Sie an, Doktor."

Der Arzt zog die prallen Lippen von Jessicas Pussy weit auseinander, legte ihre Mitte vor mir frei, und ich konnte meine Augen nicht von dem Anblick abwenden. Er machte sich bereit, einen langen, dicken Scanner in ihren Körper einzuführen, der ihre Fruchtbarkeit messen und sie auf Krankheiten untersuchen würde. Ein verstellbares sekundäres Anhängsel war dazu gedacht, das Nervensystem meiner Gefährtin zu testen sowie ihre Reaktion auf sexuelle Stimulation, aber es war noch nicht an Jessicas empfindlichem Kitzler angebracht worden. Ich wusste, dass sie völlig funktionstüchtig war, denn ihre Reaktion auf Anders Mund an dieser Stelle war mehr Beweis, als ich brauchte. Doch die Protokolle mussten erfüllt werden, ansonsten würde sie nicht als Prillon-Braut angenommen werden. Sie würde überhaupt keine

Prillon-Braut sein, sondern eine Prillon-Prinzessin.

Der Arzt setzte etwas Druck an, und das dicke Gerät drang in die nasse Pussy meiner Gefährtin ein, spreizte sie weit, um die beträchtliche Größe der Sonde aufzunehmen. Jessicas leises Stöhnen machte mich steinhart, während das lange Gerät, beinahe so groß wie mein eigener Schwanz, langsam zwischen ihren hungrigen rosa Furchen verschwand. Eine Datenaufzeichnungs-Station an der Wand fing an, Ziffern und andere Informationen anzuzeigen, die ich nicht verstand, aber der Arzt überflog die Daten und nickte zustimmend, bevor er nach der zweiten Sonde griff. Wie ich wusste, war die für Jessicas Hintern gedacht. Sie war viel kleiner als Anders Schwanz, und mit ihr wurde ihre Bereitschaft gemessen, von beiden Gefährten gleichzeitig gefickt zu werden, was die einzige Art war, wahrlich aneinander gebunden zu sein.

Ich strich mit der Hand sanft über

Jessicas glatten Schenkel, denn sie musste wissen, dass ich bei ihr war, und ich musst sie berühren, mich daran erinnern, dass sie echt war und mir gehörte. Ich wollte, dass diese Untersuchung so bald wie möglich vorüber war.

Der Arzt musste uns unsere Gefährten-Kragen ausstellen, und das würde er nicht tun, bevor Jessica durch ihre medizinische Untersuchung freigegeben worden war. Ohne meinen Kragen um ihren Hals würden alle gefährtenlosen Männer in der Kolonie glauben, dass sie das Recht hatten, mich um sie zum Kampf zu fordern.

Und fordern würden sie mich sofort. Ich konnte jetzt bereits hören, wie die Krieger sich versammelten, sich auf der anderen Seite des Glases drängelten, um zuzusehen, wie meine schöne Gefährtin untersucht wurde. Es war ihr Recht, Zeuge zu sein, und ich hatte keinen Zweifel, dass zumindest einer von ihnen eine Herausforderung aussprechen würde. Die einzige Frage in meinem Kopf war, wie viele von ihnen Ander und ich töten mussten, bevor wir unsere Gefährtin von diesem Planeten runter bekamen.

Jessica

Ich war an den Untersuchungstisch geschnallt, weit offen und entblößt, während der Arzt einen riesigen Dildo in meine tropfnasse Pussy eintauchte. Ich wusste nicht, was noch alles auf mich zukam, aber Anders Griff um meine Handgelenke hatte nicht nachgelassen, und nun strich Nials raue Hand auch über meinen Innenschenkel, auf und ab, als würde er ein Kätzchen streicheln.

Ich verstand nicht, was gerade mit mir passiert war, aber mein Hintern tat weh, ich war zutiefst gedemütigt und so hungrig nach Nials Berührung, nach seiner ruhigen Beherrschtheit, dass ich mich danach sehnte, vom Untersuchungstisch zu kriechen und direkt in seine Arme. Zum ersten Mal seit vielen Tagen, vielleicht sogar Wochen, war mein Kopf ruhig und klar, meine Angst verflogen. Ich verspürte inneren Frieden.

Jahrelange Konditionierung hatte mich davon überzeugt, dass ich über seine Behandlung sauer sein müsste, über seine Strafe und seine Forderung nach Gehorsam. Stattdessen machten mich seine Berührungen nur hungrig nach mehr, ließen mich wünschen, dass der Arzt uns alleine ließ, damit ich Nials dicken Schwanz in meinem Körper haben konnte anstatt der harten Sonde. Ich hatte die Glückseligkeit schon einmal erlebt, die ihr bindungsfördernder Samen auslöste, und jetzt schon sehnte ich mich mit einem verzweifelten Hunger nach mehr, was mir peinlich wäre, wenn ich mich im Moment nicht mit noch demütigenderen Dingen herumschlagen müsste. Wie etwa den Fingern des Arztes, die die enge, jungfräuliche Öffnung in meinem Hintern erforschten, und mit einer warmen und gleitenden Substanz benetzt in mich eindrangen.

Ich keuchte auf.

Ich wusste, wie sich Gleitmittel anfühlte, aber anstatt des kalten Gels, das ich aus der Praxis meines Arztes kannte, fühlte sich diese Flüssigkeit an wie warmes Öl, das in meinen Hintern floss und mein Inneres mit einer Substanz benetzte, die mich nur noch empfindsamer machte.

Als der runde Kopf eines zweiten Gerätes anfing, in meinen Körper einzudringen, merkte ich, dass es keine gute Strategie war, meine Augen geschlossen zu halten. Tatsächlich bewirkte es nur, dass ich mich auf jedes einzelne Detail konzentrierte, die kleinste Empfindung entkam meiner Aufmerksamkeit nicht. Ich konnte Anders Atemzüge zählen und sein Herz rasen hören. Nials Körperhaltung neben mir fühlte sich wachsam und hellhörig an, und seltsam stolz, als würde er meine Pussy wie eine Trophäe den Massen präsentieren.

Der Arzt, so klinisch er auch vorging, stellte Dinge mit mir an, die ich noch nie zuvor erlebt hatte. Als das seltsame Gerät in meinen Hintern drang, krampfte ich den Hintern zusammen und versuchte, sein Eindringen zu verhindern. Mich dagegen zu wehren.

Nial schlug mir auf den Innenschenkel mit einem schnellen, scharfen Klatschen, und ich keuchte vor Schreck auf, während Feuer durch meine Adern fuhr. „Hör auf, dich zu wehren, Jessica. Lass ihn tun, was er tun muss, damit wir hier wegkönnen."

Ich öffnete die Augen und sah, wie Ander mit solch rohem Begehren in den Augen auf mich hinunterblickte, dass ich erstarrte, unfähig, mich ihm zu widersetzen.

„Du hast einen jungfräulichen

Hintern, nicht wahr?" Seine Frage war dunkel und tief.

Ich wurde rot und nickte.

Er knurrte zur Antwort tief in seiner Brust.

Ich leckte meine Lippen. „Ander. Lenk mich ab."

Er lächelte. Gott, er war so gutaussehend. Sein kräftiges Kinn, seine durchdringenden Augen, sein ungebändigter Blick. Ich konnte mich alleine schon darin verlieren, ihn anzusehen, aber es reichte nicht aus.

„Mit Vergnügen." Er richtete sich auf und änderte den Griff um meine Arme, damit er sich an die Seite des Tisches gegenüber von Nial stellen und sich über mich beugen konnte. Noch bevor er sich in seiner neuen Position eingefunden hatte, senkte er den Kopf und küsste mich wie ein Besessener. Sein Kuss entfachte mich, und ich entspannte mich. Der Arzt dehnte mich weit und ließ das zweite Objekt in meinen Körper gleiten, mit langsamen, gemäßigten

Schüben, bis ich so voll gefüllt war, dass ich glaubte, ich müsste explodieren, wenn sie mich nicht entweder zum Kommen bringen oder loslassen würden.

Während Ander mich küsste, nahm Nial seine freie Hand und umfasste eine meiner Brüste, zupfte am Nippel und drückte gerade fest genug zu, dass ich mich seinem gebieterischen Halt entgegenstemmte. Seine zweite Hand wanderte von meinem Schenkel an meinen Kitzler, erforschte die Ränder, spielte mit mir, bis ich mich erneut gegen Anders Griff wehrte, nicht, weil ich vom Tisch wollte, sondern, weil ich mehr brauchte, als sie mir zukommen ließen.

Nials dicke Finger breiteten meine Pussy-Lippen um den Dildo herum weit aus, und Anders Zunge vergrub sich tief in mir, gerade, als ich spürte, wie sich ein seltsames Sauggerät über meinem Kitzler niederließ. Es waren nicht Nials Lippen oder sein Mund, denn ich wusste bereits, wie sich der Mund eines Kriegers anfühlte, der an mir saugte, bis ich schrie. Das hier fühlte sich fremd an, wie ein Saugnapf aus weichem Gummi. Ich versuchte, meinen Mund von Ander wegzureißen, um zu fragen, aber er gewährte mir diese Freiheit nicht und lehnte sich noch weiter über meinen Oberkörper, bis ich mich unter seiner riesigen Gestalt gefangen fühlte. Festgenagelt, nicht nur von den Riemen oder seinen Händen, sondern von seiner schieren, gewaltigen Größe und Stärke.

Aus irgendeinem Grund, den ich nicht genauer durchleuchten wollte, machte mich dieses Gefühl völlig wild. Ich vergaß den Arzt und seine dämliche Untersuchung. Alles, was noch zählte, waren meine beiden großen Krieger, ihre Hände und Münder, und die harte, dicke Invasion in meiner Pussy. Und in meinem Hintern. Ich musste gestehen, dass es zwar nicht angenehm war, aber die Gefühle nur noch verstärkte, die durch meine Adern rauschten.

Nial ersetzte die Hand auf meinem Nippel durch seinen Mund, und der Arzt musste etwas eingeschaltet haben, denn das saugende Gefühl an meinem Kitzler wurde schneller. Saugen. Nachlassen. Stärker. Nachlassen.

Es fing außerdem zu vibrieren an, und Nial fasste zwischen meine Beine, zog den großen, langen Dildo aus meiner Pussy und schob ihn kräftig wieder hinein.

Er wurde schneller, fickte mich mit dem Ding, während die sekundäre Maschine meinen Kitzler mit vorprogrammierter Perfektion bearbeitete, die mich an den Gipfel brachte. Es war, als wüsste die Maschine, wann ich einen Orgasmus haben würde, und schaltete im letztmöglichen Moment zurück, um meine Erlösung zu verhindern.

Und so ging es immer weiter. Als der Arzt anfing, mich mit dem Dildo in meinem Hintern zu ficken, wimmerte ich unter Anders Mund, zu nichts anderem fähig, als mich völlig dem Moment hinzugeben und dem verzweifelten Hunger, der in meinem Körper außer Kontrolle geriet. Ich war nicht länger ich selbst. Ich war nichts weiter als ein Körper, ein Bündel von Nerven und Lust ohne Namen oder Erinnerungen. Ich gehörte meinen Gefährten, die mit mir anstellen konnten, was sie wollten. Es war ein beängstigendes Konzept, aber ihre einzige Absicht war es, mir Lust zu bereiten.

    Ander befreite mich von seinem Kuss, und ich drehte den Kopf zur Seite und versuchte, zu Atem zu kommen, während beide Gegenstände in meinem Körper hin und her fuhren und die vibrierende Kitzler-Saugglocke stärker und schneller wurde.

    Ich öffnete die Augen und sah, dass Nials intensiver Blick nur wenige Zentimeter über mir aufragte.

    „Wünschst du, zu kommen, Gefährtin?" Er zog den Dildo fast vollständig aus meinem Körper und hielt ihn absichtlich verlockend an meinen Eingang.

Ich schluchzte geradezu. So leer. Ich war so unfassbar leer. „Ja."

„Schön fragen, Jessica." Er zupfte an meinem Nippel, hart genug, dass es wehtat und meine Pussy sich so kräftig um die Leere herum zusammenzog, dass es tatsächlich schmerzte.

„Bitte." Ich starrte in seine Augen aus Gold und Silber, und ich gab ihm, was er wollte, das eine Wort, das mich wie ein Gebet verzehrte. „Bitte. Bitte. Bitte."

Eine von Anders Händen glitt von meinem Handgelenk in einer langen Linie an meinem Arm hinunter auf meine Schulter, wo sie sich wie eine warme Decke über meine Kehle legte, ohne zuzudrücken; nicht mehr als eine Erinnerung daran, dass ich ihm gehörte, völlig unter seiner Kontrolle war, und dass ich nichts tun konnte, außer mich hinzugeben.

„Komm für uns. Komm, jetzt." Nials

Stimme war tiefer geworden, als ich sie je zuvor gehört hatte, seine Worte ein unwiderstehlicher Befehl.

    Mein Körper gehorchte sofort. Die Explosion rauschte durch mich hindurch, und ich schrie meine Erlösung hinaus. Als ich erst einmal angefangen hatte, konnte ich scheinbar nicht mehr aufhören, denn sobald ich dachte, dass ich herunterkommen würde, zwang Ander meinen Mund offen, um ihn zu schmecken und zu erkunden, und Nial und der Arzt fickten mich mit ihren Geräten, während das Saugen auf meinem Kitzler sich verstärkte, an meinem Körper zupfte, mit genug Kraft vibrierte, dass mein Rücken sich vom Tisch hoch aufbäumte und ich wieder und wieder kam.

    Ich hatte keine Ahnung, wie lange es andauerte, aber ich triefte vor Schweiß und war völlig erschöpft, als der Arzt schließlich vorsichtig beide Geräte aus meinem Körper entfernte. Ander strich mir das Haar aus dem Gesicht, und Nial stand wie ein Wächter über meinem Körper, seine Hand stets in Berührung mit mir, niemals meinen Bauch verlassend oder meinen Schenkel, damit ich wusste, dass er da war.

„Nun, Doktor." Nials knappe Frage zwang mich aus meiner Benommenheit. Ich wollte wissen, was der Arzt zu *all dem hier* zu sagen hatte.

„Sie hat sich sehr gut angestellt, mein Prinz." Er zog den Dildo in meiner Pussy aus mir heraus, und das seltsame Teil über meinem Kitzler verschwand mit ihm. „Die Reaktionslevel ihres Körpers sind sogar um einiges besser als die der meisten Prillon-Bräute."

Ich wollte die Augen verdrehen, aber gab mich damit zufrieden, sie zu schließen, während Nial meine Beine aus den Steigbügeln entfernte und meine Hüften entfesselte.

„Und waren die Implantate erfolgreich? Ist sie bereit für den Transport auf das Schlachtschiff?" Anders Berührung war inzwischen überaus sanft geworden, und er massierte mir beide Schläfen, wo die Neurostims eingepflanzt worden waren. Er vergrub seine Hand in meinem Haar und massierte sanft meine Kopfhaut.

„Ja. Die Implantate sind voll einsatzfähig."

Ich hatte diesen Teil der Untersuchung ganz vergessen. Während ich beglückt worden war, hatte er mir prillonische Implantate verpasst. Irgendwo. Gott, ein Orgasmus war viel besser als eine Narkose.

„Sie ist bereit."

Ich öffnete die Augen und runzelte die Stirn. „Ähm, ich denke, Sie haben da etwas vergessen", sagte ich ihm und deutete verlegen zwischen meine Beine, wo der harte Gegenstand immer noch in meinem Hinterteil steckte.

Nial fuhr mit federleichter Berührung mit dem Finger meinen Schlitz entlang und stupste gegen den Gegenstand. „Nein. Dieser Stöpsel verbleibt in deinem Hintern."

Ich stemmte mich auf die Ellbogen. „Wie bitte? Warum?"

„Weil du dort für unsere Schwänze gedehnt werden musst. Wir werden dich... gemeinsam nehmen, Jessica."

„Du hast meinen Schwanz noch nicht gesehen", sagte Ander, und ich drehte mich zu ihm herum. „Ich versichere dir, er ist um einiges größer als dieser Stöpsel. Nial wird deine Pussy einnehmen, das ist alleine sein Recht als dein primärer Gefährte. Ich werde dich dort nicht ficken, bis du sein Kind trägst. Aber ich *werde* dich in den Hintern ficken, wie es mein Recht und mein Privileg als dein sekundärer Gefährte ist."

Ich stellte mir Anders Schwanz vor und musste davon ausgehen, dass er so groß war wie der Rest von ihm. Ich zog mich um den Fremdkörper herum zusammen, der mich tief ausfüllte und dehnte. Ich konnte mich nicht ganz verschließen, und ich fühlte mich... voll.

Wie würde es sein, wenn stattdessen Anders Schwanz in mir war?

„Ich will dieses Ding nicht in mir haben. Es ist unangenehm", bemerkte ich.

„Tut es dir weh?", fragte Ander, und Sorge änderte sein Gehabe. „Doktor?", knurrte er.

Ich hatte keinen Zweifel daran, dass Ander dem Mann das Genick brechen würde, falls der Stöpsel, den er eingeführt hatte, mir Leid zufügte.

Ich hielt die Hand hoch. „Nein, tu ihm nichts. Es tut nicht weh. Es ist nur... eigenartig. Ich hatte noch nie etwas"— ich räusperte mich—"dort drin."

Da lächelte Ander. „Es freut mich, dass ich der Erste sein werde, Gefährtin. Der Stöpsel wird in dir bleiben, und jedes Mal, wenn du den harten Stab spürst, der dich aufdehnt, stell dir vor, dass ich dich dort ficke. Stell dir meinen Schwanz vor, der dich füllt, während Nial deine Pussy einnimmt."

Seine Worte erfüllten mich mit einer

gefährlichen Hitze, während ich mir vorstellte, dass ich Nials harten Schwanz ritt und meinen Hintern hob, mich so präsentierte, dass Ander mich ebenfalls nehmen konnte, mich bis zum Zerreißen füllen konnte, bis ich die Beherrschung verlor.

Ich war kein Unschuldsengel. Ich hatte schon genug Pornos gesehen, um genau zu wissen, wovon er redete, und der Gedanke daran, zwischen zwei so mächtigen Männern zu sein, ließ meinen Körper um den Stöpsel herum zusammenkrampfen. Ich biss mir in die Lippe und wandte mich ab, als meine Pussy schon wieder feucht wurde. Ich wollte ihm Freude bereiten, und es machte mir nichts aus, den Stöpsel in meinem Hintern zu belassen. Ich wollte, dass sie mich fickten, mich teilten und mich komplett vollstopften mit ihren beiden Schwänzen. Wenn ich eine Weile mit diesem Ding im Hintern rumlaufen musste, um zu bekommen, was ich wollte, dann würde ich das tun.

Das Seltsame hier war mein Verlangen danach, mich von ihnen beiden nehmen zu lassen. Ich war eine moderne, erfolgreiche, emanzipierte Frau. Ich kauerte nicht vor Männern und ich ließ mir auch von niemandem etwas gefallen. Warum machte mich also der Gedanke daran, von beiden meiner Gefährten so komplett dominiert zu werden, so verdammt scharf? Der Gedanke daran, die Kontrolle vollständig an irgendjemanden abzugeben, war mir schon ein Grauen. Mir Hiebe auf den Hintern gefallen zu lassen, war etwas, wogegen ich noch vor wenigen Tagen mit jedem Atemzug angekämpft hätte.

Nun, da ich das befreiende Vergessen erlebt hatte, wenn ich ihnen die Kontrolle überließ, wusste ich, dass ich mir diese Art von Erlösung wieder und wieder wünschen würde. Verdammt, vielleicht war ich immer schon so gewesen. Aber bis Nial und Ander kamen, bis jetzt, hatte es nie einen Mann

gegeben, den ich für würdig hielt—
jemanden, der stark genug war, stärker
als ich, bei dem ich überhaupt darüber
nachdenken würde, mich hinzugeben.

Meine Gedanken überraschten mich,
denn ich hätte mich *niemals* zuvor einem
Mann auf diese Weise hingegeben. Ich
wollte die Freiheit haben, loszulassen.
Ich wollte die Gewissheit haben, dass ich
mich darauf verlassen konnte, dass sie
auf mich aufpassen würden. Und, was
noch schockierender war, ich wollte
ihnen beiden Freude bereiten. Ich
wollte, dass sie vor Begehren nach mir,
nach der Lust, die sie in meinem Körper
finden würden, wahnsinnig waren. Ich
wollte alles sein, was sie brauchten.
Einfach alles.

Der Arzt hielt uns drei lange
schwarze Bänder hin, die Nial nahm und
seine Faust darum ballte. „Vielen Dank."

Der Arzt sah dann tatsächlich nervös
aus, und ich meinte, etwas zu hören—
ein dumpfes Hämmern, als würden
Leute auf der anderen Seite der Wand

miteinander kämpfen. Er sprach: „Ich würde mich beeilen, wenn ich Sie wäre."

Nial wandte sich an mich und hielt Ander seine Hand hin, der einen der Streifen nahm und sich an den Hals hob. Nial tat es ihm gleich und legte den dritten auf den Tisch neben mir. Ich wunderte mich, warum sie sich schwarze Halsbänder umlegten, aber vor meinen Augen färbten sie sich in dunkles Rot und schienen mit der Haut der Männer zu verschmelzen, bis sie mehr wie eine Tätowierung aussahen als ein Kragen.

Nial hob den dritten hoch, und Ander half mir, mich aufzusetzen, vorsichtig mit dem Ding in meinem Hintern. „Für dich, Gefährtin."

Ich griff mit zitternden Fingern nach dem schwarzen Streifen in seiner Hand. „Was ist das?"

„Der Kragen unseres Bundes. Er kennzeichnet dich während der Besitznahme-Periode als unser Eigentum. Kein anderer Krieger darf sich dir nähern oder versuchen, dich uns zu stehlen. Die Kragen werden uns zu einer Einheit verbinden, einer Familie."

Ich blickte auf den scheinbar harmlosen Streifen schwarzen Stoffes in meiner Hand hinunter und verstand ganz genau, was ich in der Hand hielt. Das war ihre Version eines Eheringes. Dauerhafte Besitznahme. Ein dickes, fettes Zeichen am Körper einer Frau, das aussagte: *vergeben*.

Und sie hatten mich nicht einmal gefragt. Ernsthaft? Ich war nicht eines von den Mädchen, die sich von einem Heiratsantrag großes Theater erwarteten, aber es wäre schon nett gewesen, zumindest gefragt zu werden. Was war aus der ganzen *Ich liebe dich und will für immer mit dir zusammen sein*-Ansprache geworden? Nach dem, was sie gerade mit mir angestellt hatten, oder eher—was sie dem Arzt erlaubt hatten, mit mir azustellen—war ich nicht in der Stimmung, mir noch etwas aufzwingen zu lassen. Ich hatte einen Stöpsel in meinem Hintern, weil sie ihn dort wollten, und weil ich ehrlich genug mit meinen eigenen Bedürfnissen war, um zu wissen, dass ich sie beide nehmen wollte, zumindest einmal. Aber das hier...?

Ich ballte die Faust um meinen Kragen und ließ ihn in meinen Schoß sinken. „Nein."

Er funkelte mich an, während der Arzt zurückwich und etwas von Herausforderern und Töten murmelte. Ich hätte besser zuhören können, aber ich war zu sehr damit beschäftigt, zwei große, gebieterische Aliens niederzustarren.

„Leg ihn an, sofort." Nials Lippen wurden schmal und seine Augen waren zusammengekniffen, als er versuchte, mich soweit einzuschüchtern, dass ich ihm gehorchte. „Jessica, nach prillonischem Gesetz kann ich dich nicht dazu zwingen, meinen Kragen zu tragen. Wenn du ihn aber nicht auf der Stelle um deinen Hals legst, begibst du dich in große Gefahr."

Ich funkelte ebenso eindringlich zurück. Ernsthaft? Er hatte gerade zugelassen, dass ein Arzt mich mit einem Paar Dildos und einer magischen Saugglocke aus dem Land der Sexphantasien doppelt penetrierte, und jetzt erwartete er von mir, zu einem Antrag Ja zu sagen, den er nicht einmal gemacht hatte? Ich blickte mich im Zimmer um. Nein. Da waren keine großen, aufragenden Monster, die darauf warteten, mich dafür niederzustrecken, dass ich seinen Nicht-Antrag verweigerte. Nur ich, meine Gefährten und der Arzt, der mir jetzt schon so ziemlich alles angetan hatte, was er mir antun konnte. Ich würde mich nicht einschüchtern lassen, bis ich gehorchte. Nicht in dieser Angelegenheit.

„Wo ich herkomme, ist es so, dass ein Mann eine Frau *fragt,* lass mich dieses eine entscheidend wichtige Wort hier wiederholen, *fragt,* ob sie seine Braut sein möchte. Dann kniet er sich üblicherweise hin und gibt ihr einen verdammt guten Grund dafür, Ja zu sagen."

Nial zog eine Augenbraue hoch, aber das war alles. „Leg den Kragen an."

„Nein."

„Leg dir den Kragen um den Hals, sofort."

„Schön fragen, Nial."

Ich warf ihm seine eigenen Worte ins Gesicht zurück und verschränkte die Arme vor meinen nackten Brüsten. Es war mir nicht mehr peinlich, dass ich nackt war, und ich saß da wie eine Königin, die Hof hielt. Es gab nichts mehr an diesem Körper, das nicht bereits ausgiebig von allen drei Männern im Zimmer betrachtet worden war, und meine Pussy und mein Hintern kribbelten und pochten immer noch von dem Höhepunkt. Der Tisch musste unter mir nass und glitschig sein, wo ich saß.

Ander erhob sich von seinem Platz neben mir, stellte sich an eine Stelle, an der scheinbar eine Tür sein musste, und ignorierte mich, während Nials silbernes Auge rabenschwarz wurde. Es war mir egal, dass er wütend war. Das war ich auch.

Erst wurde mir von seinem dämlichen Vater der Transport verwehrt, dann wurde ich vom Hive verfolgt und beinahe von meinem alten Mentor getötet. Nial hatte mir das Leben gerettet, aber er hatte mich mit einem Trick dazu verleitet, mich gleich, nachdem ich angeschossen worden war, mit ihnen beiden rumzutreiben. Dann hatten sie mich von meinem Planeten weggebracht, mich niedergebunden, mich verhauen und mit seltsamen medizinischen Geräten gefickt, und mich so gezwungen, vor einem völlig Fremden die Beherrschung zu verlieren. Ich hatte mir alles gefallen lassen und mich an die Situation angepasst. Ich war mit allem mitgelaufen, was sie wollten, auch entgegen mein besseres Wissen. Ich würde nicht zustimmen, diese beiden Höhlenmenschen zu heiraten, wenn sie mich nicht einmal *fragten*!

Ich starrte einfach wütend zu ihm zurück und wartete darauf, dass er begriff, was ich wollte, was ich von ihm brauchte. Seine Schultern senkten sich und sein Auge wurde wieder silber, während er mich weiter anstarrte. „Was willst du, Jessica?"

Die Niederlage, die ich in seinen Augen sah, brachte mich beinahe dazu, nachzugeben, aber verdammt nochmal! Ich wollte einen richtigen Antrag. Nach allem, was ich für sie durchgemacht hatte, verdiente ich zumindest das. Es war ja nicht so, dass ich Nein sagen würde. Ich hatte kein Zuhause und kein Leben, zu dem ich zurückkehren konnte. Wenn ich nach Hause ging—was wahrscheinlich sowieso nicht möglich war—würde ich in unter einer Woche tot sein.

Und ich würde diese beiden Krieger auch vermissen, sosehr es mich schmerzte, das zuzugeben, selbst mir alleine. Ich kannte sie erst seit ein paar Stunden, aber es fühlte sich jetzt schon so an, als würden sie zu mir gehören.

Ich starrte gerade in Nials verwirrte Augen und versuchte, auszudrücken, was ich wollte, ohne wie eine übermäßig sentimentale Idiotin zu klingen, als die Tür aus den Angeln krachte und zwei riesige Krieger ins Zimmer stürmten.

Der Größere der beiden war mit der gleichen silbrigen Haut bedeckt, die mein Nial hatte, aber sein Silber überzog seine Brust und seinen Hals, nicht sein Gesicht. Seine Augen waren ein warmes Honigbraun, aber er hatte ein seltsames metallisches Teil direkt über seinem rechten Auge in sein Fleisch eingebettet, wie eine zweite Augenbraue. Er blickte nicht einmal in meine Richtung, sondern direkt zu Nial.

„Ich fordere zum Kampf um das Recht, diese Erdenfrau als meine Braut in Besitz zu nehmen."

11

Jessica

NIAL SCHIEN ein paar Zentimeter zu wachsen, und seine silberne Haut glitzerte unter dem bläulichen Licht der Beleuchtung im Untersuchungszimmer. „Fasse sie an, und ich werde dich töten."

Ein weiterer Mann, von dem ich inzwischen verstand, dass er der Sekundär des Herausforderers war, schlich sich am Rande des Zimmers entlang an mich heran... und an Ander, der sich vor mir aufgebaut hatte. Der, der sich auf uns zubewegte, sah völlig normal aus für ein Alien, bis ich in seine Augen blickte. Sie waren beide von silbernen Ringen umfasst, als hätte ein Juwelier passende Eheringe um seine Irise geschmiedet.

Verseucht. Das Wort schwebte mir durch den Kopf, bis ich Nial brüllen hörte.

Ich drehte mich blitzartig herum und sah, wie Nial den anderen Krieger wie eine Hantel über seinen Kopf hob und ihn zur Seite schleuderte, in eine schwarze Glasscheibe, die sich über sieben Meter weiter weg am anderen Ende des Zimmers befand. Das Glas, oder was immer es war, zerbrach und rieselte mit lautem Krachen und Klirren zu Boden, und ich keuchte auf, als reihenweise Krieger dahinter zum Vorschein kamen, die schon die ganze Zeit über dort gestanden haben mussten.

Und *alles* mitangesehen hatten. Oh mein Gott, sie konnten sehen, wie ich gespreizt worden war, verhauen und gefickt, und meine Orgasmen, und meine Lust, und...

Ander wartete, bis sein Gegner ihn angriff, und Nials Brüllen brachte die übrigen Fenster buchstäblich zum Zittern. Ander holte aus und rammte seine Faust dem Herausforderer mitten ans Kinn, und er ging zu Boden, bewusstlos und mehrere Meter von dort entfernt, wo er seine Attacke begonnen hatte. Ein Schlag, und der Mann war ausgeschaltet.

Nial und Ander warfen sich einen Blick zu und stellten sich um mich herum auf. Ich blickte hoch und sah ein weiteres Paar Krieger einander zu nicken und durch die kaputte Tür ins Zimmer treten. Sie waren riesig, gleich groß wie meine Gefährten, aber viel vorsichtiger, als die ersten beiden es gewesen waren.

Ich starrte auf das schwarze Band in meiner Hand und fügte mich dem

Unvermeidlichen. Nun verstand ich die Dringlichkeit, die Warnung des Arztes. Alles. Ich wusste, dass ich meine Gefährten wollte, ich wollte nur, dass sie mich mit mehr als nur ihren Körpern begehrten. Ich wollte ihre Herzen. Ich wollte eine wahre Verbindung.

Diese Art von Liebe brauchte Zeit. Das wusste ich. In der Zwischenzeit wollte ich aber nicht, dass meine Gefährten gegen die gesamte Kolonie kämpfen mussten, um mich von hier fort zu bekommen. Und ich wollte ganz bestimmt nicht das Risiko eingehen, dass sie eine Herausforderung verloren, oder ernsthaft verletzt wurden, auch wenn das kein großes Problem zu sein schien.

Mit einem Seufzen blickte ich auf den Riesen, der sich in der Tür aufbäumte. „Aufhören."

Alle vier Krieger erstarrten, wie auch der Arzt und die Männer, die sich immer noch auf der anderen Seite der Wand herumtrieben.

Ich hob den seltsamen Kragen an meinen Hals und ließ los. Zu meiner Überraschung verschloss er sich eigenständig um meinen Hals.

Sofort wurde ich von Kampfrausch durchflutet und einem wilden Verlangen danach, zu beschützen, was mir gehörte. Ich erkannte, dass diese Gefühle von meinen beiden Gefährten stammten, und ich hob eine zitternde Hand verwundert an meinen Hals. Es würde keine Lügen geben, keine Spielchen. Ich würde wissen, was sie fühlten, wenn sie mir nahe waren.

Als ich meine Hand senkte, verneigte sich der Eindringling tief und hielt seine Hände hoch, um Nials Schlag abzuwehren. „Entschuldigt bitte, Prinzessin."

Vielleicht stammten Nials strenge Befehle vorhin nicht davon, dass er keinen Sinn für Romantik hatte, sondern von ernsthafter Sorge um meine Sicherheit. Sie hatten geschworen, mich mit ihrem Leben zu beschützen und jeden Mann, der sich mir näherte, auszuschalten, zu verletzen oder sogar zu töten. Die einzige Person, vor der sie mich nicht beschützen konnten, war ich selbst. Sie waren bereit, sich wenn nötig jeden Mann in der Kolonie vorzunehmen, aber sie konnten mich nicht zwingen, den Kragen um meinen Hals zu legen.

Auf eine verdrehte Art und Weise hatten sie mir beweisen wollen, wie viel ich ihnen bedeutete.

Ich blickte zu Nial, dann zu den Fremden, und bemerkte, wie sich ihr Gehabe völlig verändert hatte, seit ich den Kragen um meinen Hals gelegt hatte. Nial hatte mit der Gefahr, in der ich mich befunden hatte, nicht übertrieben, und plötzlich fühlte ich mich wie ein Narr dafür, dass ich ihm widersprochen und unser aller Leben aufs Spiel gesetzt hatte. Ich wandte mich direkt an Nials Herausforderer.

„Nein, ich möchte mich entschuldigen. Mein fehlendes

Verständnis hat dieses Durcheinander ausgelöst, aber ich bin an keinen anderen Männern interessiert als meinen Gefährten."

Ander wich zu mir zurück, und Nial ebenso, und sie schnitten mir den Blick auf die beiden Männer ab, die ins Zimmer eingebrochen waren. Der Arzt kniete neben dem Krieger auf dem Boden, den Nial ins Fenster geworfen hatte, und ich seufzte erleichtert auf, als ich sah, wie der Arm des Kriegers sich bewegte. Er war nicht tot. Gut. Das war eine Dosis Schuldgefühle, die ich nicht brauchte.

Der Sekundär des Herausforderers sprach zum ersten Mal. „Gibt es andere Frauen wie Sie auf der Erde, Prinzessin? Frauen, die vielleicht gewillt sind, einen verseuchten Veteranen, wie Sie uns genannt haben, zum Gefährten zu nehmen?"

Ich seufzte. Single-Frauen auf der Suche nach superscharfen, ehrenhaften Kriegern? „Absolut. Tausende und

Abertausende von ihnen, aber ihr alle seid *nicht* verseucht."

Der Arzt räusperte sich. „Ihr Götter, mein Prinz, Sie bringen sie am besten sofort von hier weg. Sie wird noch eine Invasion der Erde auslösen."

„Wie bitte?", fragte ich. „Das werde ich doch nicht. Ich muss nur Aufseherin Egara anrufen—oder was auch immer man vom Weltraum aus machen kann. Sie wird Ihnen helfen, Gefährtinnen zu finden, wenn ich ihr die Situation erst erkläre. Sie nimmt ihre Aufgabe äußerst ernst. Vertraut mir. Sie wird gerne helfen."

Woher ich das wusste, da war ich mir nicht sicher, aber ich war völlig überzeugt davon, dass ich die Wahrheit sprach.

Der Krieger in der Tür legte den Kopf schief. „Die Lady Egara vom Schlachtschiff *Wothar*? Catherine?"

Ich drückte gegen Anders Arm, damit er sich ein paar Zentimeter zur Seite bewegte. Ich wollte das Gesicht des Mannes sehen. „Ich kenne ihren Vornamen nicht und ich weiß nichts von einem Schlachtschiff. Ich bin mir ziemlich sicher, dass sie noch nie im Weltraum war, denn mir wurde gesagt, dass keine Frau je auf die Erde zurückkehrt, wenn sie erst zugeordnet ist."

„Sie würde etwas kleiner sein als Sie, Prinzessin, mit dunklem Haar und grauen Augen?"

„Das klingt nach ihr." Ich runzelte die Stirn. „Woher kennen Sie sie?"

„Sie war die Gefährtin meines Bruders und seines Sekundärs. Sie beide kamen vor sechs Jahren in einem Hinterhalt ums Leben. Wir haben an dem Tag ein gesamtes Bataillon verloren." Er nickte zu seinem Sekundär und deutete auf seine eigene silbrige Haut. „Der Rest von uns wurde ein paar Stunden später gerettet, aber wir durften nicht nach Hause."

Er meinte, dass sie alle stattdessen in

die Kolonie geschickt worden waren, wegen ihrer frischen *Verseuchung*.

   Nial trat aus meinem Blickfeld, dann kehrte er mit meiner dunkelroten Decke zurück, die er mir umlegte, bevor er mich in die Arme hob. Mir wurde bewusst, dass ich nackt gewesen war, während ich eine Unterhaltung mit zwei völlig Fremden führte. Mit einem Stöpsel in meinem Hintern. *Oh Gott.*

   „Ich kann laufen, weißt du."

   Er schüttelte den Kopf. „Nicht heute. Heute machst du zu viele Schwierigkeiten, selbst wenn deine Füße nicht den Boden berühren."

   Ich lachte darüber, und er blickte zu Ander.

   „Los, Ander. Es ist Zeit."

   Ander kam mit uns mit, und die anderen verneigten sich, als Nial mich an ihnen vorbei in einen langen Korridor trug, der von Türen gesäumt war. Ich legte meine Arme um seinen Hals und lehnte meinen Kopf an seine Schulter, und ließ zu, dass er mich hinbrachte, wo er wollte. „Wohin gehen wir jetzt? Zeit wofür?"

„Zeit dafür, dir ganz genau beizubringen, was es heißt, eine Braut Prillons zu sein."

Nial

ICH TRUG meine Gefährtin den langen, schlichten Korridor entlang und spürte, wie sich Rage in meiner Brust ansammelte. Ich hatte den Rest meines Lebens in der Kolonie verbringen sollen. Sie hätte mein neues Zuhause werden sollen. Dieser Ort, diese Männer, sollten meine Zukunft sein—wenn mein Vater seinen Willen bekäme. Die Männer, gegen die wir gerade eben gekämpft hatten, die Jessica für sich wollten, waren wie ich. Krieger, die für die Koalition gekämpft hatten, Milliarden Leben auf hunderten Planeten beschützt hatten, aber das Pech gehabt hatten, vom

Hive gefangen genommen und gefoltert worden zu sein, *verseucht* von ihrer Technologie, und für immer verbannt.

 Die Schande darüber, wie wenig ich verstanden hatte, verspannte meinen Kiefer, während ich meine Gefährtin davontrug. Jessica hatte das Offensichtliche ausgesprochen: dass mit keinem von ihnen etwas nicht in Ordnung war. Ihre Hive-Biotech-Implantate waren wie ihre Narben, Zeichen von Ehre und geleisteten Diensten. Von Respekt. Wenn überhaupt, würde die implantierte Technologie sie alle stärker machen, schneller und tödlicher als je zuvor. Und doch wurden diese Männer in die Kolonie verbannt, respektlos behandelt und vergessen. Ohne Recht auf eine Gefährtin, eine Familie. Ihrer Ehre beraubt und ihres Wertes, und für nichts weiter als Sklavenarbeit ausgenutzt.

 Wie mit unseren Kriegern umgegangen wurde, war eine Schande, und ich würde es als eines der ersten

Dinge ändern, wenn ich erst Primus war. Ich blickte auf den goldenen Schimmer im Haar meiner Gefährtin hinunter, wo sie in meinen Armen ruhte, und ich wusste ohne Zweifel, dass meine Prinzessin ebenfalls eine furchtlose Fürsprecherin dieser Krieger sein würde.

Es war ein stolzer Moment für mich gewesen, als sie den Arzt konfrontiert hatte, die Ungerechtigkeit konfrontiert, und uns allen die Dinge in einem neuen Licht zeigte. Ihre Worte, ihre Ideale, würden nicht nur die beiden Männer beschützen, die sie in Besitz nehmen würden, sondern alle Veteranen der Hive-Kriege, all die verwundeten und vernarbten Krieger dieser Welt. Ich hatte keinen Zweifel daran, dass sie gegen das vorurteilsbehaftete System meines Vaters ankämpfen würde, ohne Unterlass. Sie war unbändig und tapfer und leidenschaftlich.

Meine perfekte Gefährtin.

Nun war es an der Zeit, sie in Besitz zu nehmen, sie zu ficken. Wir *sollten* uns wirklich beeilen, sofort aus der Kolonie zu fliehen, aber ich musste sie erst ficken. Sie musste die Macht unseres Bundes verstehen lernen, und ein guter, harter Fick würde das auf eine Weise tun, wie Worte es nicht konnten. Die Kragen, sowie ein paar intensive Orgasmen, würden sicherstellen, dass sie unseren Bund nie wieder in Frage stellen würde.

Dies würde nicht die zeremonielle Bindung sein, unsere permanente Besitznahme, aber es wäre einmal ein Anfang. Mit den Kragen um unseren Hals, und nachdem unser Samen bereits ihre Haut benetzt hatte, waren ihre Gefühle und Bedürfnisse nun offensichtlich. Ich konnte jedes ihrer Gefühle spüren, wie sie im Gegenzug meine—und Anders.

Ich spürte die nachhallende Erregung von ihrer Untersuchung. Es hatte ihr gefallen. Sie hatte es geliebt. Liebte es, sich gegen Anders Griff zu wehren, obwohl sie wusste, dass ihr nichts übrig blieb als nachzugeben. Trotz der fremden Situation hatte sie beschlossen, Ander zu glauben, darauf zu vertrauen, dass er nicht zulassen würde, dass ihr irgendetwas Schädliches passierte, während er ihre Handgelenke gefangen hielt. Sie hatte Trost in unserer Anwesenheit gefunden, hatte uns vertraut und es geschafft, sich der Untersuchung zu unterwerfen. Ich hatte noch nie etwas Schöneres gesehen als ihre Orgasmen, während Ander und ich sie hielten und über sie wachten.

Sie hatte die Beherrschung verloren, und das nur von den medizinischen Sonden. Ich sehnte mich danach, zu erkunden, wie laut sie ihre Erlösung herausschreien konnte, wenn es Ander und ich waren, die sie fickten, sie dehnten, sie zum Kommen brachten.

Einer der Männer führte uns einen Gang entlang und drückte einen Knopf an der Wand, drei, nein vier Türen weiter. Er verneigte sich knapp. „Eine Privatkammer."

Ich nickte dem Mann zu, dem Ander erst vor wenigen Minuten die Fresse poliert hatte. Es herrschte keine Feindseligkeit zwischen uns, denn die Autorität und der Respekt für die Gefährtinnen unserer Krieger waren stark, der Kragen um ihren Hals ein permanentes Zeichen von Besitztum. Sie besaß uns jetzt. Wir beide würden dafür sterben, unser Recht zu schützen, sich um sie zu kümmern, Väter ihrer Kinder zu sein, und ihr Lust zu bereiten.

Ander dankte dem Mann und schloss die Tür hinter uns. Ich blickte mich im Zimmer um. Ein Bett, ein Tisch, ein Stuhl, eine weitere Tür, die in die Badekammer führte. Der Raum war schlicht. Einfach. Es war belanglos, abgesehen von der Tatsache, dass es ein großes Bett gab und wir alleine waren.

So, wie sie auf die medizinischen Sonden reagiert hatte—nachdem wir sie beruhigt und ihr Sicherheit gegeben hatten—war umwerfend zu beobachten gewesen. Sie reagierte so bereitwillig, nicht nur auf die Stimulierung, sondern auch auf die Riemen um ihre Hüften, auf Ander und seinen festen Griff um ihre Handgelenke, seine gesprochenen Befehle.

Die Pussy unserer Gefährtin war in dem Moment feucht geworden, als Ander ihr Befehle erteilte. Jessica konnte die Wahrheit nicht vor uns verbergen— die Wahrheit, dass sie es genossen hatte, gefesselt zu sein, dass es sie erregt hatte, die harte Kraft von Anders Händen an ihren Handgelenken zu fühlen. Ihr Höhepunkt war kraftvoll gewesen, ihre Schreie waren durch die Kammer gehallt und hatten meinen Schwanz hart wie Stein gemacht, begierig darauf, sie zu nehmen, sie zu einem weiteren Höhepunkt zu zwingen.

Sie war zu widerspenstig, zu stur, um die Kontrolle aufzugeben. Sie war eine Kriegerin, genau wie wir. Aber ihre Reaktion heute hatte uns allen dreien die Wahrheit verraten: dass sie zwar wahrlich stur, kämpferisch und widerspenstig war, aber dass sie sich nach einem Gefährten sehnte, der stark genug war, sie zu dominieren. Ein Gefährte, bei dem sie sich sicher genug fühlen konnte, um loszulassen.

Ich würde dieser Gefährte sein. Und Ander ebenso. Wenn sie unsere Kontrolle und Dominanz spüren musste, wenn es ums Ficken ging, dann würden wir ihr das bieten. Sie war keine Jungfrau, aber der überraschte Ausdruck auf ihrem Gesicht, als wir sie zum Höhepunkt brachten, verriet, dass noch kein Mann zuvor ihr gegeben hatte, was sie brauchte. Sie hatte sich nie zuvor sicher genug gefühlt, um völlig die Kontrolle abzugeben.

Die Tatsache, dass wir einander zugewiesen worden waren, versicherte mir, dass meine Schlussfolgerungen korrekt waren. Während ich mich danach verzehrte, sie zu dominieren, mit ihrem Körper zu spielen und ihre Lust hinauszuzögern, bis sie bettelte, war sie auch von Anders stoischer Kraft erregt.

Ander und ich gestanden uns unsere Bedürfnisse ein, waren im Einklang mit unserer Rolle als ihre Gefährten und versuchten nicht, unsere dunkelsten Begehren zu verbergen. Das Gegenteil traf auf Jessica zu. Sie verhielt sich, als würden ihre Bedürfnisse sie überraschen. Als das Chaos ihrer Emotionen über unseren Gefährtenkragen auf mich übertragen wurden und in mir kreisten, wurde für mich offensichtlich, dass ihr Verstand sich im Krieg mit ihrem Körper befand. Ihr Ego und ihre Konditionierung zwangen sie dazu, zu widerstehen, aber ihr Körper war nicht in der Lage, zu lügen. Die Zuweisungs-Protokolle des Abfertigungszentrums logen nicht. Sie brauchte alles, was wir ihr gaben.

Und deswegen war mein Schwanz so hart wie ein prillonisches Rohr, und wenn ich sie nicht bald fickte, würde ich gewiss noch in meinen Hosen kommen. Die Kragen verbanden uns, und ich spürte nicht nur Jessicas nachhallendes

Verlangen, sondern auch Anders Gelüste. Die Verbindung, die wir teilten, war intensiv, scharf und heiß wie Feuer. Ich warf Ander einen Blick zu, und er nickte mir leicht entgegen.

Wir würden sie nun nehmen. Mit den Kragen gab es keinen Zweifel daran, dass wir auf jedes ihrer Bedürfnisse eingestellt waren. Wenn ihr etwas nicht gefiel, würden wir das sofort wissen. Und zwar von jetzt an.

„Nun, da ich euren Kragen trage, bin ich rechtlich gesehen eine Prillon-Braut?", fragte sie.

„Ja. Du gehörst jetzt uns." Ich setzte sie vor uns auf die Füße, wischte die Decke von ihren Schultern und warf sie auf den Stuhl in der Ecke. Sie würde fürs Erste keinerlei Bedeckung brauchen. „Wir werden alle deine Geheimnisse erfahren, Jessica. Du wirst nichts mehr vor uns verbergen können."

Sie zitterte, aber ließ die Hände an ihre Seiten sinken. Sie stand so anmutig wie eine Königin vor uns, und mein

Schwanz schwoll so stark an, dass er platzen wollte. „Ich verstehe nicht. Ich verberge doch jetzt schon nichts."

Ander legte den Kopf schief und zog eine Augenbraue hoch. „Das tust du sehr wohl, Gefährtin. Du versteckst dich vor jedem, einschließlich dir selbst."

Eine Welle der Lust durchfuhr unsere Verbindung, als Jessica auf seine Worte reagierte, seinen gebieterischen Tonfall. Sie leckte sich über die Lippen. „Was denn zum Beispiel? Ich stehe nackt hier und trage euren Kragen. Was habe ich zu verbergen?"

„Wie du gerne gefickt wirst", antwortete ich.

Da hob sich ihr Kinn an, und ich unterdrückte ein Grinsen.

„*Ihr* wollt *mir* sagen, wie ich es gern habe?" Sie zog eine Braue hoch.

„Nein", antwortete ich schlicht. „Dein Körper wird die Geheimnisse preisgeben, die du nicht eingestehen willst."

Sie wich einen Schritt zurück, als ich

fortfuhr: „Du willst von uns hart gefickt werden."

„Du hast es gerne grob", fügte Ander hinzu. Er zog den Saum seines Hemdes hoch, zog es sich über den Kopf und ließ es zu Boden fallen.

Ihre Augen fielen auf Anders Brust, und sie starrte.

„Du musst loslassen können, du brauchst, dass dir gesagt wird, was du tun sollst."

„Ich—nein."

„Du brauchst es, die Kontrolle abzugeben, wenn es darum geht, von deinen Männern gefickt zu werden", erklärte ich. „Du bist vielleicht selbst eine Kriegerin, aber wenn du nackt und zwischen uns beiden bist, wirst du tun, was wir sagen."

Sie wich einen weiteren Schritt zurück, und ihre Brust bebte, während ihre Erregung anstieg. Als sie sich herumdrehte, konnte ich das gefächerte Ende des Stöpsels sehen, das ihre Arschbacken spreizte. Mein Schwanz pulsierte bei dem Anblick. Ich krümmte mich vor Unbehagen und öffnete meine Hose.

„Und was, wenn nicht? Was, wenn ihr euch irrt?" Sie hob eine Hand, um sich über den Brustkorb und seitlich über den Hals zu reiben, in einer nervösen Geste, die ich unglaublich entzückend fand. Sie wollte, was wir ihr anboten, aber sie hatte Angst, es anzunehmen.

„Vertraust du uns, Jessica? Vertraust du darauf, dass wir dir nicht wehtun? Glaubst du daran, dass wir stark genug sind, diszipliniert genug, um dich zu beschützen und für dich zu sorgen? Glaubst du uns, dass es unser einziger Wunsch ist, dich glücklich zu machen und deine Bedürfnisse zu stillen?"

Ihre Hand erstarrte an ihrem Hals, und sie neigte den Kopf und starrte einige lange Sekunden lang, die sich für mich wie Jahrtausende anfühlten—und für Ander auch—auf ihre Füße. Er stand neben mir und hielt den Atem an. Wir beide taten das, warteten auf ihre Antwort, auf ihre Erlaubnis, sie in Besitz zu nehmen. Dieses eine, zerbrechliche weibliche Wesen hielt unsere Herzen und unser Glück in ihren Händen.

Dann ging ich zu ihr hinüber und zog sie in meine Arme, sodass ihr Ohr an meine Brust gepresst war, direkt über meinem pochenden Herzen. Ich hielt sie fest, streichelte die Wölbungen auf ihrem Rücken und ihrer Hüfte, während Ander mit intensivem Begehren zusah, das, wie ich wusste, meinen eigenen Blick widerspiegelte. Mit der anderen Hand fasste ich in ihr Haar, hielt sie fest an mich gedrückt wie einen kostbaren Kristall.

„Hörst du mein Herz schlagen? Es schlägt für dich. Jede Zelle meines Körpers ist dir verschrieben, deinem Wohlergehen, deiner Sicherheit, deiner Lust. Die Kragen um unseren Hals kennzeichnen dich als unser Eigentum, Gefährtin, aber in Wirklichkeit sind wir dein Eigentum. Wir dienen nur dir alleine. Wir werden für dich kämpfen, für dich töten, für dich sterben. Wir werden alles in unserer Macht tun, damit du dich sicher, geschützt und geliebt fühlst. Wenn du es uns gestattest, Jessica." Ich legte meine Hand an ihre Wange und hob ihren Kopf hoch, damit ich in ihre blassblauen Augen blicken konnte. „Sag Ja. Nimm unsere Besitznahme an. Lass zu, dass wir dich lieben."

Ein Wort. Das war alles, was wir brauchten, um sie für immer zu unserem Eigentum zu machen. Ein Wort würde uns entfesseln, um sie zu berühren, zu ficken, für immer zu kennzeichnen.

„Ja."

Ich küsste sie sanft, zart auf die Lippen, als Anerkennung ihres Geschenks. Ich protestierte nicht, als Ander nach ihrer Hand griff und sie sanft davonzog. Ich wusste, dass auch er sich nach ihrer Berührung verzehrte.

Ich zog mein eigenes Hemd über den Kopf und ließ es zu Boden fallen, während Ander Jessicas Hand packte und sie zum Bett führte. „Als Erstes, liebste Gefährtin, wirst du bestraft werden."

„Bestraft—wie bitte? Warum?"

Er ging am Bett entlang und zog sie weiter vorwärts, sodass sie keine andere Wahl hatte, als auf die Matratze zu klettern. Erst als ihre beiden Knie auf der weichen Oberfläche waren, ließ er ihre Hand los und ließ seinen Arm unter ihre Taille gleiten. „Deine sture Verweigerung von Nials Befehlen vorhin führte dazu, dass wir zwei unserer Brüder verletzten und das Untersuchungszimmer des Arztes beschädigten."

„Ich sagte schon, dass mir das leid tat. Ich hatte nicht verstanden, was los war." Sie war auf Händen und Knien, und seine freie Hand streichelte ihren nackten Hintern, während er sich vorbeugte, um ihr ins Ohr zu sprechen.

„Das reicht nicht. Du hast dich selbst in unnötige Gefahr begeben, Gefährtin, obwohl Nial dich gewarnt hatte. Hast du dir jemals überlegt, was passiert wäre, wenn Nial oder ich die Herausforderung verloren hätten?" Seine Hand landete kräftig auf ihrem nackten Hintern.

Klatsch!

Ein rosiger Handabdruck erschien, und sie versuchte, sich aus seinem Griff zu befreien, aber sie hatte keine Chance, zu entkommen. Ihr Gesicht lief rosa an, als Ander ihr einen weiteren Hieb versetzte. „Was soll der Scheiß?"

Ander schüttelte den Kopf. „Schön sprechen, Gefährtin."

Er versetzte ihr einen weiteren Hieb. Und noch einen.

Sie keuchte in seinem Griff, ihre Nippel richteten sich zu harten Knospen auf, und ihre Augen fielen zu, als sie gegen die Erregung ankämpfte, von der ich riechen konnte, dass sie ihre Pussy überflutete. „Das hier ist so lächerlich. Ich bin kein Kind."

„Nein, das bist du nicht. Du bist mein Eigentum. Nials Eigentum. Wir werden dir Lust bereiten. Wir werden für dich sorgen. Und wenn Gefahr naht, werden wir dich beschützen. *Klatsch. Klatsch.* „Wenn du dich uns widersetzt und dich der Gefahr aussetzt, werden wir dich bestrafen. Wir werden dich niederdrücken und deinen nackten Hintern versohlen, bis er grellrot ist und dein gesamter Körper in Flammen steht."

    Blendender, sinnlicher Hunger durchflutete meinen Kragen, während Ander zu ihr sprach. Ich ließ die Hosen fallen und packte meinen harten Schwanz mit der Faust, während ich zusah, wie er sie dominierte. Sie biss sich in die Lippe und stöhnte, und ihre Brüste wippten unter ihr mit jedem kräftigen Hieb von Anders Hand auf ihrem runden Hintern.

    Die perfekt gefärbte Haut wechselte rasch die Farbe, als seine Handfläche jedes Mal eine andere Stelle traf. Ich konnte nicht leugnen, wie sehr es mich faszinierte, wie ihr köstlicher Hintern wabbelte.

„Ander!"

Mein Sekundär verhaute sie, bis sie den Kopf fallen ließ, ihre Pussy so nass, dass ich den glitzernden Ruf ihrer Erregung aus mehreren Schritten Entfernung sehen konnte. Ander schlug noch einmal kräftig zu, dann stieß er zwei Finger von hinten in ihre Pussy.

„Ein klein wenig Schmerz gefällt dir, Jessica? Willst du, dass ich dich noch ein wenig mehr verhaue?" Er zog seine Finger aus ihrer Pussy heraus, und sie waren glänzend und nass, bevor er sie noch tiefer hineinstieß und ihren Kitzler mit dem Daumen rieb. „Willst du, dass ich dich noch fester verhaue?"

Sie schüttelte den Kopf, aber wir alle wussten es besser. Ander stöhnte und fickte sie mit seinen Fingern, stieß tief und fest hinein, während Jessicas Lust unser beider Kragen durchflutete. Ich ging an ihre Seite und streichelte die lange, elegante Kurve ihrer Taille, meine

Augen auf dem Stöpsel in ihrem Arsch ruhend. Ich beugte mich zu ihrem anderen Ohr hinunter. „Willst du, dass wir dich ficken, während der Stöpsel dort ist? Willst du, dass wir dich ausdehnen, bis es so wunderbar weh tut und dich zum Schreien bringt?"

„Oh Gott. Ich kann nicht. Ich kann das nicht." Sie wimmerte die Worte hervor, schüttelte den Kopf von einer Seite zur anderen, während ich die Aufgabe übernahm, ihren Hintern selbst zu versohlen und den scharfen Stich ihres Schmerzes durch den Kragen hindurch zu genießen, sowie die Hitzewelle, die darauf folgte. Sie liebte es, verhauen zu werden. Liebte es, was Ander jetzt mit ihr anstellte, als er drei Finger einsetzte, um ihre Pussy weit zu dehnen und mit der anderen Hand am Stöpsel in ihrem Hintern zu zupfen und damit zu spielen.

Er entfernte ihn nicht, sondern drückte und zerrte gerade genug, um ihre Pussy und ihren Hintern zu dehnen, sie zum Brennen zu bringen, während er ihre nasse Mitte mit den Fingern fickte. Ein Schimmer von Schweiß benetzte ihre Haut, und ihre Finger vergruben sich in den Laken.

„Du vergisst wohl. Die Kragen verbinden uns alle. Du kannst uns nicht anlügen", sagte ich ihr. „Ich kann deinen Kampf fühlen, den Schmerz in dir, während du versuchst, zu verstehen, wie es möglich ist, aus Schmerz Lust zu gewinnen."

Ich schlug noch einmal zu, und das Klatschen des Aufpralls schallte durch den Raum.

Diesmal stöhnte Jessica. „Oh mein Gott."

„Ich bin kein Gott, aber du darfst mich Meister nennen." Ich trat näher an sie heran und umfasste eine volle Brust mit meiner Hand, kniff in den Nippel, zupfte daran, während ich noch einmal auf ihren Hintern klatschte.

„Deine Pussy lügt niemals. Die Kragen lügen niemals. Gib dich hin,

Jessica, stelle deine Bedürfnisse nicht in Frage, akzeptiere sie einfach, und wir werden dir auf viele Arten Lust bereiten, die du dir nie vorgestellt hättest, aber die du immer schon wolltest. Ich wette, du hast nie gewusst, dass es sich so gut anfühlen würde, den Hintern versohlt zu bekommen. Es liegt keine Schande darin, es deinen Gefährten zu überlassen, deine Gelüste zu stillen."

Ander senkte den Kopf und knabberte sachte mit seinen Zähnen an ihrem roten Hintern, gerade hart genug, um sie zum Zappeln zu bringen, während ich an ihrer Brust zog. Wir würden nicht nachgeben, bis sie die Wahrheit eingestanden hatte. Wir fühlten sie durch die Kragen, sie fühlte sie in jeder Zelle ihres Wesens, aber sie musste es erst noch akzeptieren. Endlich sah ich ihre Schultern zusammensacken, ihre Finger sich lockern, ihren Kopf nach unten fallen. Sie gab auf, gab sich unserer Beherrschung ihres Körpers hin, ihren Bedürfnissen. Der Wahrheit.

„Ja, Meister."

„Willst du, dass wir dich ficken?", fragte Ander.

Sie wimmerte, als er seine Finger ins Freie zog und zu ihr ging, um sie ihr anzubieten. „Öffne den Mund und schmecke die Perfektion."

Sie tat es, und er schob ihr die Spitzen zweier Finger zwischen die Lippen. Als der Geschmack ihren Körper mit Verlangen durchflutete, schob ich einen meiner eigenen Finger in ihre Mitte und zog ihn wieder heraus, um ihren Geschmack auf meiner Zunge zu spüren. Sie war süß und warm, und ich konnte fühlen, wie mein Schwanz vor Begierde tropfte, sich tief in sie zu stoßen.

Ich trat zurück und legte den Rest meiner Kleidung ab, ohne die Augen von ihrer freigelegten Pussy zu nehmen, offen und hungrig, geschwollen und feucht. Ich konnte dem herrlichen Anblick mit dem Stöpsel direkt darüber, in ihrem Hintern, nicht widerstehen.

Ihre Backen waren rot und heiß von ihren Hieben, und ich hätte mir nicht mehr wünschen können. Ich sehnte mich schmerzlich danach, meinen Samen in sie zu ergießen, die Wände ihrer Pussy mit meiner Essenz zu benetzen, uns noch weiter aneinander zu binden. Schon alleine der Geschmack von ihr auf meiner Zunge raubte mir die Sinne. Ich gehörte ihr, ganz und gar. Keine andere Frau würde mich je befriedigen. Sie besaß mich, und es war an der Zeit, unseren Bund auszudehnen.

„Ich werde dich nun ficken. Ich werde meinen großen Schwanz in diese hungrige Pussy stecken."

Jessicas Rücken streckte sich durch, als Ander ihren Kopf mit einer Hand um ihren Hals nach oben zwang. Ihr Rücken bog sich zu einer hübschen Kurve, ihr Hintern hoch in der Luft und ihre Beine weit gespreizt, während sie begrüßend mit ihren Hüften wackelte.

„Ander wird diesen schönen Mund ficken, den du da hast. Er bringt dich in

Schwierigkeiten, Gefährtin, und so wird er ihn beschäftigen."

Ander zog sich ebenfalls aus, damit wir für sie bereit waren. Dann hob sie ihren Kopf, und ihre Augen wurden groß und rund, als sie zum ersten Mal seinen Schwanz sah. Er war lang und dick, mit einem breiten Kopf, vielleicht sogar zu breit für ihren Mund. Aber sie würde ihn nehmen; sie würde alles davon nehmen. Ich konnte es spüren, fühlte ihre freudige Bereitschaft, ihn an die Rückseite ihres Rachens stoßen zu lassen.

Eine perlweiße Flüssigkeit tropfte von der Spitze.

„Leck es auf." Ander trat näher und setzte ein Knie aufs Bett, sodass sein Schwanz gegen ihren Mund stupste. Sie hatte keine andere Wahl, als aufzumachen und mit der Zunge darüber zu fahren.

Ich kam schon beinahe bei dem Anblick dieser kleinen rosa Zunge, wie sie die Flüssigkeit fortwischte. Sie stöhnte und schloss selig die Augen, als die Bindungs-Essenz in seinem Samen ihre Sinne durchflutete. Ich sah beeindruckt zu, wie ihre freiliegende Pussy zusammenzuckte, hungrig nach mir.

Ich konnte nicht länger warten. Ich trat an sie heran, packte meinen Schwanz an der Wurzel und setzte ihn an ihrem bereitwilligen Eingang an. Mit einer Hand auf ihrer Hüfte sah ich mir dabei zu, wie ich weiter vordrang und mein Schwanz Zentimeter für Zentimeter in ihr verschwand. Ich zog ihre Backen weiter auseinander, und ihre Pussy-Lippen entfalteten sich um meinen dicken Schaft herum und das weiche, rosa Gewebe dehnte und öffnete sich, um mich tief einzulassen.

Ich fächerte meine Hand aus und legte sie auf ihre perfekte Arschbacke, setzte meinen Daumen an den Ansatz des Stöpsels in ihrem Hintern und bewegte so das Trainingsgerät in ihrem Körper hin und her, um ihre

Sinneswahrnehmungen zu verstärken. Ich wusste über den Kragen um meinen Hals herum, dass sie sich zwar erst daran gewöhnen musste, so gefüllt zu sein, aber sie liebte es. Sie empfand keine Schmerzen, sondern nur die intensivste Lust.

Ich drückte mich weiter nach vorne und versenkte mich bis an die Eier, bis sie nicht mehr aufnehmen konnte, und dort verblieb ich, sah zu, wie sie begierig die Spitze von Anders Schwanz ableckte und jeder Tropfen seines Saftes ihre Erregung verstärkte, was wiederum dazu führte, dass sich ihre Pussy wie eine Faust um meinen Schwanz krampfte.

Mit meiner freien Hand fasste ich nach ihrem langen Haar und packte es fest, wickelte die seidigen Strähnen um meine Finger. Ich zog sanft daran, und ihr Kopf kam nach hinten, sodass sie in der perfekten Position war, Ander zu nehmen. Tief.

„Mund auf, Gefährtin, und nimm uns beide." Ander rückte vor, bis die

Spitze seines Schwanzes in ihren Mund eingetaucht war, was ihre Lippen weit auseinander zwang.

Sie machte bereitwillig auf und schluckte die Krone von Anders Schwanz. Es gab keinen Zweifel, dass sie danach gierte, noch mehr der Bindungs-Essenz auf ihre Zunge zu bekommen.

„Willst du, dass wir dich jetzt ficken?" Ander umfing Jessicas Kinn, als sie zu ihm hoch blickte. Sie gab einen zustimmenden Laut von sich, aber sie konnte nicht sprechen mit dem massiven Schwanz in ihrem Mund.

„Du wirst uns beide nehmen, Gefährtin. Es ist soweit."

12

ial

Bei diesen Worten von Ander flatterten Jessicas Augenlider zu, und sie drückte sich mir entgegen, versuchte, mich dazu zu bringen, mich zu bewegen, sie härter zu ficken.

Auch Ander verweigerte ihr das und hielt völlig still, während er sprach. „Ich werde deine Kehle ficken, während Nial deine heiße, nasse Pussy fickt."

Auf dieses Zeichen hin glitt ich aus

ihrer Mitte heraus und wieder hinein, stieß so tief hinein, dass ich gegen ihren Uterus stieß. Ich wollte in ihr kommen, sie in meinem Samen ertränken und mein Kind tief in sie pflanzen. Aber wir waren noch nicht mit ihr fertig. Ich ließ Ander mit ihr sprechen, ließ ihn sie dorthin führen, wo wir sie haben wollten. Er wusste, was sie brauchte, wusste, wie er ihren Verstand auf nichts als seine Stimme fokussieren konnte, auf seine Kommandos, auf ihre Lust.

Er stieß die Hüften nach vorne, zugleich mit mir, und wir fickten sie im Einklang, stießen gemeinsam in sie hinein und wieder aus ihr heraus.

„Das ist nicht tief genug, Jessica. Mach auf. Nimm uns. Schluck mich hinunter. Gib mir mehr."

Sie lehnte sich nach vorne und nahm mehr von ihm auf, und wir stießen beide tief in sie hinein und nahmen sie zwischen unseren harten Schwänzen gefangen.

„Braves Mädchen. Als Nächstes wird

Nial dich mit seinem großen Schwanz härter ficken. Du willst seinen Schwanz, nicht wahr?"

Ich packte sie an den Hüften, und meine Finger bohrten sich in ihr weiches Fleisch, als ich sie härter und fester fickte, während er weiter zu ihr sprach. Grobe Worte. Finstere Worte. Sie liebte es. Die Klänge ihrer nassen Pussy erfüllten den Raum. Jedes Mal, wenn ich am Anschlag war, zwang ich ihren Körper nach vorne und Anders Schwanz tiefer in ihren Mund. Sie konnte uns nicht entkommen, konnte sich vor keinem unserer riesigen Schwänze zurückziehen, während wir sie fickten, füllten. Jedes Mal, wenn ich am Anschlag war, stöhnte sie, was Ander zum Stöhnen brachte, und die Adern an seinem Hals pochten sichtbar, während er um seine Beherrschung kämpfte.

Ich verstand sein Problem nur zu gut. Der Wirbel der Lust schraubte sich höher, jeder unserer Kragen verstärkte die Empfindungen, die Lust, die uns alle höher und höher trieb.

„Er ist tief in dir, nicht wahr, Gefährtin? Du willst, dass dein Prinz den Stöpsel in deinem Hintern bewegt? Du willst, dass er dich auch damit fickt? Du willst, dass wir alle drei deiner Löcher ficken?"

Er zog sich vollständig aus ihr heraus, und sie leckte sich die Lippen und blickte mit glasigen Augen zu ihm hoch. „Ja."

„Ja, Meister."

„Ja, Meister. Bitte. Bitte. Ja. Bitte."

Ihre Stimme war heiser, voller Begehren und Verzweiflung. Sie dachte nicht länger nach, sie gehörte uns, ganz und gar unser Eigentum in diesem Moment. Ihr Körper war ihr gesamtes Universum, unsere Schwänze und unsere Kontrolle ihr einziger Anker in der Realität. Ich liebte es, sie so zu sehen, verloren und gierig und vollkommen frei.

Ander rieb seinen Daumen über ihre Unterlippe, während er seinen Schwanz vor ihr in seiner Faust rieb, daran auf und ab strich, bis ein großer Lusttropfen sich an der Spitze bildete. Sie sah zu, nahezu hypnotisiert, wie er sich nach vorne lehnte und die bindende Essenz über ihre Lippen rieb. Ich verkniff mir ein Knurren, als sich ihre Pussy wie ein Schraubstock um mich zusammenzog. Ich packte das Ende des Stöpsels und zog es zurück, gerade genug, um zuzusehen, wie der süße, runde Eingang sich dehnte und sich zu öffnen begann, aber nicht fest genug, um den Stöpsel herauszuziehen.

Ich drückte ihn in ihren Körper zurück, und sie keuchte auf, als Ander seinen nächsten Befehl erteilte. „Dann nimm meinen Schwanz auf, Gefährtin. Nimm alles."

Jessica öffnete ihren Mund und nahm ihn auf. Ihre Wangen wurden hohl, als sie ihr Kiefer weiter auseinander streckte, um für seine Größe Platz zu machen. Er packte ihr Haar mit beiden Fäusten an den Seiten ihres Kopfes, und ich lockerte meinen Griff um ihre goldenen Strähnen, damit er ihren Gehorsam erzwingen konnte. „Füll deine Kehle aus und lass mich sie ficken. Ja, so ist gut. Mehr. Oh, du machst das sehr gut. Tiefer. *Ja.*"

Als Jessicas Nase gegen die hellen Locken am Ansatz seines Schwanzes stupste, zog ich mich zurück und stieß dann tief in sie, fickte sie heftig. Es drückte sie nach vorne, sodass Anders Schwanz ihren Mund vollständig ausfüllte.

Ander zog sich zurück, damit sie Luft schnappen konnte, und auch ich zog mich zurück. Sie wimmerte, fühlte sich leer—die Verbindung in den Kragen verriet uns, was sie nicht konnte, und machte uns überaus empfindlich auf ihre Bedürfnisse—und ich stieß erneut in sie. Ich fing an, sie ernsthaft zu ficken, sie zu füllen und sie in Anders Schwanz zu rammen. Ich nahm sie, während sie Ander nahm. Sie war zwischen uns, gab uns alles.

„Du liebst es so. Du liebst es, gesagt zu bekommen, was du tun sollst. Du liebst es, zwischen deinen zwei Männern zu sein. Ihnen alles von dir zu geben. Ah, siehst du, Nial wird auch mit deinem Hintern spielen. Wird dich mit dem Stöpsel ficken." Ander knirschte diese letzten Worte hervor, als die Lust, die von Jessica ausging, wie dunkler Strom durch unsere Körper schoss.

„Du hast nicht das Sagen, Gefährtin. Du wirst nichts zu melden haben, wenn wir dich ficken. Warum? Weil das genau das ist, was du brauchst. Wir wissen, was du willst, was du brauchst. Wir wissen alles über deine Begierden."

Ander sprach weiter, während wir sie nahmen. Sie hielt ihren Blick auf ihn gerichtet, während er sprach, während er ihr das Haar aus dem Gesicht wischte und sie ihn weiter in ihren Hals hinein nahm.

„Woher wir wissen, dass du es düster und dreckig und grob willst? Weil du uns zugewiesen worden bist. Es ist eine perfekte Zuweisung. Wir sind perfekt aufeinander abgestimmt. Du wirst kommen, wenn ich es dir befehle", gebot ihr Ander, und sie wimmerte.

Sie war so nahe dran, so hungrig nach ihrer Erlösung. Ich würde nicht viel länger durchhalten, das heiße, glatte Gefühl in ihr war mein Untergang. Ich war zufrieden damit, dass Ander derzeit das Tempo vorgab. Er gefiel unserer Gefährtin mit seinen schmutzigen Worten und seinen strengen Befehlen, und ich hatte die Freiheit, den Körper unserer Gefährtin einfach nur zu genießen. Jahrelang hatte ich als Prinz die Verantwortung gehabt, hatte Entscheidungen getroffen, die Millionen Leben betrafen. Zur Abwechslung war ich nun ein einfacher Mann, dem es frei stand, seine gesamte Aufmerksamkeit seiner Gefährtin zu widmen, dem Gefühl ihrer nassen Pussy auf meinem Schwanz, der Lust, die über ihr Rückgrat schauerte, als ich am Analstöpsel zupfte und Ander ihren Mund fickte. Ich war frei und fickte gerade die einzige Frau im Universum, die mir etwas bedeutete. Ihr Körper war nun mein Zuhause. Diese intensive Lust war allein *meins*.

Dieses eine Wort füllte meinen Verstand aus wie ein Urschrei, während ich meinen Schwanz in ihr hin und her stieß. *Meins. Meins. Meins.*

Ich versetzte ihr einen kräftigen Hieb, und sie wimmerte um Anders Schwanz herum. Ihre eigene Hand wanderte unter ihren Körper, um sich selbst am Kitzler zu streicheln. Ich wusste, dass ihr Höhepunkt mich jeden Moment in einem Feuersturm von Lustschmerz packen würde, dem ich nichts entgegenzusetzen hatte.

Ich würde kommen.

Und dann, dann würde ich sie noch einmal ficken.

JESSICA

. . .

OH MEIN GOTT.

Ich war mir nicht sicher, wann das genau geschehen war, aber ich war zwischen meinen Männern versunken. Zum zweiten Mal völlig besinnungslos, wie es nur diesen Zweien zu gelingen schien. Ich hatte keine Ahnung, wann ich die Kontrolle über meinen Körper verloren hatte, oder die Fähigkeit zur Vernunft. Es war mir auch egal.

Ich wollte nicht mehr denken. Ich wollte ficken. Ich wollte das Gefühl haben, dass ich ganz und gar jemandem gehörte. Ich war es leid, mich einsam und abgeschottet zu fühlen. Ich war es so leid, mich der Welt alleine stellen zu müssen. Ich hatte keine Barrieren mehr, keinen Willen zum Widerstand.

Nichts. Ich trieb einfach nur mehr dahin, überflutet von intensiver Befriedigung, während sich meine Gefährten schneller und fester in meinen Hals rammten und in meine Pussy. Ihre Aufmerksamkeit war laserscharf, ihre unanständigen Worte und ihre harten Schwänze trieben mich näher und näher an den Gipfel, während ich darin schwelgte, das zu sein, was sie von mir brauchten. Sie brauchten mich wild und begierig, sie brauchten von mir, dass ich sie begrüßte, ihre Hände und Münder begehrte, ihre Schwänze und ihre Anbetung. Ich wollte alles, und sie gaben es mir, trieben mich an, bis meine Beine zitterten und mein Herz zu platzen drohte. Mein Hintern brannte noch von den Hieben, die sie mir verpasst hatten, aber sogar das machte mich scharf. Das heiße Stechen breitete sich wie ein Lauffeuer durch meine Adern. Ich war auf des Messers Schneide, und sie hielten mich dort, am Rand eines explosiven Orgasmus, und ließen mich nicht über die Grenze treten, zwangen mich dazu, ihn immer höher aufzubauen.

Ich blickte zu meinem sekundären Gefährten Ander hoch, dessen Schwanz mir tief in der Kehle steckte. Der Geschmack seines Samens war wie eine

Droge, und ich konnte nicht genug davon bekommen. Zuerst hatte ich nicht atmen können und war leicht panisch gewesen, aber er hatte seine Hand auf meinem Kinn ruhen lassen und seine Augen auf meinen. Irgendwie wusste ich, dass er mir nicht wehtun würde, dass er mich an meine Grenzen treiben würde, aber mich niemals in Gefahr bringen. Ich gab ihm in diesem Moment mein Leben, vertraute darauf, dass er mich Atem schöpfen ließ, dass er auf meine Sicherheit achten würde, während ich ihn beglückte.

Als ich erst diese Zusicherung verspürte, hatte ich mich seiner Lust hingegeben, seinem Wunsch, ihn mit meinem Mund zu ficken. Er schmeckte perfekt, männlich und dunkel, und das heiße Gefühl seines Schwanzes, pulsierend und dick, machte mich immer nasser.

Ander zerrte an meinem Haar und ich blickte zu ihm hoch, begierig darauf, seine Gelüste zu erfüllen, alles zu sein, was er von mir brauchte. Er zog sich zurück und legte seine eigene Faust um den Ansatz seines Schwanzes. „Saug an meinem Kopf, Gefährtin. Saug daran, als wäre es das Beste, das du je geschmeckt hast. Saug daran, als würdest du sterben müssen, wenn du mich nicht als Ganzes hinunterschluckst."

Ich grinste und öffnete den Mund, saugte seine Spitze ein und erkundete seine Umrisse mit meiner Zunge, während er fortfuhr: „Wenn du mich nicht in der nächsten Minute zum Kommen bringst, wird Nial aufhören, dich zu ficken. Er wird sich aus deiner Pussy herausziehen und dich leer zurücklassen."

Obwohl Ander sichtlich das Kommando hatte, stieß Nial bis zum Anschlag in mich hinein, und ich fühlte mich sicher in seinem schützenden Schweigen. Er war mein Fels in meinem Rücken, mein Anker, während Ander mein Sturm war. In diesem Raum, und unter dem prillonischen Volk, hatte Nial die höchste Macht, die Macht eines Prinzen. Aber wenn es mich die Lust kosten würde, Nials Schwanz tief in mir zu spüren, wenn ich mich Anders Befehl widersetzte, dann würde ich alles tun, was Ander sagte.

Ich lutschte an ihm, kräftig, brachte ihn zum Zucken und zum Stöhnen, bis seine Hand unter der Anstrengung zitterte, die Beherrschung zu behalten. Das konnte ich nicht zulassen. Ich brauchte es, dass er sich mit derselben besinnungslosen Lust in mir verlor, die sie mir beschert hatten. Ich wollte, dass er in meinem Mund kam. Ich wollte ihn hinunterschlucken und dafür sorgen, dass er ganz genau wusste, wem er gehörte.

Was sagte das über mich aus? Dass ich eine Frau war, die sich nur zu gerne dem Befehl eines Mannes unterwarf? Ich hatte mein ganzes Leben lang gegen dieses Ausmaß der Unterwerfung angekämpft, aber hier war ich nun, wie ein Pornostar von zwei Männern gefickt.

Ich sollte mich erniedrigt fühlen, schmutzig gar, von Anders Worten. Aber das tat ich nicht. Ich fühlte mich machtvoll dabei, so zwischen ihnen festzuhängen. Wie eine Königin, die mit zwei Männern Hof hielt, die so versessen und hypnotisiert von meinem Körper waren, von meinem Mund und meiner Pussy, von meiner Hingabe, dass sie die Kontrolle verloren.

Es war verdammt scharf. Ich liebte die dreckigen Worte, die tabubrechende Art, mit der sie mich gemeinsam an sich rissen. Ich war zwischen ihnen, praktisch von zwei Schwänzen aufgespießt. Ich konnte nirgendwo hin, selbst wenn ich wollte, und verdammt noch mal, ich wollte überhaupt nicht. Ich wollte sie beide besitzen. Ich wollte, dass sie mich nicht ansehen konnten, ohne sich so an mich zu erinnern, ohne mehr zu wollen.

Nial packte den Stöpsel an seinem Sockel und begann, ihn in mir hin und her zu schieben, als wäre es ein

Schwanz. Ich war so voll. Jedes meiner Löcher war gefüllt und gefickt und gedehnt.

Ich schloss die Augen nicht, wandte meinen Blick nicht von Ander ab. Ich beobachtete ihn, während ich stärker saugte, mich auf ihn konzentrierte, ihm gehorchte. Ich wollte, dass er wusste, dass ich ihm gehörte, dass ich ihn mehr in meinem Körper wollte, als ich atmen wollte.

Ich *brauchte* es, ihm zu gehorchen, mehr noch, als ich zu kommen brauchte.

„Ich kann mich nicht länger zurückhalten", knurrte Nial, während seine Hüften gegen meinen Hintern klatschten und den Stöpsel tief in mich trieben.

„Jessica", knurrte Ander, und ich pulsierte mit meiner Zunge gegen die Spitze seines Schwanzes und zog meine Pussy so fest ich konnte um Nials Schwanz zusammen. Nial stöhnte auf, und ich tat es noch einmal, als Ander uns allen gab, was wir wollten.

„Zähle drei Stöße von Nials Schwanz, Gefährtin, und dann komme."

Diese Erlaubnis schoss durch meinen Körper wie ein elektrischer Schlag, und ich hielt meinen Orgasmus nur noch mit reiner Willenskraft zurück. Meine Augen fielen zu, als Nial tief zustieß.

Eins.

Anders Schwanz schwoll in meinem Mund an.

Zwei.

Nials Finger krallten sich fester in meine Hüften, seine Handflächen auf der Haut, die immer noch von den Hieben kribbelte.

Drei.

Nial klatschte heftig gegen mich und füllte mich vollständig aus. Als ich den heißen Strahl seines Samens in mir spürte, kam ich.

Ander stöhnte auf, ließ seinen Schwanz los und schob ihn noch einmal tief in mich. Er traf hinten auf meinen Rachen, wo der pulsierende Strom seines Samens direkt nach unten glitt und mich wärmte wie ein Schuss Whiskey.

Ihr Samen füllte mich, und ich verlor das Gleichgewicht, als eine Lustwelle nach der anderen über mir zusammenschlug, meine Nippel sich zusammenzogen, mein Inneres sich um Nials Schwanz krampfte und um den Stöpsel in meinem Hintern. Ich schmeckte Anders salziges Aroma auf meiner Zunge, und der heiße Schauer ihrer Essenz zog in mich ein, tröstlich und nahezu betäubend mit heißester, süßester Lust.

Ander zog sich zurück, ließ mich zu Atem kommen, und Nial zog seinen Schwanz aus mir heraus. Sachte zog er den Stöpsel heraus und bearbeitete meinen Kitzler mit zwei Fingern, und mein Körper war so offen und bereit, dass ich sofort noch einmal kam.

Dann verließen mich beide Männer, und mit einem Mal war ich wieder leer. Ich ließ mich auf dem Bett zur Seite fallen, die einzigartige Würze von Anders Samen auf meiner Zunge, während Nials mir aus der Pussy und auf meine Schenkel tropfte.

Ich konnte nicht Atem schöpfen, mich nicht bewegen, selbst wenn ich wollte.

Während ich um Luft rang, blickte ich zu meinen Männern hoch. Ihre Schwänze waren immer noch hart, beide rot und glänzend, und auf ihnen glitzerte meine Erregung, mein Speichel und ihr Samen. Sie standen Schulter an Schulter da und betrachteten mich.

„Du bist noch nicht fertig, Gefährtin." Anders Worte fuhren mir unter die Haut, und meine Nippel waren sofort hart, meine leere Pussy sehnsüchtig. Sie sahen befriedigt aus, ihre Gesichter weniger intensiv, aber ihre Schwänze waren nicht im Geringsten schlaffer geworden. Waren sie wirklich bereit für noch eine Runde?

„Nimmst du mich jetzt in den Hintern?", fragte ich ihn.

Er schüttelte den Kopf. „Du bist noch nicht soweit. Aber schon bald."

„Dann in meine... meine Pussy?"

Nial sprach. „Deine Pussy gehört mir, bis mit dir gezüchtet worden ist. Mein Samen muss dich füllen und Wurzeln fassen. Als dein primärer Gefährte ist es mein Recht, dass dein erstes Kind von mir ist. Erst, wenn du mein Kind trägst, werden wir uns diese süße Pussy teilen. Bis dahin, und sobald du gut trainiert worden bist, wird er deinen Hintern nehmen."

„Aber dann—" Ich runzelte die Stirn. „Was wollt ihr dann jetzt?" Ich hatte ihnen bereits alles gegeben.

„Ich kann dein Verlangen spüren. Es ist noch nicht befriedigt", sagte Ander.

Es stimmte. Ich sollte erschöpft sein oder bewusstlos, oder zumindest wund. Nichts davon traf zu. Stattdessen sehnte ich mich schmerzlich und verzweifelt nach mehr. „Woher—"

„Du vergisst, Gefährtin, dass wir deine Bedürfnisse kennen", sagte Nial.

Bisher hatte er Ander gestattet, die Befehle zu erteilen, aber sein angespanntes Gesicht ließ mich denken, dass sich das nun ändern würde. „Spreiz deine Beine und zeig mir deine Pussy."

Ich sollte von Nials Befehl entsetzt sein, aber ich konnte nicht anders, als zu gehorchen. Bisher hatten sie mir nichts als Lust bereitet, also gab es keinen Grund, sie zu hinterfragen. Außerdem hatte ich sie gerade beide gefickt, also war die Zeit für Hemmungen vorbei.

Langsam drehte ich mich auf den Rücken herum, damit ich die Beine spreizen konnte. Ich beugte die Knie und ließ sie zur Seite fallen, damit er alles von mir sehen konnte.

„Nun zeig mir, wie du dich selbst berührst."

Nial kniete am Fußende des Bettes und umfasste einen meiner Knöchel. Ander tat es ihm nach und umfasste den anderen, sodass sie *direkt an mir dran* waren und *alles* sehen konnten. Es war unmöglich, dass sie meine angeschwollenen Furchen nicht sehen konnten. Oder den Samen, der nun meine Finger benetzte. Oder meinen Kitzler, der riesig war und pochte. Oder meinen Eingang, der vor Hunger nach mehr Schwanz zusammenzuckte. Oder meinen Hintereingang, der wahrscheinlich rot war und aufgeweicht vom Stöpsel und der groben Behandlung.

„Verstreiche meinen Samen über dieser perfekten Pussy", befahl Nial.

Ich tat, was er sagte, und ich konnte spüren, wie die Hitze in mich einzog, mich beruhigte und mich so scharf machte. Es war *tatsächlich* ein Aphrodisiakum. Es war wie C-Bomb. Ich war von den Gelüsten meiner Männer unter Drogen gesetzt.

„Oh mein Gott", stöhnte ich und umkreiste meinen Kitzler mit Nials Samen.

„Leck deine Finger", sagte er.

Ich hob sie an meinen Mund und saugte an ihnen, und Nial kniete sich zwischen meine Beine und schob seinen Schwanz tief in mich.

Der Geschmack von Nials Samen legte sich über Anders Aroma, und Nials mächtige Gestalt war auf mir, während sein riesiger Schwanz mich weit dehnte. Ander bewegte sich auch, kletterte auf das Bett, bis er über meinem Kopf kniete. Er lehnte sich vor und fasste über mich hinweg, um meine Knie weiter auseinander zu drücken, während Nial mich fickte. Ich ließ meine Hände sinken, um sie im Laken zu vergraben, aber Ander packte sie, hob sie über meinen Kopf und legte sie auf seinen Schwanz.

„Saug an meinen Eiern, während er dich fickt, Gefährtin. Pumpe meinen Schwanz in deinen Händen und saug an meinen Eiern, bis er dich zum Kommen bringt."

Oh Gott! Er war so unglaublich unanständig, so ein schlimmer, schlimmer Junge. Ich stemmte die Hüften vom Bett hoch und schlang meine Knöchel um Nials Hüften, und mit jeder Sekunde Luft, die ich übrig hatte, wimmerte und bettelte ich ihn an, nicht aufzuhören, mich zu ficken. Ich bearbeitete Anders Schwanz mit meinen Händen, würgte und pumpte ihn, über den Kragen so gut auf ihn eingestellt, dass ich genau wusste, was ihm gefiel.

Wenn ich außer Atem war, schnappte ich nach Luft und bettelte Nial an, mich schneller zu ficken, meinen Kitzler zu reiben, mich zu berühren.

Während sich unsere Körper auf dem Weg zum Crescendo befanden, fütterte die Feedback-Schleife meines Kragens meinen Kopf mit Informationen. Wie sich Nials Schwanz für ihn anfühlte, wenn er mich fickte. Der Genuss meiner engen Hände um Anders Schwanz. Ihre Befriedigung und ihr Genuss, wenn ich mich räkelte und stöhnte, sie anflehte, schneller zu machen, mich zum Schreien zu bringen.

Nial spannte sich an und ließ eine

Hand zwischen uns gleiten, um meinen Kitzler zu streicheln, während Ander meine Brüste streichelte und an ihnen zupfte. Ich saugte an ihm und spürte, wie er die Beherrschung verlor, spürte die heißen Ströme seines Samens, als die warme Flüssigkeit sich über meine Brüste verteilte. Er massierte sie in meine Haut, und die Bindungs-Essenz brachte mich zum Schreien, als ein Höhepunkt nach dem anderen durch mich schoss.

Nial fickte mich, bis ich nicht mehr konnte, bis ich taub war, und dann vergrub er sich tief in mir und füllte mich. Ich war verloren. Ich war ruiniert. Ich war dreckig und nuttig und vollkommen ihr Eigentum. Ich liebte es. Gott, wie ich das alles liebte.

Sie legten sich neben mir hin, Nial vor mir und Ander in meinem Rücken, und wir alle kollabierten zu einem erschöpften, äußerst befriedigten Häufchen auf dem Bett. Sie waren beide mir zugewandt, ihre Hände auf mir, streichelten mich und redeten mir zu, dankten mir und sagten mir, wie besonders ich war, wie kostbar. Dass ich ihnen gehörte.

Ich hatte mich noch nie im Leben so vollständig gefühlt, so zufrieden.

Ich wusste nicht, wie lange sie mich in sanftem Schweigen streichelten, aber als ein lautes Piepen ertönte, schreckte ich hoch wie ein aufgescheuchtes Kaninchen.

Ich hörte ein Piepen, dann noch eines, und dann eine Männerstimme. „Entschuldigt bitte, Prinz Nial. Eine dringende Nachricht ist für Sie eingetroffen."

„Sprich", rief Nial laut.

Ich blickte auf sein Gesicht und hob meine Hand, um die scharfen Linien auf seinen Wagen und seiner Stirn nachzuzeichnen. Ich streichelte die weiche, silbrige Haut, die ihm seine Feinde hinterlassen hatten, und ließ zu, dass mein Blick und meine Fingerspitzen an seinem Körper entlang nach unten wanderten, über den silbernen Abschnitt seiner Schulter und seinen Arm entlang, bis zu seiner Hand. Er fing meine Hand in seiner auf und hob sie sich an die Lippen, setzte einen Kuss auf meine Handfläche, während wir dem Boten über das Kommunikationssystem zuhörten. Ich versuchte, nicht zusammenzuzucken, als mir klar wurde, dass ich laut genug geschrien hatte, als ich all die vielen Male gekommen war. Bestimmt wusste nun jeder Mann in der Kolonie, was meine Männer erst vor wenigen Minuten mit mir angestellt hatten. Hatten sie vor der Tür gelauscht und mit der Aktivierung des Nachrichtensystems gewartet, bis wir fertig waren?

Der Gedanke daran war elend peinlich, aber ich schob das Gefühl beiseite. Ich würde das, was gerade passiert war, gegen nichts in der Welt eintauschen. Verdammt, wenn ich einen Raum voll Fremder zusehen lassen müsste, um diese Lust noch einmal zu erleben, dann würde ich es tun. Keine Frage.

„Wir haben dringende Neuigkeiten, Prinz Nial. Wenn Sie in den Kommandoraum kommen könnten, sobald es... Ihnen passt, können wir Sie auf den neuesten Stand bringen."

„Sind wir in unmittelbarer Gefahr?", fragte Nial, und ich spürte, wie Ander sich neben mir anspannte und seine Hand an meiner Hüfte plötzlich erstarrt war.

„Nein, Prinz. Wenn Sie in den—"

„Sagt es mir jetzt", befahl Nial.

„Also gut", antwortete die Stimme. „Es geht um den Primus. Ihr Vater ist getötet worden. Sein Transport wurde vom Hive an der Front angegriffen. Es gab keine Überlebenden."

Ich sah zu, wie sich Nials Augen ein wenig zu fest schlossen, seine Lippen dünn, sein Kiefer angespannt. Ander drückte meine Hüfte, wie um mich zu beruhigen, aber ich hatte keine Angst. Der Schmerz und das Bedauern, das ich über meine Verbindung mit Nial spüren konnte, machten mir Sorgen.

„Danke für die Nachricht. War das alles?", fragte Nial.

„Nein. Der Hohe Rat Prillons hat verkündet, dass es ein Todesturnier um das Recht auf die Nachfolge geben wird."

Ander fluchte, und Nial öffnete seine Augen mit einem Blick, der mich erzittern lassen würde, wenn er auf mich gerichtet wäre. „Wann?"

„Morgen bei Sonnenuntergang."

„Natürlich." Dann blickte Nial auf mich. Unsere Blicke trafen sich, als ich versuchte, ihm über meine Augen mitzuteilen, dass ich ihm gehörte, dass ich auf seiner Seite war, egal, was passierte. „Sind die Transportsperren meines Vaters aufgehoben worden?"

„Ja. Wir können Sie auf die Heimatwelt transportieren, wann immer Sie bereit sind."

„Wir werden in Kürze bereit sein."

„Ähm, Sir, es gibt da noch etwas."

Nial verzog das Gesicht. „Ja?"

„Der Doktor hat mich gebeten, die Prinzessin an ihr Versprechen zu erinnern, die Lady Egara auf der Erde zu kontaktieren. Die Nachricht von möglichen Bräuten hat sich verbreitet und stiftet Unruhe unter den Kriegern."

Er blickte mit fragendem Blick zu mir hinunter. Ich lächelte und nickte. Natürlich. Jede Menschenfrau, die ein Paar scharfe Männer wie meine verweigern würde, wäre einfach nur verrückt.

Nials Grinsen sagte, dass er ganz genau verstand, warum ich mich so bereitwillig einverstanden erklärte. „Natürlich. Die Prinzessin wird ihren Anruf vor unserer Abreise morgen erledigen."

„Vielen Dank, Sir. Nachricht Ende."

Ander presste sich an meine Seite und lehnte seinen Kopf auf meine Schulter, während er Nial ansah. „Wirst du um den Thron kämpfen?"

Nial nickte. „Ja. Aber es sollte nicht notwendig sein. Er gehört mir."

Ander schnaubte und legte mir einen Arm um die Taille. „Bring sie alle um, Nial. Keine Gnade."

„Ich habe keine zu vergeben."

Ich verstand nicht alles, was passierte, aber ich wusste, was ein Todesturnier üblicherweise bedeutete und spürte, wie mir Tränen aus hundert Emotionen, die ich nicht benennen konnte, in die Augen traten, während ich meinem Gefährten ins Gesicht blickte. Ich würde Nial niemals sagen, dass er nicht kämpfen sollte. Das war nicht der Weg des Kriegers. Aber ich konnte mir Sorgen machen. Und ich konnte ihm Trost bieten, wenn er siegreich zu mir wiederkehrte. Denn er würde als Sieger hervorgehen. Das musste er.

Ich legte meine Hand an seine Wange. „Wenn du sie alle töten musst, dann tu es rasch, Gefährte. Dann komm zu mir zurück. Du gehörst nun mir."

Da lächelte er. „Immer."

Ich nickte und hielt die Tränen zurück. Ich gehörte nun meinen

Gefährten, mit Körper und Seele, aber sobald die verdammt guten Gefühle nachgelassen hatten, würde ich mich über Nials Vater informieren, über dieses dämliche Todesturnier um den Thron, und herausfinden, wie ich Nial dabei helfen konnte, seine Feinde zu bezwingen. Er gehörte mir, und niemand würde ihn mir wegnehmen.

13

nder

Der leuchtend orange Glanz der untergehenden Sterne erfüllte den Himmel, als Nial und ich mit unserer Gefährtin zwischen uns von der Transportplattform auf Prillon Prime herunter traten und den kurzen Weg zur Palast-Arena zurücklegten. Bereits jetzt sammelten sich die Leute auf den Gehwegen in einer Schlange vor dem Einlass zur Arena, um die bevorstehenden Duelle mitzuerleben. Viele blickten uns voll Horror an, als wir vorbei zogen, manche mit Neugier, aber niemand mit Freundlichkeit. Nial und ich waren beide größer als die meisten männlichen Wesen auf dem Planeten. Unsere Größe, unsere Rüstung und die modifizierten Gesichtszüge reichten aus, um mehr als einen Mann dazu zu bringen, hurtig auszuweichen.

„Hier entlang." Nial führte uns einen Nebengang entlang, und ich folgte ihm, unsere Gefährtin sicher zwischen uns führend.

„Es ist wunderschön hier." Jessica trug eine lange Robe aus dunklem Rot, die Farbe des Hauses Deston, des Königshauses. Der Kragen um ihren Hals würde bis zur Besitznahme-Zeremonie schwarz bleiben, aber Nial wollte, dass jeder genau wusste, zu wem sie gehörte, und ich hatte zugestimmt. Verglichen mit dem schlichten schwarz-braunen Körperschutz, den die meisten

Krieger trugen, stach sie hervor wie eine Flamme in einem Meer der Dunkelheit.

Ich war erst einmal zuvor im Königspalast gewesen, vor vielen Jahren, als ich erstmals verwundet worden war und der Primus persönlich mir eine Medaille an die Brust gesteckt und mich zum Helden ernannt hatte.

Dabei hatte ich nichts anderes getan, als zu überleben. Wir hatten mein gesamtes Geschwader verloren, aber ich war in dem einzigen Schiff gewesen, das mit Informationen über den Hive auf dem Weg zurück zur Kommandozentrale war. Irgendwie hatte ich während der Explosion die Kontrolle über mein Schiff behalten. Ich hatte überlebt. Meine Waffenbrüder waren gestorben, und der Anführer unseres Planeten hatte mich zum Helden ernannt.

Ich hatte geschworen, niemals wieder an diesen Ort zurückzukehren. Ich hasste alles daran, die großen Säulen aus Quarz, das endlose Geschnatter von

Hunderten von Dienern, und die großen, verängstigten Augen der Zivilisten, die zu einem Krieger aufblickten und ihm mit Sternen in den Augen nachjagten.

 Krieger waren hier auf der Oberfläche des Planeten wie erstklassige Steaks auf einem Fleischmarkt. Wenn wir die Kriege überlebten, wurden wir als die besten Gefährten angesehen, die Stärksten und Gefährlichsten unter unserem Volk. Und sie hatten recht. Wenn irgendwer auch nur die Nase in Jessicas Richtung rümpfen würde, würde ich dessen Kopf von seinem Körper entfernen und auf den Überresten herumtrampeln. Dieses Revierverhalten war mir neu, und rein instinktgesteuert. Meine Gefährtin hatte mich mit ihrer Lust überrascht, mit ihrer Akzeptanz, mit ihrem ausgeprägten Wunsch, uns Freude zu bereiten. Sie hatte uns alles gegeben, sich vollkommen hingegeben, was mir das Gefühl geben sollte, dass ich sie beherrschte. Stattdessen fühlte ich mich einfach nur zutiefst davon geehrt, wie sie meine Narben akzeptiert hatte, und meine Bedürfnisse. Alles an mir. Ich fühlte mich geliebt, und zum ersten Mal in meinem Leben wusste ich so richtig, was dieses Wort bedeutete.

Ich liebte Jessica. Und jetzt drohte etwas, unsere neue Familie zu zerreißen. Ich hatte mich spontan angeboten, Nials Sekundär zu sein, in voller Erwartung, dass er mich ablehnen würde. Das war die beste Entscheidung gewesen, die ich je getroffen hatte. Jener Moment hatte mich zu Jessica geführt, und ich war nicht gewillt, sie aufzugeben. Nial zu verlieren, würde sie zerstören. Sie hing an uns beiden, aber es war mir nicht entgangen, dass sie mich an mich wendete, wenn sie an ihre Grenzen gebracht werden wollte, wild und außer Kontrolle sein wollte. Wenn die Welt ihr zu groß wurde und sie das Gefühl von Geborgenheit brauchte, dann war es

Nial, dessen Berührung sie suchte, dessen Versprechen sie vertraute.

Sie brauchte uns beide, und ich würde nicht zulassen, dass ihr Leid geschah.

Nial navigierte die Geheimgänge und verborgenen Türen mit Leichtigkeit, und ich war dankbar, dass wir nicht versuchen mussten, uns einen Weg durch die Massen der Zuschauer über uns zu bahnen. Als wir am Rand der Schaufläche der Arena angekommen waren, sprach Nial mit einem Wächter, der Jessica und mich in einen eigenen Sitzbereich bringen sollte, und Nial in die Arena.

Jessica warf sich in Nials Arme und küsste ihn mit einer Leidenschaft, die meinen Schwanz hart machte, trotz der Umstände. Sie war Feuer in seinen Armen, und sie kennzeichnete ihn sichtlich als ihr Eigentum. „Bring sie alle um, dann komm zu mir zurück. Vergiss nicht, wem du jetzt gehörst. Du gehörst mir, mein Prinz."

Nial nickte, aber er sprach nicht, und ich führte Jessica davon, hinter einem Wächter in schwarzer Rüstung her, zu einem Paar Sitzen nahe der Mitte der Arena. Wir waren in der allerersten Reihe, und nichts als eine hüfthohe Steinmauer trennte Jessica von den Kämpfen unter uns.

Wir setzten uns gerade hin, als ein lautes Dröhnen die Stühle zum Wackeln brachte und alle in ein seltsames Schweigen versetzte, damit sie die Ansage hören konnten, wer als Nächstes die Arena betreten würde.

„Prinz Nial Deston." dröhnte die Stimme aus dem Nirgendwo, und das reinste Chaos brach aus. Die Menge jubelte. Die Menge buhte. In den Sitzreihen brachen Streitereien aus, als alle begannen, einander zu stoßen und zu rempeln, um eine bessere Sicht auf den Prinzen zu bekommen, den verseuchten Prinzen mit seinem silbernen Auge.

Jessica packte meine Hand, und ich

hielt sie fest, meine andere Hand auf meiner Waffe ruhend, als Nial in die Mitte der Arena unter uns trat. Ihm gegenüber standen sieben große Krieger wie aufgefädelt, die sich dem Hohen Rat Prillons präsentierten.

Als Prinz Nials Name fiel, drehten sich vier der Herausforderer auf der Stelle um und schritten aus der Arena. Jessica lehnte sich vor, um zuzusehen, wie einer von ihnen in einem Nebentunnel verschwand. „Wo gehen sie hin?"

Ich war kein Politiker, aber ich wusste gut genug, was passiert war. „Sie wollen nicht fordern, wenn es einen legitimen Thronfolger gibt. Sie haben abgelehnt."

„Oh, Gott sei Dank! Das heißt, es bleiben nur noch drei." Sie schien so erfreut darüber, dass ich nichts entgegnen wollte. Drei oder sieben, es würde keinen Unterschied machen, nicht für Nial.

Unter uns trat Nial vor, verneigte sich

vor dem Hohen Rat und verkündete seinen Anspruch auf den Thron.

„Ich bin Prinz Nial Deston, Sohn von Primus Deston, rechtmäßiger Thronfolger von Prillon."

Einer der Ältesten lehnte sich über die niedrige Mauer, die uns gegenüber zwischen ihnen und der Arena stand, und schüttelte den Finger in Nials Richtung. „Du bist enterbt worden, Nial. Jeder hier weiß, dass du verseucht bist, und weder für eine Braut noch für die Krone geeignet."

Nial hielt den Kopf hoch, und ich erhob mich und zerrte Jessica neben mir auf die Füße. Nial hob die Hand und wies in unsere Richtung. „Darf ich vorstellen, meine Braut und mein Sekundär, Jessica Smith von der Erde, und Ander, der legendäre Krieger vom Schlachtschiff Deston."

Die Stille, die sich über die versammelte Menge legte, hätte man mit dem Messer schneiden können, als sie versuchten, sich aus Nials Worten einen

Reim zu machen. Kein verseuchter Krieger war jemals auf Prillon zurückgekehrt, schon gar nicht mit einer Braut und einem Sekundär. Das war noch nie dagewesen.

Zwei der Herausforderer verneigten sich tief vor Jessica und verließen die Arena, ihren Anspruch auf den Thron ebenfalls aufgebend, was nur noch einen Krieger für Nial übrig ließ.

Der Ratsherr, der das erste Mal gesprochen hatte, wandte sich erneut an Nial. „Da es nur noch einen Herausforderer gibt, ernennen wir hiermit Commander Vertock zum Primus, Nial Deston. Was hast du dazu zu sagen?" Nials Name wurde mit Verachtung geradezu ausgespuckt.

„Ich fordere ein Krieger-Duell, wie es mein Recht ist. Ich fordere Primus Vertock zu einem Todeskampf um den Thron von Prillon Prime." Nial stellte sich seinem Gegner gegenüber, und die gesamte Menge machte es sich in ihren

Sitzen bequem, gespannt auf den Kampf. Alle außer Jessica.

Sie stand hoch erhoben da, ein Symbol für Nials Legitimität, ihre geraden Schultern und das stolz erhobene Kinn eine Herausforderung an jeden, der es wagen wollte, den Wert ihres Gefährten anzuzweifeln. Ich spürte ihre Furcht, ihre Sorge, aber niemand, der sie ansah, würde es ihr anmerken können. Hätte ich sie nicht zuvor schon geliebt, wäre ich ihr in diesem Augenblick verfallen.

Widerwillig riss ich meinen Blick von meiner wunderschönen Gefährtin, um die Menge zu durchleuchten und auf Gefahr zu achten. Ich hatte keine Augen frei, um Nials Kampf anzusehen. Den würde er alleine gewinnen müssen, um die Bedingungen des Duells zu erfüllen. Meine Rolle war es, Jessica in diesem Meer von potentiellen Gefahren zu beschützen.

Nur einer der Krieger, die sich gerade

umkreisten, würde überleben, und Jessica brauchte, dass das Nial war.

Eine leise Glocke ertönte, und der Gegner stürmte auf Nial los und versuchte, ihn zu Boden zu reißen. Nial wich mühelos aus, legte dem Mann die Hände um den Hals, als er an ihm vorbeilief, und versetzte ihm einen brutalen, erbarmungslosen drehenden Ruck zur Seite.

Das Krachen von brechenden Knochen füllte die Arena.

Und das war's, genau, wie ich erwartet hatte. Es war kein Kampf. Es war kein *Duell*. Es war einfach nur Tod, und er kam mit nichts als einer leichten Drehung von Nials Händen. Es gab keinen Gegner für ihn, keinen Ebenbürtigen in der Menge. Vielleicht konnte ich seine Kraft ernsthaft auf die Probe stellen, aber ich hatte nicht den Wunsch, ihn herauszufordern.

Die Menge brach in laute Schreie aus, zur Ermutigung oder aus Ablehnung, je nachdem, zu welchem

Kämpfer sie gehalten hatten. Als wieder Schweigen herrschte, ließ Nial den toten Herausforderer auf den sandigen Boden fallen und hob den Arm über den Kopf.

„Gibt es sonst niemanden, der heute zu sterben wünscht?"

Als niemand vortrat, beruhigte sich die Menge sofort, aber die Hohen Ratsherren waren alle auf den Beinen, sieben alte, buckelige Kreaturen mit finsterer Miene. Ihr Sprecher hatte die Hände in die Hüften gestemmt und funkelte Nial an.

„Du kannst nicht unser Primus sein, selbst nach diesem Sieg. Du bist verseucht."

Nial trat vor. „Und was genau heißt das eigentlich?" Er deutete auf sein Gesicht. „Ich bin als Krieger gekennzeichnet. Die Hive-Implantate sind ein sichtliches Zeichen dafür, dass ich den Gegner bekämpft und überlebt habe. Ich stellte mich vor Euch hin, *verseucht*, wie Ihr es nennen wollt, und besiegte den einzigen Herausforderer in dieser gesamten Arena. Ich besiegte ihn mit einem Wink aus meinem Handgelenk, und ihr wagt es, mich unwürdig zu nennen? Wollt Ihr mich vielleicht selbst herausfordern, Ratsherr? Wenn das so ist, nehme ich gerne an."

Der alte Mann stotterte, aber seine Augen sprühten vor Hass. „Du bist nicht würdig, Nial."

„Weil ich ein Veteran bin?" Ich wusste, dass Nial das Erdenwort absichtlich verwendete, und ich spürte, wie Jessicas Stolz aufloderte. „Weil ich das prillonische Volk als Krieger beschützt habe, und das nun als ihr Anführer tun möchte?"

Nial hob seine Hände und richtete das Wort an die Menge. „Wirke ich etwa schwach oder verseucht auf euch, Volk von Prillon? Ich kenne den Feind. Überlebte den Feind. Ich habe meine Schlacht mit dem Hive überlebt. Ich lebe nun mit dem Erfahrungsschatz und dem Wissen, mit dem ich diesen Planeten beschützen kann. Mit dem ich ihn zum endgültigen Sieg führen kann."

Der alte Mann gab entrüstete Laute von sich, hatte dem aber sichtlich nichts entgegenzusetzen, und so setzte er sich wieder in seinen Stuhl. Die Menge jubelte. Es mochte vielleicht einige geben, die nicht einverstanden waren, aber die Menge war zufrieden mit Nial, mit dem Beweis seiner Kraft und seiner Führungsqualitäten. Und mit seiner wunderschönen Erdenbraut. Krieger, die das Recht erworben hatten, eine Braut zu besitzen, waren hoch angesehen. Diejenigen, die von ihrer erwählten Gefährtin akzeptiert worden waren, von ihrer Braut als würdig empfunden, sogar noch mehr. Und Jessica, mit ihrer stolzen Haltung und Augen nur für ihren Gefährten, hatte es sehr deutlich gemacht, dass sie Nial nicht nur als ihren Gefährten anerkannte, sondern dass sie auch Gefühle für ihn hatte.

Jessica ließ meine Hand los, und bevor ich sie aufhalten konnte, rannte sie die Treppe hinunter und zum unteren Tor auf die Arena hinaus. Ich sprang über die niedrige Steinmauer, landete im weichen Sand und folgte ihr, um dafür zu sorgen, dass es niemand wagen würde, ihr etwas zu tun. Nial würde sie beschützen, und ich ebenso.

Sie rannte, ihr Kleid wie flüssiges Feuer hinter ihr, und warf sich in Nials Arme. Die Menge brüllte. Ich sah dem Ganzen grinsend zu. Das war meine Gefährtin, meine Familie, und sie waren zumindest für den Rest des Tages in Sicherheit.

Und ich hatte nicht einmal jemanden töten müssen, um es dabei zu belassen.

Ich dachte, dass alles in Ordnung war, bis zwei Männer den Leichnam abtransportierten und Nial alleine in der Mitte der Arena stand. Dann begann der Sprechgesang.

„Besitznahme! Besitznahme! Besitznahme!"

Die Menge ging nicht nach Hause,

und Jessicas Hingabe zu Nial arbeitete gegen uns, da sie sich vor aller Augen an ihn klammerte.

Vor zweihundert Jahren, als der erste Deston-Herrscher ein Duell um den Thron gefordert und gewonnen hatte, hatten er und sein Sekundär seine Königin auf dem Arenaboden gefickt, sie vor aller Augen in Besitz genommen.

Die Tradition forderte von Nial und mir, Jessica an Ort und Stelle in Besitz zu nehmen. Vor der ganzen Welt, denn wer nicht hier saß, sah von zu Hause aus zu, oder auf den Anzeigeschirmen auf seinem Schlachtschiff im tiefen Weltall, da das Duell live über den ganzen Planeten und auf allen bekannten Schlachtgruppierungen im All ausgestrahlt wurde.

Nial hatte gerade vor Milliardenpublikum einen Mann getötet. Und nun wollte sein Volk das große Finale sehen.

14

*J*essica

ICH WARF mich Nial in die Arme, und er hob mich zum Kuss in die Luft. Ich konnte die Menge über die Freizügigkeit jubeln hören. Ich spürte all sein Adrenalin, all seine Kraft über den Kragen und in den Kuss fließen.

Als er mich wieder auf die Füße setzte, strich er mir das Haar aus dem

Gesicht. „Du hast um mich gebangt, Gefährtin?"

Ich schüttelte den Kopf und blickte in seine Augen, eines gold, das andere silber. „Niemals."

„Braves Mädchen", antwortete er.

Ich spürte Ander in meinem Rücken, war von meinen Männern umgeben. Ich machte mir um die Menge keine Gedanken, denn ich wusste, dass die beiden mich gegen jeden Einzelnen von ihnen verteidigen würden. Ich war in Sicherheit. Nial war in Sicherheit. Wir waren zusammen. Aber nicht ganz...

Besitznahme. Besitznahme. Besitznahme. Der Sprechgesang erfüllte die Luft, und ein Blick, den ich nur zu gut kannte, machte sich tief in Nials Augen breit. Lust. Liebe. Verlangen. Es war alles da.

„Ich muss in Besitz genommen werden", sagte ich. Es war keine Frage.

Ander wischte mir das Haar über die Schulter und neigte den Kopf, um mich am Hals zu küssen, und dann noch tiefer an meinem Kragen, und Nial sprach.

„Wir sind durch die Kragen verbunden, aber der Bund ist noch nicht vollständig. Wir müssen dich beide ficken. Gemeinsam." Ich sah das Begehren in Nials Gesicht, spürte es über den Kragen, aber ich fühlte auch die Ernsthaftigkeit hinter dieser Notwendigkeit.

„Jetzt gleich?"

„Ja, Gefährtin. Jetzt gleich, in dieser Arena. Vor der ganzen Welt."

Du liebe Scheiße. Ich drehte mich in seinen Armen herum, sah mir die Gesichter in der Menge an. Sie blickten uns nicht mit Schadenfreude oder Boshaftigkeit an, sondern mit einer Ernsthaftigkeit, die meine Knie schwach machte. „Warum?"

Ander sprach hinter mir. „In einer gewöhnlichen Besitznahme-Zeremonie wählt der primäre Gefährte seine engsten Brüder dazu aus, Zeugen des

Aktes zu werden und seiner Braut Treue und Schutz zu schwören."

Ich biss mir in die Lippe, als ich mich an den Sprechgesang erinnerte, den ich in der Simulation im Abfertigungszentrum gehört hatte. Die Männerstimmen, die mich umgaben, und ihr Chor von *Mögen die Götter euch bezeugen und beschützen*.

Nial legte seine Hand an meine Wange und hielt meinen Blick, als mir danach war, davonzulaufen. „Ich bin nun Primus. König dieser Welt. Mein gesamter Planet ehrt und respektiert unsere Familie vor allen anderen. Sie alle wünschen sich die Ehre, Zeuge deiner Besitznahme zu werden, ihren Eid abzulegen, dir zu dienen und dich zu schützen."

„Oh Gott." Ich lehnte mich gegen seine Hand und bemühte mich, nicht das Atmen zu vergessen. Hier ging es nicht um Ficken zum Vergnügen. Es war ein heiliger Akt, das Schließen eines Bundes, das mich dauerhaft an Nial und

Ander binden würde, vor einer Milliarde Zeugen.

Das war es, was es bedeutete, auf Prillon eine Königin zu sein. Ich dachte an meine Vorstellung davon zurück, eine Königin zu sein, schöne Kleider und hochhackige Schuhe, Bälle und Tanz mit einem perfekten, gutaussehenden Prinzen. Das hier hatte mit dieser Fantasie nichts mehr zu tun. Das hier waren ich und meine Gefährten, roh und dreckig und Ficken im Staub vor dem gesamten Planeten.

Ich stellte mir das Gesicht der Leute vor, wenn sie uns beim Ficken zusahen, stellte mir vor, wie sie danach so schnell wie möglich nach Hause liefen, um ihre eigene Not zu erleichtern. Ich stellte mir vor, wie die Frauen ihre Augen vor Lust schlossen, wenn sie meine Schreie hörten, und die Männer, die Krieger der Krone, meinen Körper und meine Brüste bewunderten, meine Gefährten beneideten, die mich füllten. Der Gedanke daran brachte meinen Puls zum Rasen und machte meine Pussy feucht.

Vielleicht war ich doch dafür geschaffen, Königin von Prillon zu sein.

Wenn Nial und Ander mich erst in Besitz genommen hatten, wenn mein Kragen erst die Farbe gewechselt hatte und zu ihrem tiefen, königlichen Rot passte, dann würde es keine Frage mehr geben, keinen Zweifel in irgendjemandes Kopf, dass wir die königliche Familie waren, dass Nial mir gehörte, dass Ander mir gehörte. Und ich ihnen gehörte.

Und das würde erst dann geschehen, wenn sie mich beide zugleich fickten. Eine Welle der Begierde rauschte durch mich bei der Vorstellung, dass sie beide mich auf diese Weise nahmen.

„Ihr gefällt die Idee", murmelte Ander in meinen Nacken hinein.

„Jessica, das ist eine öffentliche Besitznahme. Wir müssen es hier tun, vor aller Augen. Es wird keine Privatsphäre geben, denn ich bin ihr neuer Anführer, und meine Bindungszeremonie muss außer Frage stehen. Es ist das Recht aller Prillon-Bürger, Zeuge zu sein, denn du und Ander werden ihre Herrscher sein, ein Teil von mir, und sie müssen wissen und darauf vertrauen können, dass wir alle drei würdig sind. Würdig, den Planeten anzuführen." Nials Worte waren klar. Er wollte, dass ich wusste, dass dies der Wunsch seines Volkes, *unseres Volkes* war.

„Es ist nicht Gesetz", fügte Ander hinzu, seine Zunge über den Puls an meinem Hals leckend. „Nial kann es verweigern, wenn du nicht wünschst, es zu tun."

„Aber?", sagte ich, wissend, dass das noch nicht alles war.

„Aber das Volk wird ihn als weich einstufen, schwach, zu schwach, seine Braut zu beherrschen."

Ich schüttelte den Kopf. Bei allem, was die Männer für mich getan hatten, wollte ich ihnen im Gegenzug alles geben. Ich war das Bindeglied zwischen ihnen. Ich war das Bindeglied, das sie stark machte. Das *uns* stark machte. Wenn ich sie vor einem Publikum ficken musste—einem sehr, sehr großen—dann machte das nichts aus. Ich würde nicht Nial als Anführer schwächen, indem ich dies hier verweigerte.

Sollen sie zusehen. Sollen sie mich beneiden. Ich würde mich Nial und Ander hingeben. Niemandem sonst. Ich war stolz auf meine Männer. Stolz, dem gesamten prillonischen Volk zu zeigen, dass ich es war, die sie begehrten, die sie wollten, die ihre Schwänze hart machte. Es war mein Privileg, dass ich ihnen gehörte, und ich war gewillt, dies der gesamten Galaxis zu beweisen.

„Ich verstehe. Ich werde tun, was ihr wünscht", antwortete ich.

Ander drehte mich herum, sodass sie beide vor mir standen. Ich blickte zu meinen Männern hoch. Einer dunkel, einer blond. Einer ein mächtiger Herrscher, einer ein mächtiger Kommandant. Ich würde mich ihnen beiden hingeben, da mein Körper das brauchte. Mein Verstand brauchte es.

Ich gehörte ihnen. Ich wusste das. Es war an der Zeit, dass auch sie das wussten.

„Bist du dir sicher, Gefährtin?"

Ich schenkte ihnen ein Lächeln und ließ meine Zustimmung durch mich fließen, sodass sie meine Akzeptanz und meinen Frieden mit der Entscheidung durch unsere Kragen spüren konnten. „Wenn ihr mich beide gemeinsam fickt, wird es uns permanent aneinander binden?"

Nial nickte. „Dein Kragen wird rot werden, und unsere Besitznahme wird dauerhaft sein."

„Wünscht ihr das? Wollt ihr mich gemeinsam ficken? Jetzt gleich? Vor aller Augen?"

„Bei den Göttern, ja." Anders Körper bebte geradezu, als er sein Kinn senkte und mich ansah. Ich blickte zurück zu Nial.

„Ich habe keinen Zweifel an unserer Zuordnung, du etwa?"

„Niemals", schwor Nial. „Dies wäre für das Volk von Prillon, und du wirst ihre Königin sein."

„Dann will ich meinem Volk geben, was von mir erwartet wird, und ich will meinen Männern geben, was sie brauchen."

Ich spürte ihr Verlangen pochen, und ich packte sie an den Händen. Warm und stark. Kraftvoll.

„Du wirst nicht die Kontrolle haben", sagte Ander. „Du musst dich uns unterwerfen."

Ich spürte, wie meine Nippel bei seinen Worten hart wurden.

Nial umfasste mein Kinn. „Obgleich du eine gefährliche Kriegerin bist, muss erwiesen werden, dass du uns wählst, dass du uns als würdig empfindest. Du erweist dich als würdig, indem du dich willig deinen Gefährten unterwirfst."

Ander grinste. „Ich bezweifle, dass dir das schwerfallen wird."

Bei dem Gedanken schüttelte ich langsam den Kopf. „Nein, denn ich übergebe gerne an euch. Es gefällt mir, wenn ihr mich führt, wenn ihr das Sagen habt... im Bett."

Ich stöhnte, als die Hitze ihres Begehrens mich durch die Kragen hindurch erfüllte. Es war eigentlich nicht fair. Sie mussten sich nur mit meinen Emotionen herumschlagen, meiner Lust. Ich wurde von den Bedürfnissen und Begehren von zwei mächtigen Kriegern durchflutet.

„Es gibt hier kein Bett, Jessica, aber wir werden deine Meister sein."

Nial zog sich sein gepanzertes Hemd über den Kopf, legte seinen massiven Oberkörper vor der Menge frei, vor mir, und die Menge grölte, als ihnen klar wurde, was gleich passieren würde.

„Sag es, Jessica."

„Ihr seid meine Meister."

„Das stimmt", antwortete Nial. Seine Hände wanderten an die Vorderseite meines Kleides, und er riss es mit der

Kraft eines Kriegers in Stücke. Der dünne Stoff war zerfetzt und fiel auf ein Häufchen zu meinen Füßen.

Das Gejubel wurde ohrenbetäubend, eine Explosion von Lärm, die mir wie ein Schlag in die Brust fuhr. Ich war nun nackt in einer Arena voller Leute. Ich erstarrte, unsicher, ob ich mich bedecken sollte, herumdrehen, herumstolzieren wie ein Pfau? Was sollte ich als Nächstes tun?

„Augen auf mich", befahl Ander, und ich seufzte beinahe erleichtert auf. Mein Kopf neigte sich, um ihn anzusehen, den strengen und doch liebevollen Blick in seinen Augen. „Du wirst auf unsere Stimmen hören, unser Begehren über den Kragen spüren, tun was wir sagen, und du wirst Lust erfahren. Nichts ist sonst von Bedeutung. Hast du verstanden, Gefährtin?"

„Ja, Meister."

Nial verschwand aus meinem Blickfeld, aber ich hielt Blickkontakt mit Ander.

„Was werden wir mit dir anstellen?", fragte er.

Ich leckte meine Lippen. „Nial wird meine Pussy ficken, während du meinen Hintern fickst."

Niemand in der Arena konnte unsere Worte hören, aber ich lief trotzdem rot an. Die unanständigen Worte ließen mich meine Schenkel voller Vorfreude zusammenkneifen.

Ander trat einen Schritt näher und legte mir seine großen Hände auf die Schultern. „Das stimmt. Du wirst zwischen uns sein, Gefährtin. Uns verbinden. Uns drei zusammenschweißen. Es wird sich vielleicht für dich anfühlen, als würden wir dich kontrollieren, aber ich will, dass dir klar ist, dass du es bist, die die wahre Macht hat."

„Macht?" Wovon redete er da? Ich hatte hier keine Macht.

„Ohne dich sind Nial und ich einfach nur Männer. Krieger, ja, aber mehr nicht. Erst du machst uns zu einer Familie. Nur du kannst uns Kinder geben. Du bist diejenige, die uns stark macht."

„Aber ich unterwerfe mich", entgegnete ich.

„Aus eigenem Willen. Deine Unterwerfung ist ein Geschenk, und wir schätzen es."

Ander blickte über meine Schulter auf etwas hinter mir. „Es ist soweit."

Bevor ich antworten konnte, hob er mich in seine Arme und trug mich ein kurzes Stück an die Stelle, wo Nial wartete.

Nial strich mir mit den Knöcheln über die Wange. „Sag nur ein Wort, Jessica, und wir werden das hier privat tun."

Ich dachte an Anders Worte. Ich hielt die Macht in der Hand. Nial hatte das gerade bewiesen. Die endgültige Entscheidung lag bei mir. Ich konnte es ihm sagen, wenn ich Angst hätte oder mich schämte, und sie würden mich ohne weitere Fragen fortbringen. Sie würden gegen jene ankämpfen, die damit unzufrieden waren, wenn es mich glücklich machen würde. Sie würden alles für mich tun.

Also würde ich das hier für sie tun. Es war nicht einmal eine richtige Wahl, denn obwohl das Volk meinen nackten Körper sehen konnten, konnten nur Nial und Ander mein Inneres sehen, meine Gedanken, Ängste und Begehren erfahren. Ich ließ meine Liebe für meine Gefährten durch mich fließen, meinen starken Wunsch danach, ihnen Freude zu bereiten, sie stolz zu machen, sie vor den Augen ihres Volkes zu ehren. Ich blickte Nial in die Augen und sprach mit ruhiger, ebenmäßiger Stimme. „Du kannst die Wahrheit über meinen Kragen spüren. Lass sie für mich sprechen. Sag mir, Meister, was verrät sie dir?"

Ich spürte das Auflodern von Stolz, von Triumpf und einem brennenden Verlangen über die Verbindung zu mir zurückkehren.

Nials Hände fassten meine Taille.

„Sie sagt mir, dass es an der Zeit ist, dich an deine Gefährten zu binden. Für immer."

„Für immer", wiederholte ich.

„Für immer", gelobte Ander.

In der kurzen Zeit seit dem Duell war ein Stuhl in die Arena heraus gebracht worden. Im Sand stand nun ein Stuhl, ein Thron. Er war nicht vergoldet oder sonst wie verziert, aber ich wusste, es war der Sitz ihrer Anführer. Er hatte eine hohe Rückenlehne und Armstützen, und einen gepolsterten Sitz, war aber ansonsten schmucklos. Es war der Sitz eines Kriegers, kein goldener, juwelenbesetzter Thron.

Nial ging zum Thron und setzte sich, der Anführer seines Volkes, der seinen rechtmäßigen Platz einnahm, und die Menge jubelte zustimmend. Er krümmte einen Finger und ich folgte, ging auf ihn zu mit hoch erhobenem Haupt und geradem Rücken. Ich versuchte nicht, meinen Körper zu verbergen. Ich schämte mich nicht. Ich hatte mich noch nie schöner gefühlt als jetzt, als das Jubeln weiterging, das Volk mich anfeuerte, gespannt darauf, zuzusehen, wie meine Gefährten mich fickten. Meine Pussy sehnte sich schmerzlich nach dem, was uns bevorstand, und ich spürte auch die Vorfreude der Männer. Nials harter Schwanz stand schon für mich bereit. Ich konnte sehen, wie er sich gegen seine Hosen sträubte.

Ein Schritt, zwei, dann stand ich vor ihm. Er legte eine Hand um meine Taille und zog mich an sich heran, zwischen seine gespreizten Knie.

„Bist du für mich bereit?" Unsere Augen waren auf gleicher Höhe, und ich sah die Wärme darin, die Liebe. Das Verlangen.

„Finde es doch heraus?", fragte ich keck.

Nial grinste und legte die Hand in die Mitte meiner Brust, dann fuhr er mit ihr an meinem Körper hinunter, um meine Pussy zu umfassen. Seine Finger glitten über die geschwollenen Furchen, die tropfnasse Haut.

Ander stellte sich hinter mich und umfasste von dort meine Brüste.

„Sie tropft mir auf die Hand", sagte Nial.

Meine Augen fielen zu, als sie mich zärtlich berührten, streichelten. Ich konnte die Menge hören, aber ihr Eifer verblasste, wurde zu neutralem Rauschen. Es war da, aber es war meine Aufmerksamkeit nicht wert.

„Es gibt nur uns drei, Jessica. Nichts sonst ist von Bedeutung", sagte Nial und ließ einen Finger tief in meine nasse Hitze gleiten.

„Ja", antwortete ich, weniger als Antwort auf seine Bemerkung, und mehr zu seinem eindringenden Finger.

„Wir werden dich hier ficken, vor aller Augen, uns auf ewig aneinander binden", sagte Ander, während seine Finger an meinen Nippeln zupften.

„Dann werden wir dich hier fortbringen,

dich niederbinden und dich noch einmal ficken."

„Und danach noch einmal", fügte Nial hinzu. „Dies ist erst das erste Mal von vielen, dass wir dich heute in Besitz nehmen werden."

Nials Finger glitt aus meiner Pussy heraus, und ich fühlte mich leer. Ein Wimmern entkam mir, und ich öffnete die Augen. Vor mir öffnete Nial seine Hosen und holte seinen Schwanz hervor. Ich sah den perlenden Tropfen seines Samens an der Spitze, und ich lehnte mich vor, um mit der Zunge darüber zu lecken.

Die Menge brüllte erneut auf, lauter als je zuvor, und ich triumphierte, denn ich konnte Nials Überraschung und seine Lust über den Kragen spüren. Ander zog mich hoch, und ich blickte in Nials Augen. Er schrie seine nächste Frage, so dass alle sie hören konnten.

„Nimmst du meine Besitznahme an, Gefährtin? Gibst du dich mir und meinem Sekundär frei hin, oder wünschst du, einen anderen primären Gefährten zu wählen?"

Raunen und Flüstern umgab uns, und ich fühlte den leisesten Hauch von Anspannung in beiden Männern, während sie auf meine Antwort warteten. Ich erhob meine Stimme, sodass mich alle hören konnten. „Ich nehme dich mit Stolz zu meinem Gefährten, Nial. Mit Stolz Ander zu meinem sekundären Gefährten."

Nials Stimme wurde sogar noch lauter. „Ich nehme dich in Besitz, durch das Ritual der Benennung. Du gehörst mir, und ich werde jeden anderen Krieger töten, der es wagt, dich anzurühren."

Die Menge brach in Jubel aus, und Nial beugte sich vor, damit ich ihn durch den Lärm hören konnte. „Setz dich auf mich und nimm mich tief in dir auf. Du gibst das Tempo an, Gefährtin."

Obwohl sie das Sagen hatten, gab mir diese Stellung die dominantere Position. Ich hatte die Kontrolle, denn sie erlaubten es. Ich fühlte mich schwindelig vor Macht, vor meiner Fähigkeit, meine Gefährten hungrig auf mich zu machen, sehnsüchtig. Ich wollte, dass sie die Beherrschung verloren, so überwältigt von Lust, dass sie mir nicht länger erlauben konnten, sie zu quälen. Ich wollte sie gierig und grob.

Ich setzte meine Knie zu beiden Seiten neben Nials Hüften ab und schwebte über seinen Schenkeln. Er hielt seinen prallen Schwanz fest, und ich senkte mich tiefer, bis seine Krone gegen meinen Eingang drückte. Unsere Blicke trafen sich, hielten fest.

Das war es. Ich gab vor, wann, wie schnell und wie tief. Ich wollte ihn dazu bringen, sich aufzubäumen und zu stöhnen. Ich wollte ihm alles von mir geben, also senkte ich mich mit einem langen, glatten Streich auf ihn hinunter.

Mein Kopf fiel in den Nacken und ich stöhnte, als sein Schwanz mich weit dehnte. Ich wusste, dass das Gefühl von

Völle erst der Anfang von dem war, was kommen würde. Nials Hand packte meine Hüften und hielt mich an Ort und Stelle fest, sein Schwanz tief in mir vergraben. Er war ganz in mir, sein Schwanz so groß, dass ich das Gefühl hatte, er hätte mich jetzt bereits in Besitz genommen. Nial rückte seine Hüften zurecht und rutschte tiefer in den Sitz hinein, und ich saß leicht angewinkelt über ihm, mit meinem Hintern weit nach hinten gestreckt.

Anders war bereits da und wartete. Seine Hand legte sich auf meinen Hintern und streichelte darüber, während er sich nach vorne lehnte und seine andere Hand auf die Armlehne des Stuhls legte.

„Du wirst meinen Finger in diesem knackigen kleinen Hintern fühlen", sagte Ander. Darüber erschrak ich, aber ich wollte das hier. Ich erinnerte mich daran, wie es sich angefühlt hatte, als Nial mich mit dem Stöpsel in meinem Hintern gefickt hatte. Die Empfindung war so intensiv gewesen, dass ich mich danach sehnte, sie wieder zu spüren. Aber diesmal, das wusste ich, würde es noch viel mehr sein. Anders Schwanz war riesig, und hart, und warm. Ich wollte seinen harten Körper in meinem Rücken, seine Arme um mich, an meinen Nippeln zupfend, während sie beide mich fickten. Ich wollte, dass Nial in meine Pussy glitt mit diesem ekstatischen Ausdruck auf seinem Gesicht, seine starke Brust vor mir, um sie zu erkunden, seine Lippen vor mir, um sie zu küssen. Ich wollte seine Zunge in meinem Hals, während sie mich fickten, mich dazu brachten, dass ich mich wand und schrie und so oft kam, dass ich meinen eigenen Namen vergaß. Ich stöhnte und fühlte mich jetzt schon verloren.

„Schhh", sang Ander. „Auf meinen Fingern ist Gleitgel. Du spürst, wie glitschig sie sind. Ich werde es in dich hineinarbeiten, über dich verteilen, und dann über meinen Schwanz, damit ich mühelos eindringen kann."

Während er sprach, begann er, an meiner Öffnung zu drücken und sie zu dehnen. Er ließ sich Zeit damit, einen Finger in mich einzuarbeiten. Ich hielt meinen Blick auf Nial gerichtet, während Ander mich bearbeitete. Irgendwie schaffte es Nial, stillzuhalten, zufrieden alleine damit, dass sein Schwanz mich füllte. Ich konnte spüren, wie wild er darauf war, zu ficken, herauszugleiten und tief hineinzustoßen, aber er würde warten, bis sie mich beide zusammen nehmen konnten.

Ich schnappte nach Luft, als Anders Finger meinen Hintereingang durchbrach. Dann begann er damit, das Gleitgel gründlich in mir zu verteilen. Ich wusste nicht, wie lange es andauerte, aber er verteilte es großzügig, und sein Finger konnte ohne Anstrengung und Schmerzen eindringen. Ich kniff meine inneren Muskeln um Nials Schwanz zusammen und wackelte mit den Hüften, bereit für Ander. Ich wollte ihn in mir haben. Ich brauchte beide meiner Gefährten. Ich wollte mich rangenommen fühlen, beansprucht, in Besitz genommen. Ich wollte, dass jeder auf diesem verdammten Planeten wusste, dass diese beiden Männer mir gehörten. Ich besaß sie. Ich war die einzige Frau im Universum, die ihnen solche Lust bereiten konnte.

Meins.

Vielleicht waren es die Kragen, die es Ander ermöglichten, meine Reaktion auf seine Berührung zu spüren, denn er machte alles perfekt. Auf einmal zog er sich heraus, und ich blickte über die Schulter, wo ich sah, dass er seinen Schwanz aus der Hose zog und ihn mit dem Gleitgel bestrich. Er war rot und angeschwollen, pulsierend und begierig, glänzend und glatt.

Nial fasste mich am Kinn und drehte mein Gesicht zu ihm zurück.

„Sobald Ander in diesem

jungfräulichen Hintern drin ist, werden wir dich ficken."

Meine Augen wurden groß und rund, als ich Anders Schwanz an meinem Hintereingang spürte, erst zurechtgerückt, danach vorwärts dringend. Ich schloss die Augen, als Anders schmutzige Worte meine Ohren erreichten und mich scharf machten.

„Atme, Jessica. Denk daran, wie gut es sich anfühlen wird. Kannst du spüren, wie gierig Nial auf dich ist? Er hält sich zurück. Deine Pussy ist so heiß und eng, dass es ihm fast wehtut. Du bist so perfekt für uns, alleine schon in dieser heißen Pussy drin zu sein, kann ihn zum Kommen bringen." Ander redete weiter und drückte weiter. „Ich bin so scharf auf dich, mein Schwanz schmerzt danach, in dir zu sein. Entspann dich, atme, spüre unser Begehren."

Ich seufzte und konzentrierte mich auf die Kraft des Kragens, die Verbindung, die ich mit meinen Gefährten teilte. Ich ließ mich von ihrer

Lust durchfluten. Ich seufzte über diese Seligkeit, und mit einem Mal hatte Ander sich an dem engen Ring vorbei gedrückt, und er war drin.

Ich schrie auf, öffnete die Augen und blickte Nial an.

„So ist gut. So ein braves Mädchen. Du bist so eng." Nun war Nial an der Reihe, mir zuzureden, während Ander anscheinend so überwältigt davon war, meinen Arsch langsam mit seinem dicken Schwanz auszufüllen, dass er nicht sprechen konnte.

Ich bog den Rücken durch, um ihm zu ermöglichen, noch tiefer einzudringen. Da war kein Schmerz, nur das unglaubliche Gefühl, ausgefüllt zu sein. Ich wusste nicht, ob sie beide in mich passen würden, aber ich wollte mehr. Ich brauchte alles von ihnen in mir. Ich sah, wie fest sich Ander an die Armlehnen des Stuhls krallte, bis seine Knöchel hervortraten. Er benutzte sie, um sich zu verankern, sich gegen etwas stützen zu können, während er sich immer weiter schob. Mit Nials Händen auf meinen Hüften konnte ich mich nicht bewegen, war gefangen—in der Falle—zwischen ihnen.

Ihre Haut verströmte Hitze, ihren männlichen Duft, und der Geruch von Sex wirbelte um uns herum.

Ich spürte Anders Schenkel an meinem Hintern und wusste, dass ich alles von ihm aufgenommen hatte.

„Nun gehörst du mir, Jessica Smith", flüsterte Nial an meinen Lippen. Er hob mich hoch und ließ mich auf seinen Schwanz hinunterfallen, während Ander sich zurückzog und tief in mich stieß.

Dann begannen sie, mich zu ficken, rein und raus, ihre Bewegungen abwechselnd. Ich konnte nichts tun, als mich festzuhalten, mit den Händen auf Nials angespannten Schultern.

Ich tat nichts, ließ mich nur von ihnen ficken, mich in beide meiner Löcher nehmen, wie es ihnen beliebte. Wie sie wussten, dass ich es brauchte.

Es reichte nicht. Ich wollte meine Fantasie. Ich wollte alles.

Ich fasste hinter mich, nach Anders Händen. Sobald ich seine Handgelenke umfasst hatte, hob ich sie an meine Brüste, meine Absichten deutlich. Er lachte, aber gab mir, was ich wollte.

Als Nächstes vergrub ich meine Hände in Nials Haar und zog seinen Kopf zu meinem hinunter, und eroberte seinen Mund mit einem Kuss. Ich hielt mich zurück, lockte seine Zunge heraus, bat ihn wortlos, mich zu küssen, als würde er meinen Mund ficken.

Als ich mich nicht mehr rühren konnte, nicht atmen, als jeder Teil meines Körpers sich vollkommen von meinen Gefährten vereinnahmt fühlte, in Besitz genommen, angebetet, ließ ich mich davontreiben, vertraute ihnen an, mir zu geben, was ich brauchte. Vertraute ihnen an, sich um mich zu kümmern.

Sie taten mir nicht weh, aber sie waren nicht sanft. Es war nicht schmerzhaft, aber es war intensiv. Es war nicht liebevoll oder zärtlich, sondern verschwitztes, heißes, nasses Ficken.

Und ich liebte es. Ich würde kommen, und nichts würde es aufhalten. Ich versteifte mich, meine inneren Muskeln krampften sich um beide meiner Gefährten herum zusammen, entlockten ihren beiden Kehlen gutturale Laute. „Meine Meister, ich... ich kann nicht—"

„Komm nur, Gefährtin. Komme heftig und lass jedermann wissen, dass du uns gehörst."

Ich hatte auf die Menge vergessen, aber Nials Worte stießen mich nur über den Gipfel hinaus. Ich schrie meine Lust heraus und drückte ihre Schwänze zusammen. Alle Welt konnte mich kommen sehen. Sie konnten sehen, wie sehr mich meine Männer beglückten. Bei meinen Gefährten fühlte ich mich geschätzt und geliebt, und geborgen in ihren Armen. Sie hatten mich in Stücke zerbrochen und mich dann ganz gemacht.

Ich ließ meinen Kopf in den Nacken fallen und lächelte breit, während ich meine Hüften nach unten drückte und meine inneren Muskeln so fest ich konnte zusammenzog. Der Kragen um meinen Hals surrte, dann wurde er warm. Ich fragte mich, ob er die Farbe gewechselt hatte, ob er beim nächsten Mal, wo ich ihn sah, rot sein würde wie der meiner Gefährten. Sie gehörten für immer mir, und sie hatten mir viel Lust bereitet. Ich war stolz darauf, dass der gesamte Planet Zeuge dessen geworden war.

Hitze pulsierte um meinen Hals, heißer und heißer, und ich spürte, wie Ander kräftig zustieß und mich mit seinem Samen füllte, seine Essenz in meinem Hintereingang. Nial stöhnte auf und schwoll in meiner Pussy an. Er packte mich kräftig an den Hüften und ich spürte, wie er kam und sein Samen in mich schoss. Ich war voll, bis an den

Rand gefüllt mit den Zeichen ihres Besitztums. Und ich war gut und gründlich genommen worden.

Ich konnte ihre Erlösung über den Kragen spüren, fühlte ihre Lust, und es brachte mich noch einmal zum Kommen. Der Kragen war so heiß an meinem Hals, die Intensität der Gefühle, die aus ihm heraus pulsierten, trieben mir die Tränen in die Augen—die Emotionen waren zu stark für meinen menschlichen Körper.

Ich schloss die Augen und fiel in ihren Armen zusammen. Die tiefen Atemzüge der Männer waren das Einzige, was ich noch hören konnte. Ihre Schwänze in mir, ihr heißer Samen, Nials Schultern, waren das Einzige, was ich noch fühlen konnte. Der Geruch unseres fleischlichen Aktes war das Einzige, was ich noch riechen konnte.

Langsam öffnete ich die Augen und sah Nials freches Grinsen, dann, darunter, die rote Farbe seines Kragens. Ich hob meine Hand an meinen eigenen und wusste, dass meiner genauso rot war.

„Ich will einfach nur hier bleiben", murmelte Ander und küsste meinen Nacken. „Bis zu den Eiern in deinem Hintern vergraben."

Meine Pussy zog sich vor Lust zusammen, und Ander lachte.

„Über den Gefährtenbund weiß ich, dass auch du das willst. Du unanständiges, geiles kleines Mädchen."

Ich drehte meinen Kopf herum, bis ich Ander ansehen konnte. Er war beglückt und entspannt... gesättigt.

„Du willst in meinem Hintern vergraben bleiben, Gefährte?" Ich spannte meine inneren Muskeln an, und er zischte.

„Bei den Göttern, ja. Aber da es extrem schwierig wäre, mich fortzubewegen, während ich in dir stecke, können wir uns womöglich lange genug trennen, bis wir dich an einen privateren Ort gebracht haben."

„Die Gemächer des Primus. Unsere Gemächer", sagte Nial.

Ander glitt vorsichtig aus mir heraus, bevor Nial mich aus seinem Schoß hochhob. Auf wackeligen Beinen stand ich neben Ander, und die Menge jubelte. Nial hob die Hand, und alle verfielen sofort in Schweigen, alle Augen auf ihn gerichtet.

„Ich bin Nial Deston, Euer Primus. Dies ist mein Sekundär, Ander, und unsere Gefährtin, die Lady Jessica."

Die Menge erhob sich und sprach wie aus einem Mund. „Mögen die Götter euch bezeugen und beschützen."

Dieser Segensspruch jagte einen Schauer über meinen Rücken, und jedes Augenpaar, das ich in der Menge fand, blickte feierlich und so überaus ernsthaft drein. Ich hob meine Hand an meinen Hals, gespannt darauf, mit eigenen Augen zu sehen, dass unsere Kragen nun alle die gleiche rote Farbe trugen. Der Samen meiner Gefährten lief meine Schenkel hinunter, aber ich stand hoch erhoben da. Eine Königin. Ich wusste, dass ich mich nicht so machtvoll gefühlt hätte, so unbesiegbar, wenn meine Gefährten nicht an meiner Seite gewesen wären. Ich *spürte* sie. Ihr Glück, ihre Befriedigung, ihre Liebe.

Meine Augen blitzten bei diesem letzten Gefühl auf, und ich blickte von einem zum anderen. „Ihr liebt mich?"

„Ja, Gefährtin. Ich liebe dich", sagte Ander.

„Liebe ist ein erbärmliches Wort für das, was ich empfinde." Nial verneigte sich zur Menge, nahm ihren Segen entgegen, während ich um Worte rang.

„Aber—"

„Die Kragen lügen nicht, Gefährtin, und wir ebenso wenig", sagte Nial.

Ich fühlte die Wahrheit in seinen Worten, sah sie in seinen Augen, spürte sie in seiner Hand, die meine hielt, in dem Bund zwischen uns, der sich frisch geformt hatte.

Ander hob mich hoch, als würde ich nichts wiegen, und trug mich aus der

Arena, während Nial neben uns her lief. Mein altes Ich, mein Erden-Ich, wusste, dass ich mich dafür schämen sollte, dass jeder auf dem Planeten mir gerade beim Sex mit meinen Gefährten zugesehen hatte, aber das neue Ich, die starke Frau, die von zwei Kriegern umgeben war, die sie liebten? Ihr war es scheißegal.

Sollen sie zusehen. Sollen sie doch alle wissen, wie heiß und sexy und groß meine Gefährten waren. Sollen sie doch meine Schreie hören und mich um meine Lust beneiden.

Ich lehnte meinen Kopf an Anders Brust und ließ meine Liebe über die Kragen zu ihnen fließen. Morgen würde ich mir darum Gedanken machen, was es bedeutete, Königin zu sein. Ich würde meine neue Welt erkunden und lernen, wie ich diesem stolzen Kriegervolk dienen und es ehren konnte. In diesem Moment aber würde ich mich einfach nur im Glück versinken lassen. Ich war noch nie so beglückt gewesen, so freudenvoll, in meinem ganzen Leben nicht. „Danke."

Nial sah mich an, während er weiter neben uns her lief, aber es war Ander, der sprach. „Wofür? Wenn es dafür ist, dich gefickt zu haben, glaube mir, das Vergnügen war gänzlich unsererseits."

Ich lächelte, und Tränen sammelten sich in meinen Augen. Ich hätte es beinahe verpasst. Mein Leben wäre ohne sie ein völlig anderes gewesen. „Dafür, dass ihr zur Erde gekommen seid. Mich gerettet habt. Mich mitgenommen habt, und dafür, dass ihr mir gehört."

„Wir gehören dir, Jessica. Und wir werden es dir den restlichen Tag lang beweisen." Nial streckte die Hand aus und wischte mir eine Träne von der Wange.

„Wieder...und wieder...und wieder." Anders hätte so weitergemacht, aber ich drückte meine Finger an seine Lippen, um ihn zum Schweigen zu bringen. Ich konnte mir gut vorstellen, was meine Männer vorhatten, aber ich konnte nichts empfinden als das köstliche Bedürfnis, mich hinzugeben, alles zu sein, was sie von mir brauchten. Es gab nur noch eines zu sagen.

„Ja."

Der Jubel und der Applaus des prillonischen Volkes verblasste, und ich wurde von meinen zwei Gefährten davongetragen, voller Freude darauf, unser neues gemeinsames Leben zu beginnen.

Lies als Mit dem Biest verpartnert nächstes!

Nachdem zwei ihrer Brüder im Krieg der Interstellaren Koalition gegen eine erbarmungslose außerirdische Bedrohung getötet wurden, meldet sich Sarah Mills freiwillig für den Kampfeinsatz, um ihren letzten verbleibenden Bruder zurück nach Hause zu holen. Als sie allerdings

irrtümlicherweise als Braut und nicht als Soldatin abgefertigt wird, verweigert sie sich ihrem neuen Partner. Dieser hat jedoch einen anderen Plan...
Dax ist ein Atlanischer Kriegsfürst und wie bei allen Männern seiner Rasse schlummert in ihm eine primitive Bestie, die nur darauf wartet, in der Hitze des Gefechts oder im Paarungsfieber zum Leben zu erwachen. Als er erfährt, dass seine Braut es vorzieht an der Front zu kämpfen, anstatt mit ihm das Bett zu teilen, macht er sich auf ihre Spur um sich das zu nehmen, wonach die Bestie in ihm verlangt.

Sarah ist nicht sehr begeistert als der kolossale Wüstling, der sich als ihr Partner ausgibt, plötzlich auf dem Schlachtfeld auftaucht. Ihr Missfallen wandelt sich in blanke Wut, als Daxs Anwesenheit ihre Mission stört und in der Gefangennahme ihres Bruders resultiert. Nachdem aber der befehlshabende Offizier sich weigert, eine Rettungsmission zu autorisieren bleibt Sarah nichts anderes übrig, als Daxs Hilfe anzunehmen, um ihr letztes verbleibendes Familienmitglied zu retten, selbst wenn das bedeutet, dass sie sich schließlich mit ihm einlassen muss.

Dax ist zwar hocherfreut, dass er seine abtrünnige Braut aufgespürt hat, schnell aber wird ihm klar, dass Sarah nichts mit den zurückhaltenden, unterwürfigen Frauen seines Heimatplaneten gemein hat. Falls er sie halten möchte, dann muss er sie zähmen, wenn nötig mit einer straffen Hand auf ihrem blanken Hintern. Aber Dax verspürt nicht einfach nur Verlangen nach ihr, er braucht Sarah. Wird sie die furchteinflößende Bestie in ihm befriedigen können, bevor er vollkommen die Kontrolle verliert?

Lies als Mit dem Biest verpartnert nächstes!

WILLKOMMENSGESCHENK!

TRAGE DICH FÜR MEINEN NEWSLETTER EIN, UM LESEPROBEN, VORSCHAUEN UND EIN WILLKOMMENSGESCHENK ZU ERHALTEN!

http://kostenlosescifiromantik.com

INTERSTELLARE BRÄUTE® PROGRAMM

*D*EIN Partner ist irgendwo da draußen. Mach noch heute den Test und finde deinen perfekten Partner. Bist du bereit für einen sexy Alienpartner (oder zwei)?

Melde dich jetzt freiwillig!
interstellarebraut.com

ALSO BY GRACE GOODWIN

Interstellar Brides® Program

Mastered by Her Mates

Assigned a Mate

Mated to the Warriors

Claimed by Her Mates

Taken by Her Mates

Mated to the Beast

Tamed by the Beast

Mated to the Vikens

Her Mate's Secret Baby

Mating Fever

Her Viken Mates

Fighting For Their Mate

Her Rogue Mates

Claimed By The Vikens

The Commanders' Mate

Matched and Mated

Hunted

Viken Command

The Rebel and the Rogue

Interstellar Brides® Program: The Colony

Surrender to the Cyborgs

Mated to the Cyborgs

Cyborg Seduction

Her Cyborg Beast

Cyborg Fever

Rogue Cyborg

Cyborg's Secret Baby

Interstellar Brides® Program: The Virgins

The Alien's Mate

Claiming His Virgin

His Virgin Mate

His Virgin Bride

Interstellar Brides® Program: Ascension Saga

Ascension Saga, book 1

Ascension Saga, book 2

Ascension Saga, book 3

Trinity: Ascension Saga - Volume 1

Ascension Saga, book 4

Ascension Saga, book 5

Ascension Saga, book 6

Faith: Ascension Saga - Volume 2

Ascension Saga, book 7

Ascension Saga, book 8

Ascension Saga, book 9

Destiny: Ascension Saga - Volume 3

Other Books

Their Conquered Bride

Wild Wolf Claiming: A Howl's Romance

BÜCHER VON GRACE GOODWIN

Interstellare Bräute® Programm

Im Griff ihrer Partner

An einen Partner vergeben

Von ihren Partnern beherrscht

Den Kriegern hingegeben

Von ihren Partnern entführt

Mit dem Biest verpartnert

Den Vikens hingegeben

Vom Biest gebändigt

Geschwängert vom Partner: ihr heimliches Baby

Im Paarungsfieber

Ihre Partner, die Viken

Kampf um ihre Partnerin

Ihre skrupellosen Partner

Von den Viken erobert

Die Gefährtin des Commanders

Ihr perfektes Match

Die Gejagte

Interstellare Bräute® Programm: Die Kolonie

Den Cyborgs ausgeliefert

Gespielin der Cyborgs

Verführung der Cyborgs

Ihr Cyborg-Biest

Cyborg-Fieber

Mein Cyborg, der Rebell

Cyborg-Daddy wider Wissen

Interstellare Bräute® Programm: Die Jungfrauen

Mit einem Alien verpartnert

Seine unschuldige Partnerin

Die Eroberung seiner Jungfrau

Seine unschuldige Braut

Zusätzliche Bücher

Die eroberte Braut (Bridgewater Ménage)

HOLE DIR JETZT DEUTSCHE BÜCHER VON GRACE GOODWIN!

Du kannst sie bei folgenden Händlern kaufen:

Amazon.de
iBooks
Weltbild.de
Thalia.de
Bücher.de
eBook.de
Hugendubel.de
Mayersche.de
Buch.de
Bol.de

Osiander.de
Kobo
Google
Barnes & Noble

GRACE GOODWIN LINKS

Du kannst mit Grace Goodwin über ihre Website, ihrer Facebook-Seite, ihren Twitter-Account und ihr Goodreads-Profil mit den folgenden Links in Kontakt bleiben:

Web:
https://gracegoodwin.com

Facebook:
https://www.facebook.com/profile.php?id=100011365683986

Twitter:
https://twitter.com/luvgracegoodwin

ÜBER DIE AUTORIN

Hier kannst Du Dich auf meiner Liste für deutsche VIP-Leser anmelden: **https://goo.gl/6Btjpy**

Möchtest Du Mitglied meines nicht ganz so geheimen Sci-Fi-Squads werden? Du erhältst exklusive Leseproben, Buchcover und erste Einblicke in meine neuesten Werke. In unserer geschlossenen Facebook-Gruppe teilen wir Bilder und interessante News (auf Englisch). Hier kannst Du Dich anmelden: http://bit.ly/SciFiSquad

Alle Bücher von Grace können als eigenständige Romane gelesen werden. Die Liebesgeschichten kommen ganz ohne Fremdgehen aus, denn Grace schreibt über Alpha-Männer und nicht

Alpha-Arschlöcher. (Du verstehst sicher, was damit gemeint ist.) Aber Vorsicht! Ihre Helden sind heiße Typen und ihre Liebesszenen sind noch heißer. Du bist also gewarnt...

Über Grace:
    Grace Goodwin ist eine internationale Bestsellerautorin von Science-Fiction und paranormalen Liebesromanen. Grace ist davon überzeugt, dass jede Frau, egal ob im Schlafzimmer oder anderswo wie eine Prinzessin behandelt werden sollte. Am liebsten schreibt sie Romane, in denen Männer ihre Partnerinnen zu verwöhnen wissen, sie umsorgen und beschützen. Grace hasst den Winter und liebt die Berge (ja, das ist problematisch) und sie wünscht sich, sie könnte ihre Geschichten einfach downloaden, anstatt sie zwanghaft niederzuschreiben. Grace lebt im Westen der USA und ist professionelle Autorin, eifrige Leserin und bekennender Koffein-Junkie.

https://gracegoodwin.com

www.ingramcontent.com/pod-product-compliance
Lightning Source LLC
LaVergne TN
LVHW011754060526
838200LV00053B/3592